Karnische Hochzeit

REINHARD M. CZAR

Karnische Hochzeit

COMMISSARIO CAMILIERI
ERMITTELT IM FRIAUL

styria krimi

Für meine Frau Gabriela

I.
Prolog

Der Gestank biss ihm sofort in die Nase. Nicht der unangenehme Geruch nach Schwefel, den man sich in einer Schwefeltherme erwarten durfte. An den hatte er sich längst gewöhnt während seiner Runden, die er Nacht für Nacht drehte. Nein, da war noch etwas anderes. Süßlich eher ... Verwesung. Ja, genau das war es! Es roch nach Verwesung, wie damals, als er mit seinem Vater durch den Wald spaziert war und plötzlich dieses tote Reh vor ihnen gelegen war, übersät von ekligen schwarzen Fliegen.
Kurz versuchte der Nachtwächter, die ungewohnte Duftnote in der Luft auf seinem nächtlichen Kontrollgang durch die weitläufige, finstere Therme einfach zu ignorieren. Er dachte an das Frühstück, das er in wenigen Stunden zu sich nehmen würde: starker Kaffee, zumindest ein Espresso doppio, wenn nicht gar ein dreifacher. Dazu ein frischer Cornetto, die italienische Variante des Frühstückskipferls.
Die Ablenkung funktionierte nicht lange. Als er im bleichen Licht seiner Taschenlampe die Leiche auf der genauso bleich schimmernden Wasseroberfläche treiben sah, stand ihm der Sinn nicht mehr nach Frühstück. Ihm graute. Dann stieg Ärger in ihm auf. Warum ich, fragte er sich, warum muss ausgerechnet ich eine Leiche finden? Hier in Arta Terme, dem hintersten Winkel von ganz Friaul?
Dem Ärger folgte ein Anflug von Fatalismus, bis das Pflichtbewusstsein im Nachtwächter erneut Oberhand gewann. Dazu gesellte sich das untrügliche Gefühl, dass seine Arbeitsnacht heute wohl ein wenig länger dauern würde: Carabinieri, unzählige Fragen, Rekonstruktion der Minuten vor dem Leichenfund, neuerliche Befragung durch die Kollegen der erstbefragenden Polizisten, Pause, „Ja nicht weggehen“, „Wir brauchen Sie noch“ und wieder Befragung durch Kollegen der Kollegen der ersten Fragesteller. Vom Protokoll für seinen Dienstgeber ganz zu schweigen. Man kannte das ja: Bürokratie bis in den Tod, erst recht, wenn dieser gewaltsam war. Arrivederci espresso, ciao cornetto!

II.
Vigilia delle nozze - Polterabend

FONS PUDIA

Als Commissario Claudio Camilieri an einem schönen Oktobertag mit Begleitung in Arta Terme aus dem Auto kroch, wusste er noch nichts von der Leiche. Da war der Mord nämlich noch gar nicht geschehen, folglich gab es, wie sich jeder selbst leicht ausrechnen kann, auch keine Leiche.

Noch keine Leiche also. Was führte dann einen Commissario, den man erst zu Jahresbeginn aus dem fernen Sizilien ins norditalienische Cividale strafversetzt hatte, ausgerechnet nach Arta Terme? Nun, man könnte sagen, es hätte der Zieleinlauf einer Achterbahnfahrt der Gefühle werden sollen, sowohl beruflich als auch privat. Beruflich war Claudio Camilieri der ganzen Strafversetzerei zum Trotz rund um Ferragosto die Lösung des bis dato spektakulärsten Falls seiner Karriere geglückt. Mit einem durchaus als illuster zu bezeichnenden Team hatte er in wenigen Tagen ein Phantom aus dem Verkehr ziehen können, das zuerst eine Reihe von Mittelalterhistorikern aus dem Weg geräumt und in der Folge einer weiteren Reihe dieser honorigen Wissenschaftler nach dem Leben getrachtet hatte. Dass sich eine aus der geretteten Forschergruppe, Lydia Brenner, gleich als Frau seines Lebens entpuppte, setzte dem beruflichen Erfolg das private Sahnehäubchen auf und komplettierte seinen Triumph. Und weil ein richtiger süditalienischer Commissario auch dann nicht lange fackelte, wenn man ihn nach Norditalien versetzte, wollte Camilieri die frisch gewonnene Liebe seines Lebens keine zwei Monate später hier in Arta Terme vor den Traualtar führen. Dass die Braut Österreicherin war und blond, störte ihn dabei nicht im Geringsten …

Der genauso traditionsreiche – die Schwefelquelle kannte und schätzte man schon in der Antike unter dem Namen Fons Pudia – wie heute ziemlich in Vergessenheit geratene Kurort Arta Terme lag keine zwanzig Kilometer von der österreichischen Grenze entfernt. Für den österreichischen Teil der Hochzeiterei somit ideal. Aber auch

Camilieri kam auf seine Kosten. Die Lösung des letzten Falls hatte ihn nämlich unter anderem nach Sauris geführt, in jenes abgeschiedene Hochgebirgsdorf, in dem er das Phantom schließlich stellte. Und dort hatte sich der Sizilianer spontan in die Bergwelt verschaut. Das muss man sich vorstellen! Einer, der jahrzehntelang am Fuße des Ätna gelebt hatte, liebte plötzlich die Karnischen Alpen!
Daher wurde ihm von seinen Freunden und Kollegen Arta Terme als idealer Schauplatz für die Hochzeit empfohlen. Freunde und Kollegen, das klang nach einer gewaltigen Menge, in Wahrheit waren es hauptsächlich Giuseppe Forza und ein Hundeführer, beide bei der Lösung des letzten Falls mit dabei. Camilieri war nämlich keiner, der viele Vertraute um sich scharte. Das Kurdörfchen lag eingebettet in schmucke Berge; schräg gegenüber dem Dorf und aus keiner Richtung zu übersehen hatte sich ein Kirchlein auf einen monolithisch anmutenden Berggipfel gesetzt: San Pietro, die älteste Kirche Karniens. Der Anblick dieser Einheit aus Naturgewalt und erdiger romanischer Architektur ließ das Herz des – zumindest in der Theorie – Neo-Bergfexen Camilieri schon zu dem Zeitpunkt höher schlagen, als er aus dem Auto stieg.
Es sollte noch einige Male höher schlagen. Zuerst einmal vor Anstrengung, als Eleonora, Lydia, Camilieri, Forza und der Padre, der die Trauung vornehmen wollte, die letzten Meter vom Parkplatz über eine steile Steintreppe zur Kirche hinaufkraxelten. Und dann natürlich, als der Tote gefunden wurde. Doch greifen wir nicht vor!
Wie das Leben so spielt und weil es bekanntlich die besten Geschichten selbst schreibt, sollte es nicht bei einer Hochzeit in San Pietro oberhalb von Arta Terme bleiben. Auch Camilieris Kollege Forza hatte sich im Zuge der Klärung des letzten Falls verliebt: in Eleonora, eine Assistentin am Kommissariat in Cividale. Diese wollte er zeitgleich mit der Vermählung seines Chefs in Arta Terme in den Stand der Ehe überführen, eine Doppelhochzeit also, die nur deshalb in dem kleinen Kirchlein Platz haben konnte, weil aus Sizilien kaum Publikum anreiste, auch die österreichische Delegation klein ausfiel, Forza schon Schwierigkeiten hatte, seine Mamma zur Teilnahme an der Hochzeit

zu überreden, und generell keiner der Beteiligten ein Freund pompöser Feiern war – allen italienischen Usancen zum Trotz. Gewohnt wurde in einem Hotel im Ortsteil Piano d'Arta, dem Namen entsprechend noch ruhiger als der ruhige Rest des Kurorts.

Bevor die Truppe mit dem Padre, Forza wie gewohnt am Steuer, zum Parkplatz unter dem Bergkirchlein San Pietro hochfuhr, um die Örtlichkeit der Hochzeitszeremonie zu begutachten und sich vom Padre instruieren zu lassen, wo während der Feier welcher Schritt zu tun wäre, überquerte sie ein paar Hundert Meter südlich von Arta Terme auf einer Brücke den But. Das Flüsschen strömte von den Bergen her kommend durch das Tal, bis es in den Tagliamento mündete. Am anderen Ufer, auf jener Seite des But, wo auch die Therme lag, erstreckten sich knapp nach der Abzweigung auf die enge Bergstraße zum Kirchlein hinauf die Ausgrabungen von Zuglio.

Der Padre, ein hagerer Mann mit stechenden Augen, die einen scharfen Verstand verrieten, erklärte ungefragt und einem Reiseleiter nicht unähnlich: „Da drüben liegt Zuglio mit den Resten einer alten römischen Siedlung. In der Römerzeit war das eine bedeutende Stadt, deren Einfluss weit über die Stadtgrenzen hinausreichte. Von hier aus kontrollierte man eine wichtige Handelsstraße, die Via Julia Augusta, die Kaiser Augustus erbauen ließ und die von Aquileia nach Norden bis ins heutige Österreich führte. Ein Teil der Siedlung wurde ausgegraben, wie zum Beispiel das ehemalige Forum. Auch eine Therme wurde freigelegt. Ich möchte gar nicht wissen, welche Schätze da noch unter der Erde schlummern. Leider fehlt der Regierung immer dann das Geld, wenn es darum geht, unsere reichlich vorhandenen Geschichtsdenkmäler zu bewahren. Eine Schande, was da jüngst in Pompeji passiert ist! Mehr als zweitausend Jahre hat das antike Gladiatorenhaus überdauert, und heute, bei all der Technik, lässt man es so weit verfallen, dass es schlussendlich in sich zusammengestürzt ist. Typisch Süditalien: schlampig und korrupt!"

Camilieri verdrehte die Augen, schwieg um des Hochzeitsfriedens willen aber, obwohl es ihm sichtlich schwerfiel.

Das bemerkte der Padre gar nicht, so sehr hatte er sich in Rage geredet: „Aber da haben die Politiker vermutlich einiges mit den Touristen gemeinsam, die die Ausgrabungen meistens auch nur deshalb besichtigen, weil es sich halt so gehört. Dabei haben sie eigentlich nur das nächstgelegene Caffè im Sinn."
Während der Padre ins Schimpfen über die Regierung, die Süditaliener und die Gäste des Landes geriet, meinte Camilieri zu Forza, der das Sträßchen hinaufbretterte, als führe er in der Rallye-Weltmeisterschaft um den Titel: „Langsam, wir sind ja nicht im Dienst und wollen den Tag unserer Hochzeit noch erleben."
Zum Geistlichen sagte er, lediglich damit er irgendetwas sagte: „Sie kennen sich aber gut aus mit den alten Römern, Padre."
„Das ist kein Wunder, mein Sohn", erwiderte dieser, „schließlich reichen die Wurzeln unseres Glaubens bis in die Römerzeit zurück. Einer der Apostel war ein römischer Bürger: Paulus. Auf Italienisch Paolo, so heiße nebenbei bemerkt auch ich, doch ich bevorzuge die lateinische Version meines Namens."

*

Nach der Rückkehr vom Bergkirchlein San Pietro und nachdem man den Padre vor dem Pfarrhaus aus dem Auto steigen lassen hatte, ließ Camilieri seinem Ärger freien Lauf. Er und Lydia, Forza und Eleonora saßen an der Hotelbar bei einem Espresso.
„Wenn der Pfaffe bei der Trauungspredigt auch nur ein schlechtes Wort über Süditalien verliert, dann stehe ich auf und gehe", ärgerte er sich und warf mit einer gleichermaßen ausladenden wie abwertenden Handbewegung die Kaffeetasse um, die Gott sei Dank bereits ausgetrunken war. „Che polentone!", setzte er noch grantig nach.
„Und was wird aus unserer Hochzeit?", fragte Lydia.
„Dann heirate ich dich eben in Sizilien", erwiderte Camilieri zuerst mürrisch, dann mit einem gewinnenden Lächeln, wie es nur Süditaliener von einer Sekunde auf die andere ins Gesicht zaubern können. Der laute Schepperer, den die Tasse beim Herabfallen auf den Stein-

boden verursachte, hatte die am Nachmittag im mehr oder weniger verlassenen Hotel – die Gäste wanderten durch den schönen Spätherbst oder badeten in der Therme – allein Dienst schiebende Chefin des Hauses herbeieilen lassen.
„Prego?“, fragte sie.
„Gut, dass Sie da sind“, überspielte Camilieri sein Missgeschick mit der Kaffeetasse, „wir sollten über das Hochzeitsmahl reden. Mein Kollege“ – er deutete auf Forzas stattlichen Bauch – „ist ein echter Feinschmecker und unsere Frauen“ – die nächste Handbewegung galt Lydia und Eleonora – „schätzen ebenfalls die Vorzüge der guten italienischen Küche.“
„Ma certo“, erwiderte die Frau des Hauses erfreut, „wir haben da zwei Möglichkeiten: Entweder wählen Sie aus unseren Spezialitäten der überregionalen italienischen und internationalen Küche, die großen Klassiker also, die alle kennen, auch die Gäste aus Österreich. Oder“, sie senkte die Stimme auf eine Lautstärke, die nach Verschwörung klang, der Tonfall sollte aber nur auf einen Geheimtipp einstimmen, „oder wir kochen für Sie tipicamente friulano.“
„Friulano“, antworteten Eleonora und Forza, beide in Cividale geboren und aufgewachsen und höchstens zum Einkaufen nach Udine oder Palmanova gekommen, gemeinsam mit der Österreicherin Lydia aus einem Mund. Die von Camilieri hingemurmelten Worte „überregional italienisch“ gingen im Antwortchor vollkommen unter.
„Fantastico!“, freute sich die Wirtin, „Bravo! Eine gute Wahl.“
Dann holte sie hinter der Bar ein Kochbuch von biblischem Format hervor und hievte es mit einem Schwung auf den Tresen, dass man kurzfristig um die Stabilität der in die Jahre gekommenen Holzkonstruktion zitterte. Alte Kochbücher konnten ein Gewicht auf die Waage bringen, das verstehen ließ, warum man Kutteln, fette Würste oder Bauchfleisch zu stärkenden Speisen verkochte. Allein zum Stemmen der Bücher benötigte man die daraus gewonnene Kraft …
Es begann ein Blättern und Gustieren, ein Betrachten von geschmackvollen Fotos, garniert mit einer intensiven Beratung durch die Chefin

des Hauses, die zugleich der Küche vorstand. Dem Trend der Zeit folgend, schlug sie vor, der Speisenfolge die Schwere zu nehmen. So könnte man beispielsweise schwereren Antipasti einen leichteren ersten Gang folgen lassen, um beim zweiten wieder ein wenig deftiger werden zu können.

„Die Abwechslung zwischen ein wenig leichter und ein bisserl schwerer finde ich ausgezeichnet", bestätigte Lydia.

In einem war man sich ebenfalls einig: Verlangte ein Rezept von alters her Pancetta, den italienischen Bauchspeck mit gehörig Fett, dann würde man dies nicht ändern, 21. Jahrhundert hin oder her. Kalorien zählen konnte man nach der Hochzeit lange genug.

Schließlich kreierte man ein Festmenü, das sich schmecken lassen konnte (richtigerweise müsste man ja sagen: schmecken lassen hätte können, doch dazu später): Während der Wartezeit, bis auch der letzte Gast der Hochzeitsgesellschaft den Weg vom Bergkirchlein herunter gefunden hätte, sollte es beim Herumstehen im Foyer des Ristorante winzige würzige Fleisch-, Gemüse- und Reisbällchen auf kleinen Spießchen geben. Dazu Prosecco di Valdobbiadene – natürlich DOCG, Denominazione di Origine Controllata e Garantita. Und für die Österreicher, die Chefin verzog das Gesicht und machte eine Miene, als rede man von Urwaldafrikanern, nein, von Leuten vom Mond, obwohl die Grenze zur Alpenrepublik keine Dreiviertelstunde mit dem Auto entfernt lag, für die Österreicher zur Überbrückung der Wartezeit Birra.

„Gösser", sagte die Chefin dann doch ein wenig stolz, weil sie die bekannte österreichische Biermarke in ihrem Ristorante führte, und schaute erwartungsvoll zu Lydia. Die zählte aber eindeutig zur Prosecco-Fraktion.

„Prosecco", freute sich auch Eleonora, „e molto buono."

Camilieri, durstig und ein wenig sauer, weil man ihn vorher überstimmt hatte, bestellte als Einziger eine Kostprobe des Bieres, während die anderen die Einladung der Wirtin auf ein Gläschen des Prosecco erfreut annahmen.

Vor dem eigentlichen Mahl würde man in weiterer Folge ein wenig gekochtes Gemüse servieren, das sich jeder am Tisch nach Geschmack, Lust und Laune mit Olio extra vergine di Oliva aus Umbrien, Aceto balsamico di Modena und etwas Sale marino marinieren konnte. Dann sollten Prosciutto di San Daniele, Montasio-Käse und Oliven als Antipasti folgen. Die Nudeln des ersten Ganges würden mit Salsiccia, typisch friulanischer Wurst, und erntefrischen Tomaten zubereitet werden. Für den Hauptgang beabsichtigte die Wirtin Anleihen beim wichtigsten Fest der Christenheit, Pasqua, zu nehmen und empfahl Zicklein.
„Dieses Gericht", erklärte sie, „wird mit frischem Rosmarin und Knoblauch geschmort. Es kommt normalerweise nur zu Ostern auf den Tisch. Aber eine Hochzeit ist ja auch ein Neubeginn, also so etwas wie eine Auferstehung."
Bevor eine Nachfrage möglich war, wie das denn gemeint sei, präsentierte die gute Frau auch schon die Vorschläge für die Dolci: Torten, Kuchen und Kekse. Und als Krönung Cassata siciliana, eine Festtagstorte aus Sizilien, zu Ehren des von der Insel stammenden Bräutigams als große Ausnahme in der ansonsten friulanischen Speisenfolge. Feinstes Biskuit wurde dafür mit zuckergesüßter Ricotta gefüllt, unter die man Likör, Schokoladestückchen und kandierte Früchte mengte, darüber eine Haube aus Panna mit Vanillezucker.
„Commissario", schloss die Hotel- und Küchenchefin mit Begeisterung, „das wird Ihnen, Ihrer Braut und Ihren Gästen schmecken. Und natürlich auch dem Signor Forza und – noch darf ich so sagen – der Signorina Eleonora."
Zu diesem Zeitpunkt wusste es niemand und es hätte wohl die gute Stimmung gestört: Bis man das Mahl veramente genießen konnte, sollte wesentlich mehr Zeit vergehen als geplant.

*

Nach dem Genuss von Prosecco und Bier beschlossen die zukünftigen Bräute und Bräutigame, einen abendlichen Spaziergang zu unternehmen, um in der frischen Bergluft den Tag ausklingen zu lassen.

Platz zum Spazieren gab es genug, denn obwohl Arta Terme nur rund zweitausendzweihundert Einwohner zählte, erstreckte sich die Gemeinde über eine beträchtliche Fläche. Im und um den Ort dominierten sattgrüne Wiesen, ringsum gab es viel, viel Wald und in einem großen Halbkreis um das Tal hohe Berge, von deren Gipfeln bereits im Oktober der erste Schnee weiß herableuchtete. Einige Ortsteile wie das Zentrum selbst oder das erwähnte Piano d'Arta, wo Camilieri und Co Quartier bezogen hatten, verströmten mit ihren Hotels und der Nähe zur Therme den mondänen Charme eines ein wenig in die Jahre gekommenen Kurortes, was besonders Lydia gefiel. Denn als Historikerin konnte sie sich gut hineinversetzen in die Zeit, als der Kurort seine letzte Hochblüte erlebt hatte: Bürger aus ganz Norditalien waren hierher gekommen, weil sie sich Linderung ihrer Leiden erhofften. Man spazierte und diskutierte, man kommentierte das öffentliche Leben und erholte sich gleichzeitig davon. Unter ihnen war der Freimaurer und Dichter Giosuè Carducci gewesen, der, so glaubte sich Lydia zu erinnern, sogar mit dem Literaturnobelpreis ausgezeichnet worden war. Das bestätigten dann auch eine Tafel und eine Statue des Dichters in einem kleinen Park unweit des Hotels.

Verstecktes Herzstück des Ortes aber war die Therme, an der die vier ebenfalls vorbeischlenderten. Auffallend hier mitten in Karnien waren besonders die spitzen Türmchen am Dach, die ein wenig an asiatische Pagoden erinnerten und im Ort anscheinend Schule gemacht hatten. Denn immer wieder entdeckten sie Dächer, die an die Türmchen der Therme erinnerten, so auch beim Hotel, in dem die Hochzeiter nächtigen und feiern wollten. Im Gegensatz zu anderen Bädern herrschte die Therme hier aber nicht über den Ort, sondern sie schien sich geradezu verschämt unten im Tal des But zu verstecken. Historisch wertvoller als die Therme, darauf wies natürlich wieder Lydia hin, waren die Kirchen des Ortes, darunter einige Kapellen aus dem 15. Jahrhundert, wie die Heiliggeistkapelle und die Kapelle des heiligen Nikolaus. Damit hatte sicher auch der historisch interessierte Padre seine helle Freude.

Irgendwie erweckte Arta Terme insgesamt in Claudio Camilieri den Eindruck, einmal mit erheblichen Mitteln aus dem Boden gestampft und dann von den Bewohnern wieder in den Schlaf gewiegt worden zu sein. Die Hinweistafeln zu den Wanderwegen durch Ort und Umgebung waren zwar exakt, aber grau und verwittert. Die Läden vieler Häuser waren geschlossen und auf den Fassaden zu viele Vendesi-Schilder zu lesen. Vielleicht lag es einfach an der Jahreszeit, in der er und Forza in Arta Terme heiraten wollten: Spätherbst, zwar mit dem schönsten Wetter, das man sich vorstellen konnte, aber eben keine Ferienzeit. Die markanten Berggipfel ringsum stachen schroff in einen blauen Himmel, den kein Wölkchen trübte. Man ahnte, dass es nicht mehr lange so bleiben und bald die Herbststürme mit Kälte und Regen übers Land ziehen würden.

*

Geraume Zeit nach Mitternacht hämmerte es an Camilieris Zimmertür. Bis der Commissario aus dem Schlaf fand, dauerte es. Lydia erwachte schneller und rüttelte ihren Bräutigam fest an den Schultern.
„Wach auf, Claudio, da ist jemand an der Tür."
„Chiuso", murmelte der Angesprochene im Halbschlaf, bevor er sich abrupt aufrichtete. „Eh, was soll das?", schimpfte er dann laut in Richtung Tür. „Hast du keine Uhr?"
„Commissario", tönte es von draußen, „machen Sie auf! Ein Notfall!"
„Ist den Zechern an der Bar der Wein ausgegangen?", fragte Camilieri grantig.
„Nein ... viel schlimmer ... tot", drang es durch die Tür.
Leise flüsterte Camilieri Lydia ins Ohr: „Scusi, Bella, ich befürchte, ich muss einmal kurz nachsehen, was da draußen los ist."
Laut rief er zur Tür, während er in seine Hose schlüpfte: „Tot? Wer ist tot?"
Vor der Tür wurde es still, statt einer Antwort Schweigen. Camilieri, der sich inzwischen auch ein Hemd übergestreift hatte, riss die Tür auf und blickte dem Dorfpolizisten in die Augen.

„Also, was ist los?“, herrschte er ihn an.
„Commissario“, antwortete der Beamte der Polizia municipale, „in der Therme wurde ein Toter gefunden.“
„Das ist schlecht, aber nicht meine Angelegenheit. Ich bin im Urlaub“, erwiderte Camilieri forsch und wollte die Tür wieder schließen.
„Ich weiß, Commissario“, entgegnete der örtliche Polizist, „er tut mir auch leid, Sie zu stören. Wo Sie doch übermorgen heiraten wollen. Aber Sie sind von der Kripo – und Sie sind hier. Ihre Kollegen in Tolmezzo, die eigentlich zuständig wären, gehen nicht und nicht ans Telefon.“
„Hm.“
„Und für die Spurensicherung brauchen wir einfach einen Profi am Tatort.“
Camilieri dachte kurz nach. „Stimmt“, meinte er dann. „Was man am Anfang nicht begutachtet und bewertet, ist unwiederbringlich verloren. Warten Sie eine Minute, ich komme mit Ihnen.“ Er ging zurück zum Bett und drückte Lydia einen Kuss auf die Lippen. „Ich bin so schnell wie möglich zurück, das verspreche ich.“
Lydia seufzte: „Ich bin schon zufrieden, wenn du unseren Hochzeitstermin schaffst.“
Ohne zu antworten, stürmte Camilieri aus dem Zimmer und eilte zu Forzas Tür. Er klopfte heftig und rief: „Aufwachen, Forza, es gibt Arbeit!“
Ein paar Minuten später sprangen die drei in den Alfa, der am Hotelparkplatz abgestellt war. Forza hinters Steuer, daneben auf den Beifahrersitz Camilieri und auf die Rücksitzbank der Beamte der Polizia municipale, der sie aus dem Bett geholt hatte. Der Mond tauchte das Gelände in fahles Licht, was sich schlagartig änderte, als Forza den Motor anließ und ungeachtet der Straßenverkehrsordnung, die für Ortsgebiet Abblendlicht vorsah, die Scheinwerfer einschaltete und aufblendete.
Als der Alfa mit quietschenden Reifen aus dem Parkplatz bog, wurde dem Dorfpolizisten im Fond rasch klar, warum Aufblendlicht: Schon nach ein paar Hundert Metern Fahrt, beim Einbiegen in die Viale del-

le Terme, brach aufgrund der Geschwindigkeit das Heck des Alfa aus. Doch Forza fing den Wagen geschickt ab. Nach rund dreihundert Metern in der schnurgeraden Straße, die vom höher gelegenen Ortsteil Piano d'Arta zum Fluss hinunterführte, hatten die Ermittler bereits hundert Sachen drauf. Dem Dorfpolizisten erstarrte das Antlitz zu Eis – sonst schrieb er an dieser Stelle bereits bei sechzig Stundenkilometern saftige Strafmandate. Und die Anrainer der abschüssigen Gasse dürften Forza mit seinem grellen Scheinwerferlicht und dem lauten Motorenlärm, die er ihnen durch die Fenster in die Schlafzimmer schickte, ohnehin von ganzem Herzen verflucht haben.

An der Kreuzung mit der Strada statale 52 bis Carnica, der Hauptstraße durch das Tal des But, lenkte Forza scharf nach links, wieder mit ausbrechendem Heck, um unmittelbar darauf in die Zufahrtsstraße zur Therme rechts wegzubiegen. Eine scharfe Kehre noch, mit leicht abhebenden Rädern ging es über die Brücke des Flusses und Forza stellte den Wagen direkt vor dem Eingang ins Thermalbad ab.

„Bene!", lobte der Commissario, „das ging ja wirklich professionell."

Nach einem zufälligen Blick auf Forzas Unterschenkel, den die Hose beim Aussteigen kurzfristig freigab, lachte Camilieri auf und fügte hinzu: „Besser als das Anziehen!"

Forza verstand nicht sofort. Erst nachdem der andere auf seine Füße gedeutet hatte, erkannte er das Malheur: Da hatte er doch glatt zwei verschiedenfarbige Socken erwischt!

„Merda", murmelte er, „das kommt von der Hetzerei."

Und Camilieri schoss durch den Kopf, dass Eleonora wohl noch ein gutes Stück Arbeit mit ihrem Giuseppe haben würde.

Nur der Dorfpolizist dachte nichts. Seinem Gesicht fehlte nach dem Aussteigen völlig die Farbe, es glich den Nebelfetzen, die im bleichen Mondlicht gespenstisch vom Wasser des But aufstiegen.

*

In der Zwischenzeit herrschte in der Therme bereits Chaos. Menschen liefen wild durcheinander, ein Sinn, gar eine Struktur hinter ihrem

hektischen Tun war nicht zu erkennen. Camilieri schnappte sich als Ersten den Nachtwächter, der – obwohl es eine weitere Befragung werden dürfte – erstaunlich gelassen dasaß und der Dinge harrte, die bis zu seinem wohlverdienten Frühstück noch kommen sollten.
„Sie haben die Leiche also gefunden", begann der Commissario.
„Sì", bestätigte der Mann.
„Wie lange waren Sie zu dem Zeitpunkt schon in der Therme?"
„Eine gute Viertelstunde, schätze ich."
„Ist Ihnen vorher irgendetwas aufgefallen? War etwas anders als sonst?"
„No."
„Denken Sie bitte genau nach, jede Kleinigkeit kann von Bedeutung sein."
„Nein, Commissario, es war alles wie sonst. Obwohl ...", der Nachtwächter zögerte.
„Ja? Was obwohl?"
„Ein Fenster war offen. Ich bemerkte es an der Zugluft."
„Zeigen Sie mir das Fenster!" Und zu Forza sagte er: „Kommen Sie mit, Kollege."
Der Nachtwächter führte die beiden zu dem Fenster und erklärte: „Hier, dieses Fenster war offen. Ich spürte gleich beim Hereinkommen Zugluft. Das ist aber nichts Besonderes. Jede zweite Nacht ist hier irgendwo ein Fenster geöffnet. Die Badegäste machen es tagsüber auf, wenn die Hitze zu groß wird oder die Luft schlecht ist, und das Personal merkt es beim Zusperren nicht."
Vorsichtig, um nicht eventuell vorhandene Spuren zu zerstören, trat der Commissario an das Fenster heran und schaute hinaus.
„Viel sieht man nicht. Wir werden uns das Ganze nach Tagesanbruch von draußen anschauen", sagte er zu Forza.
„Und was haben Sie dann gemacht?", setzte dieser die Befragung des Nachtwächters fort.
„Na, das Fenster geschlossen", antwortete der Mann leicht genervt.
„Und dann?", drängte Forza.

„Dann habe ich meinen Rundgang fortgesetzt. Wie jede Nacht."
„Dabei ist Ihnen nichts mehr aufgefallen?"
„Nein, alles war wie immer. Bis ich in die Halle mit dem Schwimmbecken gekommen bin. Da habe ich auf der Wasserfläche etwas treiben sehen."
„Sonst war nichts anders?", insistierte Forza. „Nicht die kleinste Kleinigkeit?"
„Na ja", meinte der Nachtwächter nach einer kurzen Nachdenkpause, „es hat hier herinnen so komisch gerochen."
„Wie – komisch?"
„Nach Verwesung. Zusätzlich zum Schwefelgeruch, der vom Wasser aufsteigt."
Commissario Claudio Camilieri pfiff durch die Zähne. Er sagte zu Forza: „Wissen Sie, was das bedeutet?"
Ohne eine Antwort abzuwarten, fuhr er fort: „Das bedeutet, dass unser Toter da gar nicht mehr frisch ist."
„Sie meinen also, dass er woanders ermordet und erst danach hierher verfrachtet wurde?", fragte Forza nach, ob er den Commissario richtig verstanden habe.
„Wenn er denn ermordet wurde", antwortete Camilieri. „Es war ja noch nicht einmal ein Pathologe da. Wir kennen die Todesursache also nicht."
„Alles andere als ein Mord kommt wohl kaum infrage. Oder glauben Sie, er wäre irgendwo da draußen eines natürlichen Todes gestorben und dann hereinspaziert, um in der Therme endgültig unterzutauchen?"
Camilieri lachte kurz auf: „Sehr wahrscheinlich ist es nicht, zugegeben. Aber bevor wir keine Gewissheit haben, darf nichts von Vornherein ausgeschlossen werden."
„Stimmt. Trotzdem fällt mir keine andere Möglichkeit ein. Es ist wohl auch schwer vorstellbar, dass er draußen eines natürlichen Todes gestorben ist und heute Nacht von irgendwem hereingetragen und ins Wasser gelegt wurde. Warum sollte man das tun?"

„Ja, ja, Sie haben ja recht, Forza", sagte der Commissario, „ich wollte lediglich ausdrücken, dass wir keine vorschnellen Schlüsse ziehen sollten."

„Und im Wasser ertrunken kann er auch nicht sein", dachte Forza weiter laut nach, „denn gestern war die Therme geöffnet. Wie aber die gute Nase unseres Wachmannes hier bestätigt hat und man auch jetzt unschwer feststellen kann" – er rümpfte die Nase –, „muss er schon länger tot sein als ein paar Stunden. Sonst würde er ja nicht so streng riechen."

„Gut", gab sich Camilieri gegenüber der Logik seines Kollegen geschlagen, „gehen wir also davon aus, dass er vor einiger Zeit irgendwo da draußen ermordet wurde. Stellt sich also die Frage, warum irgendjemand das Risiko in Kauf nahm, beim Versuch entdeckt zu werden, die Leiche hierher zu transportieren. Warum hat er sie nicht in den Wäldern, die sich ringsum erstrecken, gefahrlos verscharrt? Oder einfach liegen gelassen? Bis ein Jäger oder ein Schwammerlsucher sie gefunden hätte, könnten Monate vergehen."

„Diese Frage ist berechtigt, Commissario. Warum schleppt man sein Opfer einige Tage nach der Tat an einen Platz, wo eine Entdeckung ziemlich wahrscheinlich ist?"

„Weil man will, dass es entdeckt wird."

„Das könnte man auch einfacher haben", gab Forza zu bedenken.

Camilieri ergänzte: „Weil man will, dass das Opfer entdeckt wird, und gleichzeitig irgendetwas damit ausdrücken möchte."

„Ausdrücken?"

„Ja, beispielsweise eine Warnung mitschicken: Ihr anderen, passt auf, dass es euch nicht gleich ergeht! Forza, wir sollten, sobald es hell wird, den Platz vor dem Fenster inspizieren. Vorher brauche ich aber dringend einen Caffè."

„Den könnte ich auch vertragen", bestätigte Forza und rief in die Runde, in der Beamte der Polizia municipale, vom Unglück benachrichtige Thermenführungskräfte und der Chef des Nachtwächters hektisch durcheinanderredeten und planlos durch die Gegend eilten:

„Gibt's hier irgendwo Caffè?"
„Könnte ich vielleicht auch einen haben?", meldete sich der Nachtwächter schüchtern zu Wort. „Oder kann ich schon gehen?"
„Sie müssen noch hierbleiben", antwortete Camilieri, „bis Sie uns das Fenster, das geöffnet war, von außen gezeigt haben."
Der Nachtwächter seufzte.
Camilieri verspürte Mitleid: „Aber einen Caffè können Sie natürlich mit uns trinken. Falls wir hier überhaupt einen kriegen."

*

In der Therme dampfte nicht nur das heiße Wasser, auch die Köpfe der Ermittler rauchten. Und der Magen des Nachtwächters knurrte. Caffè hatte man zwar auftreiben können, aber von einem Cornetto keine Spur.
Völlig anders zeigte sich die Lage im friedlichen Rest von Arta Terme. Tiefe Nachtruhe lag über dem Ort. Alle schliefen. Oder, besser gesagt: die meisten. Der Padre beispielsweise war munter. Wer jetzt glaubt, der fromme Mann Gottes betete vielleicht einen Rosenkranz, der irrt. Nein, der Padre nutzte die Stunden der Nacht, um seiner wahren Leidenschaft nachzugehen, dem, was er als seine eigentliche Berufung verstand. Tagsüber hatte er wenig Zeit dafür, ständig störte jemand. Einmal starb einer aus der überalteten Kirchengemeinde, dann stand wieder ein Fest im Jahreskreis vor der Tür, derzeit kam noch die Doppelhochzeit der beiden Kriminalpolizisten aus Cividale dazu. Herrgott, hatten die in der Langobardenstadt denn keine eigenen Kirchen zum Heiraten? Doch jetzt in den Nachtstunden quälte ihn das aber kaum. Jetzt war es Zeit, um den archäologischen Studien nach Herzenslust nachzugehen. Der Padre tauchte tief in die Welt der Griechen und Römer ein. Er las alte Texte und freute sich über manches Stück aus diesem verschwundenen Kosmos, das er sein Eigen nennen durfte: eine kostbare Gewandfibel aus dem alten Rom oder eine Münze mit dem Porträt des Kaisers, in dessen Regierungszeit sie geprägt worden war. Santa Vergine Maria, dachte er und ließ den

Sesterz von Kaiser Augustus behutsam durch seine Finger gleiten. Diese Münze war zweitausend Jahre alt! Was war mit ihr damals wohl bezahlt worden? Wein in der Taverne? Brot und Bohneneintopf? Oder gar Liebesdienste in einem Bordell? Der Padre schmunzelte und dankte dem Herrn, dass er ihn ausgerechnet nach Arta Terme berufen hatte, wo eine alte Römerstadt in unmittelbarer Nachbarschaft lag. Wahre Schätze konnte man da in den Ausgrabungsstätten bestaunen, wahre Schätze schlummerten da noch unter der Erde.

Eine andere schlief ebenfalls nicht: die Wirtin und Küchenchefin des Hotels, in dem in wenigen Stunden eine Doppelhochzeit gefeiert werden sollte – das war schon sehr, sehr lange nicht mehr da gewesen. Für die Vorbereitungen des Hochzeitsmahls eigneten sich die ruhigen Nachtstunden hervorragend. Da war man ungestört, da konnte man mit aller Sorgfalt in der Küche arbeiten, während tagsüber laufend wer was wollte. Eine Reservierung hier, eine Auskunft dort, frische Leintücher für den Bettwäschewechsel, dazwischen schnell die Einkäufe für die Küche, danach ein Espresso für den ersten Lieferanten des Tages, bevor dieser weiterfuhr, ein freundliches Lächeln für den nächsten … mit einem Wort: Tagsüber gab es kein kreatives Umfeld für die Küchenkunst, das herrschte erst während der Ruhe der Nacht. Und so widmete sie sich nun den Vorbereitungen für das festliche Mahl, modellierte an den süßen Kunstwerken der Dolci, rührte, marinierte, parierte und filetierte, was demnächst auf den Festtagstisch kommen sollte. Das war wichtiger, als zu schlafen.

Andere wieder schliefen tief und fest. Lydia beispielsweise, die, in Leintuch und Decke gekuschelt, vor sich hin träumte. Wild vermischten sich Erinnerungen mit Befürchtungen. Erinnerungen daran, wie sie Camilieri kennengelernt hatte, als er sie aus den Fängen des Phantoms befreit hatte. Erinnerungen an den Espresso, bei dem der Funke zwischen den beiden übergesprungen war. Erinnerungen an die erste gemeinsame Nacht hoch oben unter dem Dach des Berggasthofs in Sauris. Befürchtungen, ob der Kulturunterschied zwischen dem Sizilianer, auch wenn er jetzt in Cividale lebte, und ihr, der Österreicherin, nicht zu groß sein würde. Sicher, wäre sie nicht überzeugt davon, dass Claudio der Rechte war, hätte sie niemals nur knapp zwei Monate nach der ersten Begegnung schon einer Hochzeit zugestimmt. Aber war der erste Eindruck immer der richtige? Wie würde sich das gemeinsame Leben gestalten, wenn der eine im Friaul Verbrecher jagte, die andere in Österreich ihren historischen Forschungen nachging? Würden gemeinsam verbrachte Wochenenden genügen, um die Beziehung stabil zu halten? Dazu gelegentliche Urlaube zu zweit? Andererseits, sie kannte genug Ehen, in denen die Partner Tag für Tag aneinanderklebten und die trotzdem – oder deshalb? – nicht funktionierten. An ein Aufgeben des Berufs dachte auf jeden Fall keiner der beiden. Für Claudio käme das sowieso nicht infrage, er war zu sehr Südländer. Und sie? Sie war ein viel zu emanzipiertes Kind der 68er-Nachfolgegeneration, um für Heim und Herd ihren Job an den Nagel zu hängen. Nein, das mussten sie auf andere Art und Weise hinkriegen. Gemeinsam vor Ort ließen sich die Probleme ja relativ leicht lösen. Am Telefon freilich, wenn sie in Graz sitzen würde und er in Cividale, würde es schon wesentlich schwieriger werden …

Auch Eleonora schlief in dieser Nacht. Vermutlich besser als Lydia, weil sich ihr das Ferneheproblem nicht stellte. Im Gegenteil: Giuseppe lebte in Cividale, sie lebte in Cividale, beide arbeiteten im Kommissariat Tür an Tür – sie als Assistentin in der Vermittlung, er als Adlatus des Commissario. Da könnte höchstens zu viel Nähe zum Problem werden, doch davor hatte sie keine Angst. Italienische Frauen liebten die Nähe! Angst verspürte sie eher vor Giuseppes Mutter, die in ihr immer noch den Störenfried sah, der der armen Mamma den Figlio wegnehmen wollte. Völliger Blödsinn! Ein großer, kräftiger Kerl wie ihr Giuseppe sollte doch Mann genug für zwei Frauen sein – für sie, Eleonora, seine fürsorgliche und liebende Ehefrau, und für die andere, Elisabetta Forza, seine fürsorgliche und liebende Mutter.

Diese andere, die Mutter Giuseppe Forzas, schlief ebenfalls in dieser Nacht. Aber nicht in Arta Terme, sondern zig Kilometer entfernt daheim in ihrer kleinen Wohnung in Cividale. Sie sollte erst am nächsten

Vormittag mit ihrem Bruder Giorgio anreisen – am Tag vor der Hochzeit, die Brautleute hatten das so gewünscht! Da steckte sicher Giuseppes Zukünftige dahinter! Manchmal hatte sie sie in Gedanken schon als Tipa, eine Tussi, bezeichnet, wofür sie sich schämte. Einmal hatte sie es auch gleich gebeichtet, aber es passierte ihr immer wieder. Bei der Vorstellung, dass also diese Tipa in Kürze ihre Schwiegertochter werden sollte, wälzte sie sich im Schlaf. Und sie, die Mamma, würde dann nur mehr die zweite Geige spielen. Bei den sonntäglichen Ausflügen mehr geduldet als erwünscht, an den Festtagen zwar eingeladen, aber nur weil es sich so gehörte. Von Herzlichkeit keine Spur! Wer konnte es der guten Frau verdenken, dass sie angesichts dieser Sorgen und der bevorstehenden Fahrt nach Arta Terme schlecht schlief in dieser Nacht. In Wahrheit war sie erleichtert, als sie vom nächsten Bauernhof, der in dem kleinen Städtchen Cividale nicht weit entfernt lag, den Hahn krähen hörte und endlich aufstehen durfte.

*

Ob Camilieri und Forza in der Therme drinnen einen Hahn krähen hörten, wissen wir nicht. Möglich wäre es ohne Weiteres, denn auch in Arta Terme lagen die Bauernhöfe nicht weit vom Zentrum des Ortes entfernt. Sehr wahrscheinlich war es angesichts des Lärms und der Hektik, die herrschten, allerdings nicht. Man hatte zwar endlich die eigentlich zuständigen Kollegen in Tolmezzo erreicht, doch die hatten ein wenig übernächtig geklungen, so als wären sie nicht aus dem Schlaf geschreckt worden, sondern noch gar nicht im Bett gewesen. Dabei war gar kein aktueller Fall aus deren Rayon bekannt. Und natürlich waren sie noch nicht da, wahrscheinlich noch nicht einmal weggefahren, obwohl sie ins Telefon mehr gegrunzt als gesprochen hatten, sie würden sich unverzüglich auf den Weg machen.
Camilieri war das mittlerweile egal, die Nacht war ohnehin schon versaut ... Inzwischen hatte sein kriminalistischer Instinkt längst von ihm Besitz ergriffen. Er war jetzt ganz Bulle, der nicht eher ruhen würde, bis er den Fall gelöst und den oder die Verantwortlichen für

die Sauerei in der Therme dingfest gemacht hatte. Was er nicht wusste, war, wie sich das mit seinen Hochzeitsplänen in Einklang bringen lassen und wie er den Kollegen aus Tolmezzo näherbringen würde, dass er mit deren Auftauchen längst nicht von der Bildfläche zu verschwinden gedachte.

Forza quälten andere Sorgen. Die Idee vom Cornetto zum Caffè, die ihm der Nachtwächter ins Ohr gesetzt hatte, hatte sich in ihm so einzementiert, dass er die gesamte Therme nach einem Kühlschrank, einem Selbstversorgerautomaten oder irgendetwas Ähnlichem durchsuchte, das die gewünschte Begleitung zum Getränk enthalten könnte. Oder zumindest etwas Vergleichbares, er war inzwischen nicht mehr wählerisch.

Als er auf seinem Rundgang wieder einmal Camilieri über den Weg lief, der glaubte, Forza sei in Sachen Spurensuche und -sicherung unterwegs, sagte dieser: „Forza, mir scheint, es dämmert draußen. Wir sollten die Stelle vor dem Fenster in Augenschein nehmen, das vorhin laut unserem Kollegen da geöffnet war." Dabei zwinkerte er dem Nachtwächter zu, der sich angesichts der Titulierung als Kollege durch einen echten Commissario geschmeichelt fühlte. „Am besten Sie kommen mit und zeigen uns die Stelle! Sie kennen sich hier eindeutig besser aus als wir."

Der Nachtwächter ging voran, Camilieri und Forza im Schlepptau. Sie durchquerten das Foyer und begaben sich in die Nachtluft, die zu dieser Jahreszeit trotz schöner Tage bereits empfindlich kalt war und langsam dem kaum weniger kühlen Morgen Platz machte. Der Nachtwächter führte sie zu dem Platz, wo sich das Fenster befand. Knapp davor hielt Camilieri ihn und Forza an den Ärmeln zurück.

„Vorsicht! Vielleicht gibt es Spuren auf dem Boden. Dieses Fenster stand gestern bei Ihrem Rundgang also offen?", fragte er noch einmal.

„Sì, Commissario", bestätigte der Nachtwächter mit Engelsgeduld.

Forza hatte sich inzwischen gebückt und untersuchte den Rasen, der rund um das Fenster eigentlich mehr Erde als Wiese war. Doch die Schäden in der Grasnarbe waren alt und vertrocknet.

„Der Rasen hier ist ziemlich hinüber. Durch die lange Trockenheit ist die Erde hart wie Beton, da dürfte man kaum Spuren finden."
„Wäre auch zu schön gewesen", brummelte Camilieri. Er inspizierte das Fenster und analysierte: „Wenn der Täter die Leiche wirklich durch dieses Fenster in die Therme gebracht hat, dann muss er ordentlich bei Kräften sein. Das Fenster ist rund eineinhalb Meter hoch. So hoch muss man einen Körper erst einmal stemmen."
„Oder es waren zwei", gab Forza zu bedenken.
„Möglich, zu blöd, dass der Boden so trocken ist. Sonst hätten wir zumindest diese Frage schnell geklärt."
„Wir kennen ja noch nicht einmal die Identität des Opfers", bremste Forza.
„Stimmt", sagte Camilieri und fragte den Nachtwächter: „Haben Sie eigentlich einen genaueren Blick auf die Leiche geworfen? Kennen Sie den Toten?"
„No, Commissario, noch nie gesehen. Aber ich habe auch nicht genau geschaut und gleich die Polizia gerufen."
„Ja, ja, das haben Sie schon richtig gemacht", beschwichtigte Camilieri.
„Wir sollten trotzdem die Spurensicherung auf das Fenster ansetzen", schlug Forza vor, den Gesprächsfaden von vorhin aufnehmend.
„Das sollen die Kollegen aus Tolmezzo tun. Ich bin überzeugt, dass wir bei dem Fenster nichts Brauchbares mehr finden werden."
„Gehen wir also wieder rein?", fragte der Nachtwächter, dem in der Morgendämmerung langsam kalt wurde.
„Sì", antwortete Camilieri, „hier ist die Party vorbei."
Plötzlich bückte sich Forza noch einmal und meinte beiläufig: „Das würde ich nicht sagen, Commissario! Schauen Sie, was ich gefunden habe!"
Er hockte am Boden und streckte den beiden seine Hand entgegen. Zwischen Daumen und Zeigefinger hielt er ein kleines schwarzes rundes Gebilde.
„Was ist das?"

„Ein Knopf!", antwortete Forza immer noch von unten.
„Ein Knopf?", fragte Camilieri ungläubig, bis er zu verstehen begann: „Sie glauben, der gehört dem Täter?"
„Möglich wäre es schon", sagte Forza und erhob sich. „Vielleicht hat er ihn verloren, als er die Leiche durch das Fenster ins Innere der Therme bugsierte. Dafür musste er sich sicher an der Hausmauer anlehnen, da könnte der Knopf abgerissen sein."
„Hm", meinte Camilieri nachdenklich, „dann hätten wir ja so etwas wie eine erste Spur." In verschwörerischem Tonfall fügte er hinzu, wobei er vor allem den Nachtwächter mit eindringlichem Blick fixierte: „Vorerst kein Wort davon zu den Kollegen aus Tolmezzo, ist das klar? Sonst wird alles nur noch komplizierter!"
Der Nachtwächter nickte beflissen und fragte: „Kann ich jetzt gehen?"
Camilieri sagte: „Was meinen Sie, Forza, kann er gehen?"
Forza meinte lakonisch: „Er hat uns schon viel geholfen." Und mit einem Blick auf die Uhr fügte er hinzu: „Außerdem dürfte sein Dienst längst zu Ende sein."
„Nun denn", sagte Camilieri zum Nachtwächter, „gehen Sie ruhig. Und danke!"
Das war wirklich ungewöhnlich an diesem frühen Morgen in Arta Terme: dass sich ein Commissario für etwas bedankte, das per Gesetz ohnehin zu tun gewesen wäre, nämlich in einem – vermutlichen – Mordfall als Zeuge Rede und Antwort zu stehen.
Als sich der Nachtwächter außer Sichtweite befand, legte Camilieri seinen Arm väterlich um Schulter und Nacken seines Kollegen: „Forza, wir haben ein Problem."
„Ich weiß: eine Leiche und eigentlich keine Zuständigkeit, um in diesem Fall zu ermitteln. Aber das hat Sie ja noch nie gestört."
„Das meinte ich nicht. Ich dachte an unsere Frauen. Wie sagen wir es ihnen?"

*

Als die Sonne über dem Bergkirchlein San Pietro aufging und ihre Strahlen das zu Füßen liegende Arta Terme streiften, wussten bereits viele von dem Toten in der Therme. Der Padre beispielsweise. Gläubige, die die Frühmesse besucht hatten, hatten ihm davon erzählt. Der Padre reagierte, wie man es von einem Mann Gottes erwarten durfte: Er schloss das bedauernswerte Opfer in die Fürbitten ein, ungeachtet der Tatsache, dass die Gottesdienstbesucher weder dessen Herkunft noch Rang oder Religionszugehörigkeit, ja nicht einmal die Hautfarbe kannten, die seit dem Flüchtlingsansturm in Lampedusa auch in Norditalien eine immer bedeutendere Rolle spielte. Wenn einen aber der Herr heimholte, dann zählte das alles nicht mehr ...
Die Hotelchefin hatte ebenfalls schon vom Unglück gehört, und zwar vom Bäcker, der die Panini und Cornetti für das Frühstück der Gäste lieferte. Er wusste es von seiner Freundin, die im Wellnessbereich der Therme, dem Centro Benessere, arbeitete. In einem Rundruf hatte das Management des Hauses die Mitarbeiter noch vor Sonnenaufgang telefonisch davon informiert, dass sie sich heute mehr Zeit mit dem Frühstück lassen konnten. Das Heilbad bleibe aus nachvollziehbaren Gründen bis auf Weiteres geschlossen, der Dienstplan sei null und nichtig.
Ausgehend von den Thermenbediensteten war in Kürze der ganze Ort über die nächtlichen Vorkommnisse im Bilde. Jeder kannte jemanden, der jemanden kannte, der von der Schließung der Therme betroffen war. Ein ähnliches Szenario wie damals, als Giosuè Carducci den Nobelpreis für Literatur erhalten hatte: „Hast du schon gehört? Der bärtige Dichter, der damals den Sommer bei uns verbrachte, ist Nobelpreisträger ...“ Die Mundpropaganda funktionierte in Dörfern eben ausgezeichnet, damals wie heute.

*

Zum Frühstück kehrten Camilieri und Forza ins Hotel zurück. In der Zwischenzeit waren die Kollegen aus Tolmezzo endlich eingetroffen und begannen sich mühsam zu erarbeiten, was Camilieri aufgrund seiner Beobachtungs- und Kombinationsgabe längst wusste: dass der Fundort der Leiche nicht der Tatort sein konnte, dass das Opfer schon länger tot sein musste, dass die Leiche durch ein Fenster in die Therme geschafft worden war, dass der Täter bei diesem Manöver einen schwarzen Knopf verloren hatte. Letzteres freilich nur mehr vermutlich, denn theoretisch konnte der Knopf bereits lange unter dem Thermenfenster gelegen haben und von jemand anderem stammen. Und das war es dann auch schon, was an gesicherten Informationen vorlag. Weder Identität noch Nationalität des Opfers waren bekannt. Doch darum sollten sich die Kollegen aus Tolmezzo kümmern, Camilieri und Forza würden schon rechtzeitig davon erfahren!

Lydia und Eleonora hatten sich gerade erst gesetzt und Cappuccino bestellt, als ihre künftigen Männer den Frühstücksraum betraten. Camilieri wollte Forza den Vortritt lassen, weniger aus Höflichkeit, sondern um ihn als Schutzschild zu benutzen, sollten ihnen die Damen ihre Abwesenheit bis in die Morgenstunden übelnehmen. Forza durchschaute das Manöver und bedeutete Camilieri vorzugehen. Das Ergebnis: Beide setzten sich nach kurzem Zögern gleichzeitig in Bewegung, stießen im Türrahmen zusammen, zwängten sich ein und blockierten sich gegenseitig. Etwas Besseres hätte ihnen gar nicht passieren können. Eleonora und Lydia lachten laut und herzlich auf, als ihre Zukünftigen wie Dick und Doof in der Tür stecken blieben. Da fehlte nur mehr die Melone, die sich Oliver Hardy in solchen Situationen erzürnt zurechtzurücken pflegte ...

„Ciao a tutti", grüßte Camilieri verlegen, vielleicht ein wenig zu salopp dafür, dass er so knapp vor der Hochzeit – und noch dazu im Urlaub – fast eine ganze Nacht dienstlich verbracht hatte. Doch sein komischer Auftritt gemeinsam mit Forza hatte die Stimmung derart gelöst, dass er auch ohne Gruß bei Lydia herzlich willkommen gewesen wäre. Dasselbe galt für Eleonora, deren Ärger sich seit jenem Zeitpunkt immer mehr aufgestaut hatte, als sie allein, ohne Giuseppe neben sich im Bett aufgewacht war. Jetzt aber war aller Unmut verflogen.

Camilieri und Forza schauten sich überrascht an, setzten sich an den Frühstückstisch und orderten zweimal „Espresso doppio".
„Das muss ja eine lustige Ermittlung gewesen sein", versuchte Lydia in Anspielung auf die Tür-Nummer Näheres zu erfahren. Denn das hatte sie in den zwei vergangenen Monaten bereits gelernt: Ein Commissario sprach nicht gerne über seine Arbeit.
„Uffa!", stöhnte Camilieri. „Um ehrlich zu sein, war's überhaupt nicht lustig. Egal, wie oft man damit konfrontiert wird, man gewöhnt sich einfach nicht daran, und jeder Tote erschüttert einen von Neuem."
„Wieso musstet ihr überhaupt ausrücken, obwohl ihr auf Urlaub seid?", wollte Lydia wissen.
„Die Kollegen in Tolmezzo, die eigentlich zuständig sind, waren zuerst nicht zu erreichen", erklärte Camilieri. „Mittlerweile sind sie aber wieder aufgetaucht."
„Komisch", meinte Lydia, „aber jetzt ist es ja Gott sei Dank vorbei."
„Ja", freute sich auch Eleonora, „jetzt können wir uns ganz auf unsere Hochzeit konzentrieren. Ich freue mich schon so auf morgen. Du dich doch auch, Giuseppe, oder?"
„Sì."
Obwohl sich Camilieri in Sizilien mit der Mafia sowie in Cividale mit der Obrigkeit angelegt hatte und auch sonst keinen Konflikt scheute, obwohl Forza mit dem Dienstwagen fuhr, als sei er der logische Anwärter auf den nächsten Formel-1-Weltmeistertitel, obwohl sie gemeinsam erst vor Kurzem einen Dreifachmörder, der einem Phantom glich, zur Strecke gebracht hatten, wagte keiner der beiden, den Frauen zu sagen, dass sie vielleicht doch noch ein wenig in diesem Fall weiterermitteln würden. Stattdessen schwiegen sie und tranken Caffè.
Bald nach dem Frühstück – Forza hatte beim Kuchenbuffet, das Lydia an eine gut sortierte Konditorei ihrer Heimat erinnerte, ordentlich zugegriffen, Camilieri hingegen kaum – fanden sich alle ein, die mit der Hochzeit zu tun hatten: die Wirtin, der Taxifahrer, der Padre ...

Alles beherrschendes Thema war natürlich der Mord und daraus resultierend die Frage, ob und, wenn ja, wie sich die Vorkommnisse in der Therme auf die Hochzeitszeremonie auswirken würden.
„No", stellten Lydia und Eleonora klar, „alles bleibt wie geplant."
Forza und Camilieri schauten sich betreten in die Augen, blieben aber nach wie vor stumm.
„Haben Sie schon eine Spur?", fragte der Padre unvermittelt.
„Da muss ich Sie an die Kollegen aus Tolmezzo verweisen", erwiderte Camilieri schroff, „die sind zuständig."
Seit den abschätzigen Bemerkungen des Padre über die Süditaliener auf der Fahrt zur Hochzeitskapelle war der Priester Camilieri unsympathisch. Freunde würden sie wohl keine mehr werden. Um des lieben Hochzeitsfriedens willen hielt sich der Commissario aber zurück und beschränkte die Konversation mit dem Kirchenmann auf das Notwendigste.
„Ich meinte ja nur", stammelte der Padre irritiert, „weil Sie die halbe Nacht in der Therme ermittelt haben."
Camilieri stutzte: Woher wusste der Padre davon?
Ungefragt lieferte dieser die Erklärung: „Zumindest hat man es mir bei der Frühmesse so erzählt."
Forza war gesprächiger als Camilieri und erklärte: „Viel mehr als Ihre Kirchgänger wissen wir auch nicht, Padre. Unsere Informationen haben wir hauptsächlich von einem Nachtwächter, der die Leiche bei seinem Rundgang gefunden hat. Er konnte uns ein paar interessante Hinweise geben, wir werden sehen, ob sie uns weiterhelfen."
„Na ja", verabschiedete sich der Padre, „mich geht es ja nichts an. Wenn die Hochzeit wie geplant stattfindet, dann weiß ich, was ich wissen wollte."
Er drehte sich um und verließ grußlos den Frühstücksraum. Camilieri kaute an einer entsprechenden zynischen Replik, in etwa so: Vielleicht geht's ein wenig freundlicher, schließlich stamme nur ich aus dem korrupten Süden Italiens, die anderen nicht ... Er ließ es aber bleiben.

JULIUM CARNICUM

Ein paar Stunden später war plötzlich die Hölle los. Zwei Carabinieri aus Tolmezzo stürmten ins Hotel, wo Camilieri und Forza an der Bar saßen und gemeinsam noch einmal alles durchgingen, was sie in der Nacht in Erfahrung hatten bringen können. Ihre Bräute hatten sie zur Blumenfrau geschickt, um die Pflanzen zum Schmücken von Kirche und Tafel auszuwählen. Die zwei Brautsträuße würden die Männer später selbst besorgen, da führte kein Weg daran vorbei.
„Commissario", riefen die Beamten aufgeregt, als sie die beiden erblickten. „Commissario, es ist etwas passiert!"
„Wenn ihr den Toten in der Therme meint", erwiderte Camilieri gelangweilt, „könnt ihr euch den Wirbel sparen. Wir wissen davon. Schließlich haben wir euch lange genug vertreten, bis ihr endlich aufgetaucht seid."
„No, no", hechelten die Carabinieri, „der Nachtwächter ist tot. Ermordet!"

*

Einen Tag vor der Hochzeit zwei Mordopfer zu begutachten, mit deren einem man ein paar Stunden zuvor noch Caffè getrunken hatte, wenn auch aus dem Plastikbecher und mitten in der Nacht am Thermenbeckenrand stehend – Camilieri und Forza hatten schon angenehmere Stunden erlebt.
Auch anderswo herrschte eine Stimmung, wie man sie am Polternachmittag eigentlich nicht erwartet hätte: im Laden der Blumenfrau. Dafür verantwortlich waren weniger die herbstlichen Astern, Erika, Dahlien, Chrysanthemen und Rosen, die in dem kleinen Verkaufsraum so herrlich wucherten, dass man kaum die Tür öffnen konnte. Nein, das Blumenangebot überzeugte und begeisterte Lydia und Eleonora gleichermaßen. Sorgen bereiteten ihnen jedoch die tiefschwarzen Ringe unter den Augen ihrer Liebsten, mit denen sie nach durchwachter Nacht zum Frühstück erschienen waren. Der Mangel

an Schlaf ließe sich bis zur Hochzeit leicht aufholen, doch was war mit den Ermittlungen? Auch wenn es nicht sein Fall war – aber das hatte den unorthodox agierenden Commissario Claudio Camilieri noch nie gekümmert –, war der Fall da und harrte einer Lösung. Schwer vorstellbar, dass diese gänzlich ohne Claudios Einsatz herbeigeführt werden würde. Und wo Camilieri ermittelte, war Forza unter Garantie nicht weit. Die beiden bildeten ein eingeschworenes Team, obwohl sie erst seit Jahresbeginn zusammenarbeiteten. Wer sie kannte, und das taten Lydia und Eleonora trotz kurzer Beziehungszeit, der wusste, dass sie ein Fall verwandelte und zu anderen Menschen machte.
Weder Lydia noch Eleonora wollten es sich anfangs eingestehen, aber: Sollte es die Lösung des Falles erfordern, würden ihre Männer die Hochzeit verschieben. Ihr Schweigen während des Frühstücks hatte genug verraten, da musste man keine Hellseherin sein. Frauen spürten so etwas, auch und vor allem am Tag vor der Hochzeit. Eher lustlos stöberten die beiden daher im Blumenladen. Sie ließen die Blumenfrau gewähren, akzeptierten ihre Vorschläge widerspruchslos und ohne Begeisterung. Man konnte ohnehin nicht sicher sein, ob das Grünzeug überhaupt benötigt werden würde. Che tragedia!
Schließlich fasste Lydia wieder Mut und gewann ihre Tatkraft zurück. „Komm!“, forderte sie Eleonora beim Verlassen des Blumengeschäfts auf. „Ich lade dich auf ein Getränk ein, bevor wir ins Hotel zurückkehren.“
„Gute Idee, grazie.“
Die beiden Frauen spazierten einige Schritte durch das Zentrum von Arta Terme, bis sie zu einer Bar gelangten. Sie traten ein und setzten sich an eines der freien Tischchen. Hinten im länglichen Raum flimmerte ein Fernsehgerät, Musik drang aus den Lautsprechern. Es war das typische multifunktionelle Lokal kleiner italienischer Ortschaften, in denen man zum Frühstück Cappuccino e Cornetto genauso erhielt wie Espresso am Vormittag, mittags Toast, Tramezzini und Co und später dann Vino e Birra. Dazu natürlich Zigaretten, Zeitungen, Lottoscheine, Kaugummi und ein wenig Ansprache, wenn gewünscht.

Lydia bestellte zwei Glas Friulano, den typischen, ursprünglichen Weißwein der Region, früher als Tocai bekannt, aus Markenschutzgründen und wegen der Verwechslungsgefahr mit dem ungarischen Tokaji allerdings umbenannt.
Als der Wein am Tisch stand, sagte Lydia: „Du hast sicher bemerkt, dass ich Claudio vorhin beim Frühstück nicht gedrängt habe, den morgigen Hochzeitstermin zu bestätigen."
„Sì. Perché?"
„Weil es nichts genützt hätte."
„Was meinst du damit?"
„Damit meine ich", fuhr Lydia fort, „dass wir nichts erzwingen können. Wir werden die zwei nicht ändern."
„Du hältst es also wirklich für möglich", fragte Eleonora ungläubig und kämpfte mit den Tränen, „dass die Hochzeit platzen könnte?"
„Ja. Ich halte es für möglich."
„Aber warum?" Die ersten Tränen flossen. „Warum hat Giuseppe dann vorher gesagt, dass er sich auf morgen freut?"
„Ich bin mir sicher, er freut sich", versuchte Lydia Worte des Trosts zu finden.
„Worauf?" Jetzt wurde Eleonora zornig und laut: „Wenn er gar nicht heiraten will!"
„Er will ja heiraten", beschwichtigte Lydia, „wie auch Claudio. Es kann nur passieren, dass uns die Ermittlungen einen Strich durch die Rechnung machen."
„Dann liebt er mich nicht!", brüllte Eleonora. „Vielleicht hat er ja schon eine andere!"
„Sei nicht kindisch!"
„Ich bin nicht kindisch, ich bin gekränkt!"
Lydia nippte an ihrem Wein. Im Prinzip verstand sie Eleonoras Empfindungen, fühlte sie doch ähnlich. Aber als Forscherin, die sich in eine Materie bis zur Selbstaufgabe verbeißen konnte, verstand sie auch die Zwänge, unter denen die Kriminalpolizisten litten: so lange zu ermitteln, bis der Fall gelöst war, und das möglichst zeitnah, um

alle vorhandenen Spuren nützen zu können. Privates musste da gelegentlich in die zweite Reihe treten, auch wenn es schmerzte.
„Sieh es doch einmal so“, empfahl Lydia, „dass weder Giuseppe noch Claudio den Termin bestätigt haben, beweist doch nur, dass sie uns nicht anlügen wollten. Sie wollten nichts versprechen, was sie nicht zu hundert Prozent halten können. Das ist doch ehrenhaft.“
„Ehrenhaft!“ In Eleonora regte sich noch einmal Widerstand. „Ehrenhaft ist, wenn mich Giuseppe heiratet. Außerdem hat er vorhin den Termin ja bestätigt.“
„Nein“, widersprach Lydia, „denk doch nach! Nur wir zwei haben gesagt, dass alles bleibt wie geplant. Giuseppe und Claudio haben geschwiegen.“
„Und was machen wir jetzt?“, fragte Eleonora mit einer Mischung aus beleidigter Sturheit und aufkeimender Resignation.
„Ich weiß es nicht“, antwortete Lydia ehrlich.
Die Frauen saßen ein Weilchen schweigend da, was in einer echten italienischen Bar nur sehr, sehr selten vorkam, egal zu welcher Tages- oder Nachtzeit. Dann zahlte Lydia den Friulano und die beiden marschierten ins Hotel zurück. Morgen um dieselbe Zeit sollten sie bald Ehefrauen sein oder ... Zumindest schien immer noch die Herbstsonne vom strahlend blauen Himmel. Wenigstens das Wetter hatte sich zeitgerecht herausgeputzt für die Hochzeit.

*

Der Nachtwächter – tot. Er war nach dem verspäteten Dienstschluss noch nicht lange heimgekehrt, hatte sich unterwegs vom Bäcker zwei Cornetti mitgebracht und sie mit frisch gekochtem, starkem Caffè genossen. Dazu in aller Ruhe *La Gazzetta dello Sport*.
Die Zeitung lag noch aufgeblättert neben der Leiche auf dem Boden, als Camilieri und Forza die winzige Wohnung in der Via Gortani betraten. Schon auf dem Weg hierher hatten sie beschlossen, die Ermittlungen in Sachen Nachtwächtermord den Kollegen aus Tolmezzo zu überlassen. Er befand sich in deren Verantwortungsbereich und im

Gegensatz zum Toten in der Therme waren Camilieri und Forza auch nicht als Erste am Tatort aufgetaucht, woraus man zumindest einen kleinen Teil an Zuständigkeit herleiten hätte können. Die Ergebnisse der Untersuchungen würden sie später dem Bericht entnehmen.

Sie warfen rasch einen Blick in die Wohnung und merkten sofort, dass es der Täter eilig gehabt haben musste. Der Körper lag so, wie er hingefallen war, am Boden – da waren offensichtlich keinerlei Anstrengungen unternommen worden, ihn wegzuschaffen oder irgendwie zu arrangieren, völlig konträr zum Mordfall im Heilbad.

Camilieri war niedergeschlagen. Der Nachtwächter, spürte er, war irgendwie zwischen die Fronten geraten. Auch wenn er ihn kaum gekannt hatte, tat er ihm leid.

Viel hatten die Ermittler aus Tolmezzo noch nicht angegriffen. Sie schienen hauptsächlich mit der großräumigen Absperrung des Tatorts weit vom Wohnungseingang entfernt und mit der Klärung der Zuständigkeiten beschäftigt zu sein.

Alter Gewohnheit folgend kniete sich Forza neben den Toten auf den Boden. Er inspizierte die Leiche und stockte.

„Commissario“, sagte er langsam und leise, um die in der Wohnung herumschwirrenden Kollegen nicht auf sich aufmerksam zu machen, „schauen Sie doch her!“

Camilieri beugte sich unauffällig hinunter: „Was gibt's?“

„Zwischen seinen Fingern befindet sich ein kleines Stück Papier.“

Camilieri schaute genau hin: „Kriegen Sie das raus?“

„Ich denke schon“, flüsterte Forza, „aber wollten wir die Ermittlungen nicht den Kollegen aus Tolmezzo überlassen?“

„Sì, sì“, antwortete Camilieri leise, fast verschwörerisch, „die haben noch genug zu tun. Ich glaube, in dieser Kleinigkeit können wir sie ruhig unterstützen. Also, kriegen Sie den Schnipsel raus?“

„Müsste gehen.“

Eine Sekunde später hielt Forza den Abriss eines Zettels in der Hand.

„Und jetzt?“, fragte er immer noch leise.

„Einstecken!“, befahl Camilieri fast tonlos, dafür aber sehr bestimmt.

„Und dann gehen wir. Schließlich wollen wir die Ermittlungen nicht länger stören."
Forza grinste. Die beiden bewegten sich zur Tür.
„Sie verlassen uns schon, Commissario?", rief ihnen der Ermittler aus Tolmezzo, der das Oberkommando innehatte, geschäftig hinterher.
„Sì", rief Camilieri zurück, „es ist Ihr Fall. Wir sind hier nicht zuständig. Außerdem heiraten wir morgen."
Der Chefermittler erstarrte baff und brachte gerade noch ein „Tanti auguri" – „Herzlichen Glückwunsch" – heraus, bevor die beiden verschwunden waren.

*

Camilieri und Forza saßen abermals im Hotel an der Bar. Vor ihnen standen zwei dampfende schwarze Espressi auf dem Tresen. Zwischen den Tassen lag der kleine Abriss, den Forza dem toten Nachtwächter aus der Hand entwendet hatte. Rund zwei mal zwei Zentimeter groß, weiß, an den Rändern ausgefranst, was darauf verwies, dass er von einem größeren Zettel abgerissen worden sein musste. Quer über den Schnipsel verlief ein blauer, aufgedruckter Strich, er dürfte also von einem linierten Blatt Papier stammen. Darauf waren nebeneinander die handgeschriebenen Buchstaben u und l deutlich zu lesen.
„Collegeblock, Notizheft, etwas in der Art, was es in jedem Supermercato und bei jedem Tabaccaio zu kaufen gibt", analysierte Forza.
„Stimmt, das Papier wird uns kaum weiterbringen. Auch wenn wir es durchs Labor schicken. Wir müssen bei den Buchstaben ansetzen: ‚ul' in Handschrift. Wahrscheinlich von unserem Nachtwächter geschrieben, aber das können wir später verifizieren. Wir haben ja seine Unterschrift unter der Aussage in der Therme und auf dem Protokoll für seinen Chef. Das vergleichen wir."
„‚ul' sagt mir gar nichts", meinte Forza.
„Auch mir nicht, ehrlich, Forza, wobei ‚ul' natürlich nur Teil eines Wortes ist. Der Rest steht auf dem größeren Teil des Zettels, den wir leider nicht haben."

„Also ein Fall für Rätselfreunde."
„So kann man es auch sehen", schmunzelte Camilieri, „in Scarabeo war ich allerdings noch nie gut."
„Scarabeo, der Motorroller?" Forza runzelte fragend die Stirn.
„Nein, nicht der Motorroller. So heißt doch auch das Spiel, bei dem man mit Buchstabensteinen Wörter legen muss."
„Kenne ich nicht."
„Wie Scrabble."
„Kenne ich auch nicht."
„Macht nichts, Forza", beruhigte Camilieri, „wir werden das Rätsel auch so lösen."
Die beiden brüteten immer noch über der kurzen Buchstabenfolge, als ihre Bräute aus dem Blumenladen und vom anschließenden Umtrunk zurückkamen. Sie setzten sich zu ihnen an die Bar und bestellten Caffè. Zusammen mit einer weiteren Runde Espresso für Camilieri und Forza dampften bald vier Tassen des italienischen Lebenselixiers vor ihnen. Caffè, so sagte man, steigere die Konzentration, genau das würden sie in den nächsten Stunden brauchen.
Ein wenig provokant eröffnete Lydia das Gespräch: „Und? Wie schaut's aus? Heiraten wir morgen?"
Eleonora sagte nichts, funkelte ihren Giuseppe aber aus tiefschwarzen Augen an. Es war nicht unbedingt das Feuer der Liebe, das da loderte ...
„Wieso fragst du, Bella?", fragte Camilieri mit Unschuldsblick.
„Wir hatten den Eindruck", mischte sich Eleonora ein, „dass euch euer Fall wichtiger ist als unsere Hochzeit. Obwohl ihr für den Fall gar nicht zuständig seid."
Forza schwieg.
Camilieri antwortete ebenfalls nicht direkt, sondern meinte nur: „Ihr könnt uns helfen!"
Dann erklärte er in kurzen Worten die Herkunft des Zettelchens und was die Damen wissen mussten, um bei der Lösung des Buchstabenrätsels mitzuwirken.

Schnell tauchte „Friuli" als Möglichkeit auf, aus welchem Wort die zwei Buchstaben stammen könnten. Trotz angestrengten Nachdenkens ergab das keinen erkennbaren Sinn. Worauf sollte das Wort Friaul mitten in Friaul hindeuten, wenn man davon ausging, dass der Nachtwächter mit dem Zettel, den ihm sein Mörder in der Eile nur unvollständig entrissen hatte, einen Hinweis geben wollte? Auch Culinaria, Cultura, Tulipano, Rullo und viele andere Varianten wurden oft schneller verworfen, als sie im Sprachzentrum der vier Gehirne aufgetaucht waren. Entweder waren sie für einen konkreten Anhaltspunkt zu allgemein oder überhaupt ohne erkennbaren Zusammenhang. Manches Wort wurde in die engere Wahl genommen, doch keines überzeugte wirklich.

„Zuglio", sagte Forza plötzlich freudestrahlend, „die Nachbargemeinde von Arta Terme."

„Forza", seufzte Camilieri, „Sie hätten bei Scarabeo wirklich keine Chance. Im Ortsnamen Zuglio ist ein g zwischen dem u und dem l. Auf unserem Zettelchen hier stehen u und l aber unmittelbar hintereinander. Ohne g dazwischen."

„Moment", unterbrach Lydia und überlegte kurz, bevor sie weitersprach, „vielleicht wäre er doch gar kein so schlechter Spieler. Die Buchstabenkombination könnte ein Teil des Namens Julium Carnicum sein. So hieß die alte Römerstadt, die auf dem Gebiet des heutigen Zuglio bestanden hat. Der Padre hat von den Ausgrabungen erzählt, wenn ihr euch erinnert."

Camilieri resümierte den Gedanken: „‚ul' wie in Julium. Grandios. Ich denke, wir werden den weiteren Nachmittag in Zuglio verbringen."

Und von der Hochzeit kein Wort.

*

Giorgio di Andrea, den alle nur Onkel Giorgio nannten, vielleicht weil er vor der Pension Präfekt gewesen war, steuerte seinen silberfarbenen Lancia Flavia Berlina, Baujahr 1969, einen echten Oldtimer, durch Cividale. Gut erhalten beide, der Lancia wie der Onkel. Neben ihm auf dem

Beifahrersitz saß seine Schwester Elisabetta Forza. Onkel Giorgio hielt gerade mitten im Herzen des Langobardenstädtchens vor einer Ampel, die den Verkehr über den einspurigen Ponte del Diavolo, die Teufelsbrücke, regelte. Aus dem Städtchen draußen, führte sie die Fahrt zur Autobahnauffahrt bei Udine, nach wenigen Kilometern, bei Carnia, würden sie die Autostrada wieder verlassen, um den Tagliamento zu überqueren und dann von Tolmezzo nach Arta Terme zu gelangen.

„Wieso muss Giuseppe ausgerechnet in dem kleinen Kurdorf heiraten?“, ärgerte sich Onkel Giorgio. „Daheim in Cividale hätten wir doch eine viel größere Auswahl an Lokalen für die Hochzeitstafel gehabt. Beispielsweise bei meinem Freund Renardo, der hätte uns einen guten Preis fürs Essen gemacht. Und den Wein hätten wir aus meinem Eigenbau nehmen können.“

„Frag doch seine Verlobte!“, schnaubte Elisabetta Forza. „Da steckt sicher sie dahinter.“

„Ich glaube nicht. Angeblich war's der Commissario. Der wollte unbedingt in den Bergen heiraten“, zeigte sich Onkel Giorgio wie gewohnt bestens informiert.

„Doppelhochzeit – eine Schnapsidee!“, mokierte sich Mamma Forza weiter. „Den schönsten Tag im Leben teilen! Gut, dass das Giuseppes Babbo und vor allem sein Nonno, Gott hab die beiden selig, nicht mehr miterleben müssen. Die hätten sich in Grund und Boden geschämt, dass man sich nicht einmal zur Hochzeit seinen eigenen Pfarrer leistet.“

„Eine Geldfrage wird's ja wohl nicht sein. Seinem Babbo, also deinem Mann, hätte die rassige Schwarze schon gefallen, die Giuseppe vor den Traualtar schleppt“, lachte Onkel Giorgio.

„Untersteh dich, so von ihm zu reden“, schimpfte seine Schwester und bekreuzigte sich.

„Die waren beide keine Kostverächter. Weder der Babbo noch der Nonno.“

„Mir tut es jetzt schon leid, dass ich mitgefahren bin“, empörte sich Elisabetta Forza über das Gerede ihres Bruders, „wo ich doch so schlecht geschlafen habe heute Nacht.“

„Das ist die Aufregung, schließlich heiratet der eigene Figlio nicht jeden Tag."
„Gott sei Dank und auch der heiligen Mutter Maria", schickte Mamma Forza ein Stoßgebet zum Himmel, „das würde ich nicht überleben."
„Die Fahrerei hätten wir uns allerdings sparen können, wenn Giuseppe in Cividale geheiratet hätte", maulte Onkel Giorgio wieder. „Arta Terme! Das liegt ja fast schon in Österreich."
„Ich war noch nie dort."
„Ich erst einmal, aber das ist schon Jahrzehnte her. Da wurde der Neubau des Thermengebäudes eröffnet. Ich glaube nicht, dass sich seit damals viel verändert hat."
„Hoffentlich gibt es dort überhaupt eine Kirche."
„Mach dir keine Sorgen", zerstreute der Bruder die Befürchtungen, „in welchem italienischen Ort gibt es keine Kirche? Ich bin mir sicher, auch in Arta Terme stehen mehrere Kirchen zur Auswahl."
„Ganz ohne seine Mamma hat Giuseppe die Vorbereitungen getroffen", seufzte Elisabetta Forza, jetzt hätte sie beinahe zu schluchzen begonnen. „Nicht ein einziges Mal hat er mich gefragt. Weder wegen der Kirche noch wegen des Essens, ja nicht einmal wegen des Anzugs ist er zu mir gekommen."
„Er wird halt erwachsen", versuchte Giorgio seine Schwester zu trösten.
„Aber er war doch erst vor Kurzem dreißig", warf Elisabetta ein. „Da könnte er seine Mamma wohl um Rat fragen. Wo er doch bis jetzt bei mir gewohnt hat."
„Na ja, ein paar Jährchen ist Giuseppes Dreißiger auch schon vorüber. Sei doch froh, dass er endlich selbstständig wird!"
„Selbstständig kann er von mir aus werden, aber nicht mit dieser Tipa!"
„Jetzt übertreibst du aber, Schwesterherz!"
„Ist doch wahr!" Dieses Mal zeigte Elisabetta Forza keine Reue wegen des derben Ausdrucks, wahrscheinlich lag es daran, dass der Hochzeitstermin unmittelbar bevorstand.

„Du tust ihr unrecht. Eleonora ist eine ausgesprochen hübsche junge Dame“, fügte Onkel Giorgio hinzu.
„Alter Lustmolch! Hübsch mag sie ja sein, aber es zählen die inneren Werte, mein lieber Herr Bruder“, schimpfte Elisabetta Forza. „Ihr Uomini denkt doch immer nur an das eine. Wie weit ist es eigentlich noch?“
„Bald sind wir da. Dann werden wir uns erst einmal richtig stärken, bevor wir die Kirche und das Ristorante in Augenschein nehmen.“
„Mir ist der Appetit vergangen.“
„Das ist die Aufregung. Du wirst sehen, wenn wir einmal da sind, wird es dir gefallen.“
„Was soll mir daran gefallen, wenn mir der Figlio genommen wird?“, sinnierte Mamma Forza, wohl mehr an sich selbst gerichtet als an den Bruder.
„Du kannst aber wirklich hartnäckig sein mit deinen Befürchtungen“, grantelte Onkel Giorgio. „Das ist doch der Lauf der Dinge, dass die Jugend flügge wird.“
„Nichts hätte ihm bei mir gefehlt. Gar nichts.“
„Außer der Braut vielleicht.“
„Lustmolch, wie ich schon sagte. Immer nur das Eine im Sinn!“
Inzwischen lag bereits der große Kreisverkehr bei Tolmezzo hinter ihnen. Onkel Giorgio nahm die Ausfahrt Richtung Austria und steuerte den Lancia sicher in Richtung Arta Terme. Bald kam das Bergkirchlein San Pietro in Sicht.
„Vielleicht heiraten sie da oben“, meinte Onkel Giorgio.
„Da komme ich mit meinen schwachen Beinen niemals hinauf“, gab Elisabetta Forza zu bedenken.
„Elisabetta! Jetzt reiß dich zusammen! Glaubst du, dass im 21. Jahrhundert irgendwer zu Fuß da hinaufmarschiert?“
„Was weiß ich, was der Tipa alles einfällt.“
„Ein Bergwandertag sicher nicht.“

*

Beim Padre holte sich Camilieri eine Abfuhr, ähnlich jener, die er vor mehr als zwanzig Jahren daheim im sizilianischen Taormina erlebt hatte. Er erinnerte sich zurück: Mit Blumen in der Hand stand er vor der Wohnungstür der Reginetta, der Schönheitskönigin des Viertels. Was er nicht wusste: Sie war bereits vergeben, an den Kapo der größten Gang. Und so wurden dem Jungspund Camilieri nicht nur die Blumen um die Ohren geschlagen, sondern es setzte auch eine Tracht Prügel für ihn ...
„Scusi", antwortete der Padre, in der Tür des Pfarrhauses stehend, schroff, als Camilieri bat, ob er ihn und Forza nicht durch die Ausgrabungen des alten Julium Carnicum in Zuglio führen könnte. Schließlich habe man schon das Vergnügen gehabt, ihn als ausgewiesenen Experten für die altrömische Geschichte kennenzulernen. Die Bitte auszusprechen hatte den Commissario eine gehörige Portion Überwindung gekostet.
„Scusi, ich habe keine Zeit. Priestermangel, Sie verstehen? Und statt dass man irgendwie entlastet würde, entwickelt sich San Pietro jetzt auch noch zur Hochzeitskapelle."
Sprach's und drehte sich um, nicht ohne vorher Camilieri mit einem eindeutigen Blick gemustert zu haben: Typen wie er, die an seinem Zeitmangel schuld seien, mögen sich besser nicht erdreisten, ihn um einen Gefallen zu ersuchen. Bevor der Geistliche wieder im Pfarrhaus verschwand, überlegte er es sich doch noch und nannte Camilieri zumindest einen Ansprechpartner in Zuglio, der über die Ausgrabungen bestens Bescheid wisse. Mit den Worten „Vergessen Sie nicht Ihre Hochzeit morgen" knallte der Padre die Tür zu.
Er sah müde aus, fand Camilieri, und er war unsympathisch, total unsympathisch.
Eine Viertelstunde später saßen Camilieri und Forza im Alfa. Hinten hatten – wer hätte es für möglich gehalten? – Lydia und Eleonora Platz genommen. Die Hochzeitsvorbereitungen waren abgeschlossen. Auf ihre Männer warten konnten sie später im Ehestand lange genug.
Zuglio war schnell erreicht. Forzas Fahrweise trug dazu genauso bei wie die kurze Strecke zwischen den Orten. Auch der vom Padre emp-

fohlene Führer war in der winzigen Siedlung rasch gefunden. Der Mann schien schon auf Besucher zu warten, denen er die lange zurückreichende Geschichte des Platzes in aller Ausführlichkeit darlegen konnte. Er lehnte an der Holzbrüstung, die die mitten im Ort ein wenig tiefer gelegenen Ausgrabungen umgab und gegen Absturzgefahr schützte – wie eine Spinne, die zwischen den Pfosten ihr Netz in der Hoffnung spann, dass sich möglichst viele Opfer darin verfingen.
Ohne viel Zeit mit Einleitungsfloskeln zu verlieren, kam der Führer zur Sache und blickte weit zurück: „Schon die Kelten siedelten hier ganz in der Nähe, und zwar dort oben." Er zeigte zu San Pietro hinauf. „Aus dieser Siedlung entwickelte sich dann die Römerstadt, die hier herunten in der Ebene neu errichtet wurde. Ihr Name, Julium Carnicum, verweist auf das Geschlecht der Julier, in deren Regentschaft sie gegründet wurde, wahrscheinlich unter Gaius Julius Caesar selbst."
„Wie Cividale, das wurde ebenfalls von Caesar gegründet", warf Lydia ein und versuchte damit eine Brücke aus längst vergangener Zeit in die Lebenswelt von Eleonora und Forza zu schlagen. Ob sie sich deshalb mehr dafür begeisterten?
„Das Einzugsgebiet der Stadt war groß", fuhr der Führer fort, „im Osten reichte es bis Tarvisio, im Süden bis Spilimbergo. Besondere Bedeutung erlangte die Stadt als wichtiger Stützpunkt der Via Julia Augusta."
„Die Römerstraße, die von Aquileia nach Norden führt", unterbrach Lydia seine Ausführungen und gab wieder, was sie vom Padre gehört hatte, gleichzeitig infolge ihrer Arbeit als Historikerin ohnehin wusste.
„Genau", bestätigte der Führer, „gebaut unter Kaiser Augustus."
Lydia war ein wenig von Eleonora, Camilieri und Forza abgerückt und stand nun ganz nahe beim Führer, der von ihrem Standplatz am Rande der Ausgrabungen mit der Hand auf die der Erde wieder abgerungenen Reste unterschiedlicher Bauwerke zeigte. Meist war nicht viel mehr zu sehen als eine Fundamentplatte, ein paar Säulenstümpfe oder einige nebeneinanderstehende Steinblöcke. Doch die Ausfüh-

rungen des Führers interessierten Lydia mehr als die anderen. Diese hörten zwar höflich zu, aber ihre Gedanken schweiften von Zuglio, Julium Carnicum, Kaiser Augustus und der Römerstraße ab.
Eleonora dachte an ihre Hochzeit morgen und wog in Gedanken die Wahrscheinlichkeit ab, dass sie stattfinden würde. Mehr noch durchdachte sie das Szenario, sollte es keine Hochzeit geben: Was würde sie Giuseppe vorwerfen? Wie weit würde sie gehen? Empört abreisen? Ihn verlassen? Gar Verständnis dafür aufbringen wie Lydia? Schwer vorstellbar, schließlich war sie als impulsive Italienerin aus anderem Holz geschnitzt als die in solchen Dingen eher laschen Österreicherinnen.
Camilieri beschäftigte anderes: Was hoffte er hier in Zuglio zu finden? Die Buchstabenfolge „ul" war nur ein sehr, sehr schwacher Hinweis darauf, dass sie hier mit der Lösung des Falles weiterkommen würden. Andererseits hatte Lydia schön des Öfteren eine gute Nase bewiesen und mit ihren Analysen recht behalten. In Wahrheit fiel ihm auch nichts Besseres ein.
Forza schließlich schaute zu Boden, als dächte er an gar nichts. Wahrscheinlich war es so, denn zu viel zu denken machte einen, so war er überzeugt, höchstens unrund.
Nach einiger Zeit befand Camilieri, der Führer hätte genug gequatscht. Letztlich redete er sowieso umsonst: Die Einzige, die seine Ausführungen wirklich interessierten, war Lydia, die allerdings sicher besser als er um die alten Römer Bescheid wusste. Der Commissario unterbrach also den Redeschwall und fragte: „Kann man den Wert der Ausgrabungen beziffern?"
Der Führer staunte und dachte kurz nach: „Eine seltsame Frage. Nein, das kann man nicht. Der Materialwert wird nicht besonders hoch sein. Dafür aber der ideelle Wert. Das hier sind Zeugnisse einer Zeit, die zweitausend Jahre und mehr zurückliegt. Daraus können Erkenntnisse über die Geschichte gewonnen werden, wir erhalten hier Einblicke in die realen Lebensumstände der alten Römer, der Kelten. Wie soll man das beziffern können?"

„Gibt es hier irgendetwas, für das es sich Ihrer Ansicht nach zu töten lohnt?“
Jetzt staunte der Führer noch wesentlich mehr als zuvor: „Zu töten? Ich weiß nicht. Also wenn Sie mich persönlich ansprechen ...“
„Nein, nein“, beschwichtige Camilieri, „das war eine rein theoretische Frage.“
„Nun“, erklärte der Führer langsam, jedes Wort auf die Waagschale legend und sorgfältig prüfend, „ich weiß von Fällen, wo wegen Ausgrabungen bitterer Streit entstanden ist und Menschen getötet wurden. Meistens liegt das allerdings schon etliche Jahrzehnte zurück, wenn nicht Jahrhunderte. Einzelne kleinere Gegenstände, die man aus Gräbern geborgen hat, können beträchtliche Summen erzielen. Für entsprechend gut erhaltene seltene Stücke aus dem alten Rom können auf dem Schwarzmarkt Millionen erzielt werden. In Pesaro hat die Polizei beispielsweise vor ein paar Jahren, ich glaube es war 2011, kann aber auch ein Jahr früher oder später gewesen sein, Hunderte Münzen sichergestellt, die rund drei Millionen Euro wert waren. Sie stammten aus allen Epochen, von der griechischen und römischen Antike bis zum Mittelalter. Aber ganze Ausgrabungsstätten wie diese hier haben wohl eher einen ideellen Wert. Wie ich schon sagte: Sie können die Reste der Basilika, der Thermen, des Tempels oder des Marktplatzes ja nicht mitnehmen und daheim auf das Nachtkästchen stellen.“
Die Ironie überraschte Camilieri, er hätte sie dem Führer, der so staubtrocken monologisiert hatte, wie der Boden vor ihnen auf dem archäologischen Trümmerfeld dalag, gar nicht zugetraut.

*

In der Zwischenzeit hatten Elisabetta Forza und ihr Bruder Giorgio das Hotel in Arta Terme gefunden, in dem ihre Zimmer reserviert waren. Onkel Giorgio steuerte den Lancia gewandt auf den Parkplatz und drehte wie beim Korso einer Oldtimer-Rallye eine gemächliche Runde mit der schmucken Limousine. Einige Nasen wurden an den Fenstern platt gedrückt – ein derart gut erhaltenes Exemplar (des Wagens dieses Mal, nicht des Onkels) gab es wahrlich nicht alle Tage zu bestaunen.

Nach der Parkplatzrunde stellte Onkel Giorgio den Wagen ab. Er hatte fast freie Platzwahl. Die Hotelgäste waren schließlich großteils auf Ausflügen unterwegs, wenn sie nicht der mordfallbedingten Schließung der Therme wegen überhaupt abgereist waren. Das veranlasste Onkel Giorgio zur Bemerkung: „Giuseppe scheint gar nicht da zu sein. Zumindest sehe ich keinen Wagen, der ihm oder diesem Camilieri gehören könnte."

„Wahrscheinlich hat ihn diese Tipa wieder irgendwohin verschleppt", meinte Mamma Forza pikiert.

„Elisabetta, bitte!"

„Wenn's doch wahr ist!"

Die beiden öffneten die Türen des alten Lancia und stiegen behäbig aus.

„Und wo bleibt jetzt das Personal für die Koffer?", fragte Elisabetta Forza spitz.

„Elisabetta, das ist ein ganz normales Drei-Sterne-Hotel. Da musst du deine Koffer selber tragen. Aber gib her, deine kleine Tasche kann ich dir abnehmen."

„Wir sind ja nur kurz da", versuchte die Mamma eine Erklärung für ihr winziges Gepäck zu finden, „wie Anhängsel halt. Während die Brautleute zum Setsing unterwegs sind, oder wie das heißt, heute reden ja alle Englisch, weil's modern ist, werden die Alten gerade einmal für die Hochzeitszeremonie geduldet."

„Du meinst: Sightseeing. Aber ich wäre mir da nicht so sicher, dass die sich nur die Schönheit der Gegend ansehen wollen", gab Onkel Giorgio zu bedenken. „Vor unserer Wegfahrt war ich daheim in Cividale auf einen Espresso im Caffè Longobardo. Und da haben alle nur von einem Mordfall gesprochen, der sich hier in Arta Terme ereignet haben soll."

„Ein Mord?", fragte Mamma Forza erstaunt. „Ein schöner Platz zum Heiraten. Da kann ich meiner künftigen Schwiegertochter nur gratulieren zur Auswahl des Hochzeitsortes."

„Elisabetta! Was kann denn die Ragazza dafür, wenn hier wer ermordet wurde? Außerdem waren es genau genommen zwei Opfer, nicht nur eins."
„Das wird ja immer besser!"
„Man weiß aber noch nichts über die Hintergründe. Sonst hätte es mir Alberto sicherlich erzählt, er hat beste Beziehungen zur Kriminalpolizei in Tolmezzo. Sein Schwager liefert dem Comandante den Wein." Onkel Giorgio zeigte sich einmal mehr bestens informiert.
„Und was hat das jetzt mit uns zu tun?", fragte Elisabetta Forza ein wenig ungeduldig.
Onkel Giorgio antwortete langsam, wog jedes Wort genau ab: „Ich bin mir nicht sicher, aber ich habe ein unbestimmtes Gefühl, dass Giuseppe und natürlich sein Chef, dieser Commissario Camilieri, irgendwie in die Sache involviert sein könnten."
„Mein Giuseppe!", rief Mamma Forza laut aus und sandte ein kurzes Stoßgebet an die Mutter Gottes gen Himmel: „Santa Maria, Madre di Dio, prega per noi peccatori!"
„Lass den Unsinn!", herrschte sie ihr Bruder an. „Aber wenn du logisch nachdenkst, dann liegt es doch auf der Hand. Auf dem Parkplatz steht kein Wagen von Giuseppe, folglich sind sie unterwegs. Und warum sollten sie einen Tag vor der eigenen Hochzeit unterwegs sein? Doch nicht zum Gegendschauen! Nein, weil es Wichtiges zu tun gibt, allzu Wichtiges. Und was ist für Kriminalpolizisten wichtig? Die Klärung eines Falles natürlich."
„Schöne Hochzeit", seufzte Mamma Forza, „mir tut jetzt schon leid, dass ich überhaupt hierhergekommen bin."
In der Zwischenzeit war der Portier aus dem Haus gekommen und eilte auf die Neuankömmlinge zu.
„Buon giorno!", begrüßte er die beiden, „Sie müssen die Mutter eines der Bräutigame sein."
„Woher wissen Sie das?", fragte Elisabetta Forza überrascht.
„Keine Sorge", antwortete der Portier lachend, „es steht nicht auf Ihre Stirn geschrieben. Aber Ihr Sohn, Giuseppe Forza, der ja eben-

falls in unserem Hause nächtigt, hat Ihre Ankunft für heut
Und seine Braut Eleonora hat Sie so liebevoll bis ins klei
beschrieben, dass ich Sie sofort erkannt habe."

„Siehst du", triumphierte Onkel Giorgio, „ich habe dir immer gesagt, dass sie nicht so schlecht ist, wie du tust. Außerdem schaut sie gut aus, Giuseppe kann sich glücklich schätzen, dass er sie gekriegt hat! Hinter der war sicher ganz Cividale her. Und halb Udine wahrscheinlich auch."

„Alter Lüstling!", schnaubte Elisabetta Forza.

Der Portier unterbrach das Geplänkel: „Benvenuti, seien Sie herzlich willkommen! Und geben Sie mir Ihre Tasche, Signora. Für das restliche Gepäck komme ich gleich mit unserem Wägelchen."

„Grazie", antwortete Onkel Giorgio, „das wird nicht nötig sein. Wir haben nur je eine Tasche. Sagen Sie, als Mann an der Rezeption erfährt man meistens mehr als der Rest der Menschheit. Hier gab es zwei Morde, habe ich gehört?"

„Ja, schrecklich", erklärte der Portier in aufrichtiger Betroffenheit, „und ausgerechnet im Centro Benessere der Therme musste einer davon passieren. Jetzt ist die Therme geschlossen und einige unserer Kurgäste haben bereits die Heimreise angetreten. Niemand konnte bis jetzt sagen, wann der Kur- und Badebetrieb wieder aufgenommen werden kann. Eine Katastrophe! Ich hoffe, dass Ihr Sohn" – er wandte sich mit einer im Gehen nur angedeuteten Verbeugung Elisabetta Forza zu – „und der zweite Commissario den Fall bald gelöst haben, sonst können wir hier zusperren."

„Siehst du", sagte Onkel Giorgio zu seiner Schwester, „ich habe dir ja gesagt, dass die zwei da ihre Finger im Spiel haben. Hätte mich gewundert, wäre es nicht so!"

Und immer noch schien die Sonne vom wolkenlosen Himmel über Arta Terme und tauchte die im Kessel der umliegenden Berge eingebettete Ortschaft in ein fröhliches Licht, das der am nächsten Tag geplanten Hochzeit den perfekten Rahmen verleihen würde, aber so gar nicht zu den schrecklichen Ereignissen der letzten Stunden passen wollte.

*

Eigentlich entsprach es nicht seiner Art. Trotzdem fragte Camilieri den Führer, der ihnen die Ausgrabungen von Zuglio präsentiert hatte, um Erlaubnis, sich noch ein wenig allein am Gelände umzusehen. Vielleicht war sein schlechtes Gewissen für die Bitte ausschlaggebend, hatte er doch vorhin den Vortrag des ohne Zweifel fachkundigen Mannes so schroff abgewürgt.
Der war immer noch beleidigt und sagte nur: „Bitte, wie Sie wollen. Ohne mich werden Sie sich nur schwer zurechtfinden, aber wenn Sie glauben ..." Dass seine Zustimmung ohnehin nicht vonnöten war, wenn zwei Commissari das Areal absuchen wollten, ahnte er.
Lydia und Eleonora lehnten an einer der Absperrungen am Rande des Ausgrabungsgeländes und hingen ihren Gedanken nach. Hin und wieder sprachen sie Belangloses, über das zu erwartende Hochzeitswetter beispielsweise oder über die Vor- und Nachteile weißer Brautkleider sowie über den Ort der Trauung hoch oben über dem Tal des But. Die Frage, ob es wirklich zur Hochzeit kommen würde oder ob ihnen die Mordgeschichten einen Strich durch die Rechnung machen würden, klammerten sie unbewusst aus. Aber warum hätten sie sich auch den Kopf schwer machen sollen? In dieser Sache war beim Wein am Vormittag in der Bar alles gesagt worden. Es lag nicht mehr in ihren Händen ...
Camilieri und Forza durchstreiften also noch einmal auf eigene Faust das weitläufige Ausgrabungsgelände.
„Wonach suchen wir eigentlich?"
„Ehrlich gesagt, Forza, ich habe keine Ahnung."
Und so krochen sie unter niedrige Pultdächer und begutachteten darunter geschützte Mauerreste, schauten lange in zerbrochene Tonkrüge und Steinschalen, klopften Mauerstümpfe ab und gingen über das Areal, als wären sie Angehörige einer Fakultät für Altertumswissenschaften.
„Kann man sich gar nicht vorstellen, dass der Schutt hier einmal eine blühende Stadt gewesen sein soll", bemerkte Forza. „Glauben Sie wirklich, dass man deswegen einen um die Ecke bringt?"

„Wegen der Steine allein wohl nicht", antwortete Camilieri, „aber wenn beispielsweise dieser Topf hier mit antiken Münzen gefüllt wäre, dann würde die Sache schon anders aussehen."
Camilieri hob ein Tongefäß in die Höhe, das, neben einigen anderen in einer Reihe geordnet, auf den Resten eines Gebäudefundaments stand.
Der Führer eilte herbei. „Commissario, bitte! Nicht angreifen!", rief er im Laufen.
„Scusi", murmelte Camilieri und stellte den Topf vorsichtig an seinen Platz zurück.
„Das Berühren der Ausstellungsstücke ist strengstens verboten", belehrte ihn der Führer. „Das gilt auch für die Polizei!"
„Schon gut, schon gut", versuchte Camilieri zu beruhigen.
Ohne Erfolg.
„Was glauben Sie", alterierte sich der Führer immer noch, „welcher Papierkram auf mich zukäme, sollte ein Stück beschädigt werden?"
„Komisch", mischte sich Forza ein. „Wozu die Aufregung? Da ist ohnehin schon das meiste kaputt."
Der Führer schaute säuerlich drein und Camilieri konnte sich kaum eines Schmunzelns erwehren.
„Sagen Sie", wandte er sich an den Führer, „Sie kennen sich hier ja bestens aus."
Der Führer nickte geschmeichelt.
„Ist hier schon einmal etwas weggekommen? In der letzten Zeit?"
„Wie – weggekommen?"
„Na, gestohlen", erklärte Camilieri.
„Commissario, ich befürchte, hier wird laufend etwas gestohlen. Ein Stein hier, eine Tonscherbe da. Ich kann ja nicht jeden Einzelnen beaufsichtigen, vor allem wenn sich größere Gruppen auf dem Gelände tummeln. Besonders schlimm sind die Schulklassen. Heute hat ja niemand mehr Respekt vor den Altertümern. Wenn sogar ein hoher Polizeibeamter wie Sie die Ausstellungsstücke einfach angreift, als wären es Waren aus dem Supermercato."

„Ist ja schon gut, ich habe mich bereits entschuldigt“, erwiderte Camilieri mit einem plötzlichen Anflug von Ärger, „aber abgesehen von den Kleinigkeiten, die unbeaufsichtigte Touristen so in die Tasche stecken: Sind Ihnen Diebstähle in größerem Ausmaß bekannt?“
Der Führer überlegte. Dann sagte er: „Eigentlich nicht.“
Camilieri ließ nicht locker: „Und wenn ich den Tontopf vorhin zerbrochen hätte, was hätten Sie dann gemacht?“
„Die Polizei gerufen“, kam es wie aus der Pistole geschossen vom Führer.
Forza lachte laut auf: „Das hätten Sie sich sparen können. Die ist schon da.“
„Ja, natürlich“, stammelte der Führer, „ich meine nur, theoretisch.“
„Ist schon in Ordnung“, beruhigte Camilieri, „und dann? Ich meine, nach der Aufnahme des Protokolls durch die Polizei. Was hätten Sie dann getan? Die Lücke in der schönen Aneinanderreihung von Tontöpfen, die durch mein Missgeschick entstanden wäre, offen gelassen? Wenn so etwas jeden Monat einmal passiert, hätten Sie im Laufe von zwei, drei Jahren keinen einzigen Tontopf mehr in Ihrer Galerie.“
„Zum Glück“, antwortete der Führer, „passiert es nicht allzu oft, dass unsere Besucher Schäden am Ausstellungsgelände anrichten. Im schlimmsten Fall müsste man halt für Nachschub sorgen.“
„Nachschub?“, fragte Camilieri. „Also weitergraben, bis man etwas findet?“
Jetzt lachte der Führer laut auf: „Nein, Commissario, das ist nicht nötig. Ausgrabungsgegenstände lassen sich auch käuflich erwerben. Von anderen Ausgrabungen. Das kommt meistens billiger, als mit einer neuen Ausgrabung zu starten.“
„Und wo kauft man antiken Hausrat?“, fragte Camilieri unbedarft.
Der Führer zögerte: „Da gibt es mehrere Möglichkeiten: in befreundeten Museen, mit denen Kooperationsverträge bestehen, oder bei Kunstauktionen.“
„Sonst gibt es keine Möglichkeiten?“

Abermals zögerte der Führer. Schließlich sagte er: „Ich weiß nicht, ob ich Ihnen das sagen soll ..."
„Mir sollen Sie alles sagen. Einfach alles", unterbrach ihn Camilieri energisch.
„Also gut. Nun, es gibt auch die Möglichkeit, am Schwarzmarkt Kunstgegenstände aus der Antike zu erwerben."
„Am Schwarzmarkt? Interessant."
„Allerdings, aber nicht legal. Doch das muss ich Ihnen ja nicht erklären."
„Und woher haben die Verkäufer am Schwarzmarkt ihre Ware? Von Diebstählen?"
„Wie man's nimmt", antwortete der Führer, „der Großteil stammt aus Raubgrabungen."
„Raubgrabungen?"
„Ja", erklärte der Führer, „man sucht sich ein Plätzchen, an dem man Reste aus der Antike unter dem Boden vermutet. Ein Grab beispielsweise. Oder eine ehemalige Siedlung. Und dann begibt man sich unbeobachtet in der Nacht an den Ort und beginnt zu graben. Mit ein wenig Glück und wenn man vorher gut recherchiert hat, stößt man dort auf Relikte aus dem Altertum. Und mit einer weiteren Portion Glück handelt es sich dabei um Wertvolles, das am Schwarzmarkt viel Geld einbringt."
„Und es gibt wirklich Leute, die das tun?"
„Mehr, als Sie denken, Commissario."
„Haben Sie gehört, Forza?" Camilieri wandte sich an seinen Kollegen: „Ob das wohl ein Motiv wäre?"
„Wenn ich das wüsste", keuchte dieser, er kam beim Begehen des Geländes langsam außer Atem, „dann könnte ich als Hellseher im Luna Park von Lignano auftreten. Außer dem Schnipsel mit der Buchstabenkombination ‚ul' haben wir in Wahrheit keinen Hinweis auf Verbindungen unseres Mordfalls zur Archäologie, ob die Trümmer nun legal oder illegal aus dem Boden geschürft wurden."
„Stimmt", bestätigte Camilieri, „zwei Buchstaben sind ein schwaches Fundament, um darauf eine Ermittlung zu begründen. Andererseits:

Wir haben keinen anderen Ansatz. Außerdem hat sich Lydias Instinkt schon des Öfteren als richtig erwiesen."
„Mit anderen Worten", fragte Forza, „machen wir also weiter, wie wenn der Schlüssel zur Klärung der Verbrechen hier in Julium Carnicum im Boden vergraben läge?"
„Das haben Sie schön formuliert", lobte Camilieri mit einer Mischung aus aufrichtiger Anerkennung und einer gehörigen Prise Spott.
Während des Gesprächs mit dem Führer waren die drei – Camilieri, Forza und der Fremdenführer – zu den an der Brüstung wartenden Frauen zurückgekehrt. Lydia war in ihren Tablet-PC vertieft und scrollte im Internet anscheinend Seite um Seite herunter. Eleonora schaute gelangweilt zu.
Camilieri resümierte: „Wir gehen nach wie vor davon aus, dass es irgendeine Verbindung zu den alten Schätzen geben muss. Wie du, Lydia, schon in Arta Terme meintest."
Eleonora fragte spitz: „Ist es nicht Aufgabe der Kriminalpolizei, das festzustellen?"
„Cara, Liebe, wir sind die Kriminalpolizei", antwortete Forza.
„Ich meinte, Aufgabe der Kollegen aus Tolmezzo", korrigierte Eleonora scharf.
Bevor ihr Verlobter etwas sagen konnte, mischte sich Camilieri ein und versuchte den sich anbahnenden Streit vor dem kritischen Punkt zu entschärfen: „Vollkommen richtig, Eleonora. Aber wir waren nun einmal die Ersten am Fundort der Leiche in der Therme. Das kann man nicht einfach wegstecken und ignorieren."
Die Autorität Camilieris, der als Chef des Kommissariats in Cividale ja Eleonoras Vorgesetzter war, wirkte wahrscheinlich besser als der Inhalt seiner Botschaft: Eleonora schwieg und sparte sich die heftige Replik, die ihr auf der Zunge lag, für später auf, wenn sie mit Giuseppe allein sein würde. Aber dann gnade ihrem Giuseppe Gott, sollte er auch nur einen Funken von Verständnis für Camilieris Hartnäckigkeit in den Ermittlungen zeigen. Im Inneren der feurigen Italienerin brodelte es wie die Lava im Krater des Ätna, obwohl sie aus Norditalien

und nicht aus Sizilien stammte. Che porca miseria! Und das am Tag vor der Hochzeit!

„Lydia", setzte Camilieri fort, ohne eine mögliche Antwort Eleonoras abzuwarten, „beim Plaudern mit unserem Kollegen hier aus Zuglio haben wir folgende Überlegung angestellt: Unser Verbrechen könnte in der Raubgrabungsszene seine Wurzeln haben. Was hältst du davon?"

Mit „Kollege" meinte der Commissario den Führer durch die Ausgrabungsstätte. Angehörige niedriger Wachdienste als Kollegen zu titulieren, zählte zu Camilieris Taktik bei schwierigen Ermittlungen. Damit schuf er binnen Sekunden eine Atmosphäre, in der sein Gegenüber – durch die Bezeichnung „Kollege" geehrt – Wissen preisgab, das es sonst vielleicht für sich behalten hätte. Quasi als Mitglied einer verschworenen Gemeinschaft.

Lydia antwortete: „Um ehrlich zu sein, habe ich auch schon daran gedacht. Wenn der Zettel in der Hand des Nachwächters wirklich auf Zuglio beziehungsweise Julium Carnicum verweisen sollte, dann liegt das auf der Hand. Ein Streit unter Angehörigen der Raubgrabungsszene beispielsweise."

„Man müsste einfach mehr darüber wissen ..."

„Claudio", sagte Lydia mit sanfter Stimme, „auch daran habe ich bereits gedacht. Ich kenne einen norditalienischen Archäologen gut."

„Wie gut?", fragte Camilieri mit finsterer Miene, ob gespielt oder echt, wusste wohl nur er.

Lydia war sich jedenfalls nicht sicher. Sie sagte lachend, zugleich geheimnisvoll: „Egal! Auf jeden Fall nicht so gut wie dich."

„Bravo. Und das einen Tag vor der Hochzeit", brummelte der Commissario.

Lydia lachte noch immer. Eleonora schaute streng, da kannte sie keinen Spaß.

„Du kannst dir selbst ein Bild davon machen", sprach Lydia weiter, nach wie vor bestens amüsiert. „Ich habe vorhin ein wenig recherchiert. Mario, so heißt der Mann, gräbt derzeit in Aquileia, am an-

tiken römischen Flusshafen des in der Nähe ins Meer mündenden Natisone."
„Unser Natisone?", fragte Forza nach. „Der Fluss, der auch durch Cividale fließt?"
„Genau der", bestätigte Lydia. „Nun, ich hätte hier die Kontaktdaten von Mario. Er ist Experte, was die Ausgrabungsszene in Oberitalien betrifft. Wenn er etwas nicht weiß, kann man mit ruhigem Gewissen davon ausgehen, dass es das dann überhaupt nicht gibt."
„Und du meinst", fragte Camilieri, „ich sollte mit diesem Mario einmal sprechen? Na ja, warum nicht? Hilft es nichts, kostet es auch nichts. Gib mir bitte die Nummer!"
„Fahr am besten gleich hin", riet Lydia. „Im persönlichen Gespräch kann er dir sicher einen besseren Eindruck der komplexen Materie vermitteln als am Telefon."
Jetzt war Camilieri baff. Nachdem er sich erfangen hatte, sagte er: „Du meinst, ich soll jetzt nach Aquileia fahren? Am Tag vor unserer Hochzeit?"
„Ja", sagte Lydia sanft, „wenn ihr jetzt gleich fahrt, dann seid ihr am Abend wieder zurück. Besser, als du kommst morgen am Vormittag auf die Idee, für deine Ermittlungen noch irgendwohin zu fahren. Wenn du möchtest, informiere ich Mario unverzüglich über dein Kommen."
Camilieri schaute, immer noch überrascht, zu Forza, und dieser schaute, ebenfalls von der jähen Wendung überrascht, zurück. Gerade einmal „Prego" brachte der Commissario hervor.
Nach einer kurzen Pause meinte er schließlich: „Also gut. Kommen Sie, Forza, fahren wir!"
Lydia hakte sich bei Eleonora unter, bevor der Vulkan in dieser zur Eruption gelangen konnte.
Sie sagte in vertraulichem Ton: „Komm, wir gehen zu Fuß nach Arta Terme zurück. Bis zum Hotel sind es gerade einmal zweieinhalb Kilometer. Ein wenig Bewegung wird uns guttun."
Eleonora war zu perplex, um etwas sagen zu können – was ihr nur sehr, sehr selten passierte. Vorläufig blieb der Vulkan ruhig in ihr. Vorläufig.

VIA JULIA AUGUSTA

Eineinhalb Stunden Fahrzeit bis Aquileia warf der Routenplaner aus, genauer gesagt: eine Stunde und vierundzwanzig Minuten für 93,8 Kilometer. Das bedeutete für Camilieri und Forza, bei Carnia auf die Autobahn A23 aufzufahren, bei Palmanova wieder herunter und von dort mehr oder weniger direttissima in Richtung Mare. Ähnlich wie auf der antiken Via Julia Augusta, nur dass man damals – trotz ausgezeichneten Ausbaus dieser Römerstraße – noch keine Autobahn gekannt hatte. Für ein römisches Pferdegespann wäre diese ja nicht unbedingt vonnöten gewesen ... Dennoch waren die „alten Römer" bereits wahre Meister der Straßenbaukunst gewesen. Etliche ihrer Trassenführungen bewährten sich – wie etwa auch in diesem Fall – mehr als zweitausend Jahre nach der ursprünglichen Errichtung nach wie vor. Der gut durchdachte Aufbau der Straßen mit mehreren Schüttungen von grob bis fein im Untergrund und den darüber liegenden Platten sowie die gewissenhafte Pflege des Wegenetzes bildeten gewissermaßen das Pflichtprogramm. Als Kür wurden in regelmäßigen Abständen Poststationen, Wirtshäuser und anderes, was für ein gepflegtes Reisen vonnöten war, eingerichtet. Doch diese Römerstraßen hielten nicht nur die Wirtschaft der Antike in Schwung, sondern dienten auch dem Machterhalt: Wo eine gut ausgebaute Straße hinführte, dort herrschte Rom.

Ganz besonders auch im Falle der Via Julia Augusta, die unser Ermittlerteam nun ein wenig ratlos entlangfuhr. Der Ausflug nach Julium Carnicum hatte zwar eine Fülle nützlicher Informationen gebracht, aber keine konkrete Spur. Camilieri und die Seinen hatten sich jedoch zumindest ein anschauliches Bild von der Bedeutung antiker Fundstücke machen können. Komisch, dachte der Commissario, damals in Sizilien, als sie als Halbwüchsige in so mancher alten Ruine herumgetollt waren und mit den Füßen die Steine weggekickt hatten, hätte er sich nicht träumen lassen, dass er da womöglich zweitausend

Jahre Geschichte durch die Luft schoss oder vielleicht Millionenwerte unter den Beinen hatte. Waren Ausgrabungen wie die von Zuglio einen Mord wert? Wenn ja, wer hatte das Opfer ausgerechnet in der Therme platziert? Warum? Und was konnte der arme Nachtwächter dafür, den ein Cornetto und ein Caffè vermutlich wesentlich mehr interessiert hatten als alle Ausgrabungen dieser Welt?

Eineinhalb Stunden Fahrzeit – das galt unter Einhaltung der gängigsten Vorschriften, wie zum Beispiel der Höchstgeschwindigkeiten auf der Landstraße und auf der Autobahn sowie in den Ortsgebieten. Für Forza galt das also nicht. So behäbig sich der wohlbeleibte Kriminalbeamte durch den Alltag bewegte, so sehr wurde er zum Tier, wenn er sich hinter das Steuer eines Fahrzeugs setzte. Camilieri hatte das ja schon des Öfteren erlebt. Bei der nachmittäglichen Reise von Zuglio nach Aquileia verhielt es sich nicht anders. Schon die paar Kilometer von der alten Römerstadt bis Tolmezzo, anfangs ein ziemliches Kurvengeschlängel entlang des Flüsschens But, trat Forza in die Pedale beziehungsweise hauptsächlich auf ein Pedal: auf das ganz rechts befindliche Gaspedal. Die auf der Landstraße gültigen neunzig Stundenkilometer Höchstgeschwindigkeit fuhr er als Mindestgeschwindigkeit in den Ortsgebieten, über Land bretterte er dahin, dass er auch noch eine Strafe ausgefasst hätte, hätte man ihn mit diesem Tempo auf der Autobahn geblitzt. So zogen die Dörfer Cadunea und Imponzo in Windeseile vorbei, schon ging es auf der Umfahrung in weitem Bogen rund um Tolmezzo rüber bis knapp vor Amaro. Kurz vor der Stelle, an der die Fella, aus dem Kanaltal kommend, in den Tagliamento mündete, war die Autobahnauffahrt Carnia erreicht.

Camilieri saß gemütlich am Beifahrersitz und genoss die Fahrt. Zumindest hatte es den Anschein, denn dass einer die Fahrweise Forzas genießen mochte, war schwer vorstellbar, auch wenn man tagtäglich mit Mördern und harten Burschen aller Art zu tun hatte. Wahrscheinlich war es die Gewohnheit, und Camilieri wusste gar nicht mehr, wie es war, mit der zulässigen Höchstgeschwindigkeit durch

Italien zu fahren. Und auch jetzt hatte Forza schon bald so viel Zeit gutgemacht, dass sich locker ein Espresso in einer Bar am Straßenrand ausgegangen wäre.
Espresso gab's natürlich keinen. Doch die Zeit wurde anderweitig genutzt. Am Straßenrand parkte nämlich ein Fahrzeug, an dem ein sowohl Forza als auch Camilieri wohlbekannter Mann lehnte: der Hundeführer, ein verdienter Mitstreiter aus dem Kommissariat in Cividale. Weil er beruflich hauptsächlich mit Polizeispürhunden zu tun hatte, nannte ihn niemand beim Namen, sondern jeder nur nach seiner Funktion. Vielleicht hatte zu diesem Umstand auch sein Nome di Famiglia beigetragen: Capporiacenasaro. Bis das Wortungetüm den Mund verließ, konnte man locker einen Caffè schlürfen ...
Forza trat abermals kräftig zu, dieses Mal auf das Bremspedal, und hielt neben dem Mann und seinem Fahrzeug. Er ließ das Seitenfenster herunter.
Bevor er noch „Salve“ sagen konnte, wunderte sich bereits der Hundeführer: „Die Bräutigame! Damit hätte ich hier nicht gerechnet. Ihr seid aber in die falsche Richtung unterwegs! Arta Terme liegt dort, wo ihr herkommt.“
„Grazie, das wissen wir auch“, antwortete Forza.
„Was um Himmels willen treibt ihr hier? Ihr solltet bei euren Frauen sein!“
Jetzt schaltete sich Camilieri in das Gespräch ein. Er war aus dem Alfa ausgestiegen.
„Bei denen werden wir noch lange genug sein. Es gibt Arbeit. Apropos: Was machen Sie hier?“
„Ich? Ich wollte nach Arta Terme fahren. Morgen sollten dort nämlich zwei Kollegen von mir heiraten, die Ihnen und Forza nicht vollkommen unähnlich sind. Leider ist mir das Auto abgestorben. Elektronikproblem, der Motor bekommt anscheinend keinen Strom.“
„Aha“, meinte Camilieri, „ich mache Ihnen einen Vorschlag. Rufen Sie am Kommissariat in Cividale an. Die sollen den Rücktransport Ihres Wagens organisieren. Und Sie können mit uns mitfahren.“

„Sie fahren aber in die falsche Richtung", erinnerte der Hundeführer. „Arta Terme liegt im Norden, Sie fahren Richtung Süden."
„Nur ein kleiner Umweg", versuchte Camilieri zu beruhigen. „Wir fahren kurz nach Aquileia, dann geht's auch schon wieder zurück nach Arta Terme. Am Abend sind wir wieder dort."
„Was um alles in der Welt machen zwei Bräutigame am Nachmittag vor der Hochzeit in Aquileia? Blumen kaufen?"
„Blumen? Merda!", entfuhr es Camilieri, „Forza, wir haben vergessen, die Brautsträuße zu bestellen."
„Ach du Scheiße, vielleicht können wir irgendwo unterwegs ..."
„Hoffentlich", unterbrach ihn Camilieri, „ansonsten morgen, gleich in der Früh."
„Also kein Blumenkauf in Aquileia?", scherzte der Hundeführer.
„Che idiota! Natürlich nicht. Steigen Sie ein, während der Fahrt erzähle ich Ihnen, was Sie wissen müssen."
Dergestalt verstärkt setzten Forza und Camilieri ihre Fahrt fort. Auf der Autobahn herrschte der frühen Nachmittagsstunde entsprechend bereits reger Verkehr. Die Handelsreisenden nahmen nach der Mittagspause wieder ihre Geschäfte auf, die Lkw-Lenker ebenfalls. Und der lokale Berufsverkehr hatte auch schon eingesetzt. Forza ignorierte das nicht einmal. Unmittelbar nach der Auffahrt auf die Autostrada war er auf die zweite Spur gewechselt, so unmittelbar, dass er dabei einen langsameren Wagen noch am Beschleunigungsstreifen rechts überholte. Diese zweite Spur gedachte er bis zur Autobahnabfahrt bei Palmanova nicht mehr zu verlassen, mit Ausnahme rund um Udine, wo er sich auf die hier vorhandene dritte Spur setzte.
Viel bekamen die drei Insassen von der Umgebung nicht mit – und es hätte sie auch nicht wirklich interessiert. Schade eigentlich, denn mit Gemona, Osoppo und natürlich Udine lagen sehenswerte Städtchen und Städte entlang des Weges, meistens freilich hinter hässlichen Lärmschutzwänden verborgen oder von Tunnels dem Anblick entzogen. Auch den Übergang vom schroffen, stark bewaldeten Bergland in die sanfte Ebene bei der Überquerung des Tagliamento nahmen

Camilieri, Forza und der Hundeführer auf der Höhe von Trasaghis kaum wahr.
Als der Alfa knapp vor der Autobahnabfahrt von Palmanova auf den ersten Fahrstreifen wechselte, hatte Camilieri ihren neu gewonnenen Mitstreiter in die wesentlichen Aspekte des Falles eingeweiht. Und Forza hatte gegenüber der Prognose des Routenplaners wieder etliche Minuten Fahrzeit eingespart.

*

Lydia und Eleonora waren vom Ausflug nach Julium Carnicum zurück. Der Fußmarsch den But entlang hatte den Frauen gutgetan. Sie sprachen noch einmal ausführlich über die Hochzeit morgen, und Lydia, die Ältere und Überlegtere der beiden, hatte vor übertriebenen Reaktionen gewarnt, sollte mit der Hochzeit in letzter Minute doch noch etwas schiefgehen.
„Damit kann man viel kaputt machen, was einem später leidtut", erklärte sie.
Eleonora zeigte sogar so etwas wie Verständnis für die Empfehlung – ob sie sie im Fall des Falles in die Tat umsetzen würde, blieb vorerst ihr Geheimnis.
Zwischen Zuglio, wo die alten Ausgrabungen lagen, und Arta Terme bestanden mehrere Verbindungen für Fußgänger. Auf der – flussabwärts gesehen – rechten Seite führte ein kombinierter Rad- und Wanderweg ab der Brücke über den But bis hinauf zur Therme und sogar ein wenig darüber hinaus. Links gelangte man mitten ins Zentrum des Kurortes. Der Nachteil: Der Weg verlief direkt neben der doch relativ stark befahrenen Straße. Dafür konnte man nach dem Kreisverkehr neben dem Zentrum gemütlich eine sanft ansteigende Straße entlang von schmucken Häusern und brach liegenden Wiesen hinauf in den Ortsteil Piano d'Arta wandern, während der Aufstieg von der Therme über die zwar kurze, dafür aber steile Viale delle Terme verlief. Wege, um sich in dem Kurort entsprechend zu entspannen, gab es in Arta Terme also zur Genüge. Die Frauen hatten

die Route die Hauptstraße entlang gewählt und betraten nach einer guten Dreiviertelstunde das Hotel. Als Erste liefen ihnen Elisabetta Forza und Onkel Giorgio über den Weg.
„Salve“, grüßte Lydia erfreut.
„Salve“, meinte auch Eleonora, ein wenig leise, ihr wäre es lieber gewesen, Giuseppe wäre bei der Begegnung dabei gewesen.
„Salve“, antwortete Onkel Giorgio, man sah ihm die Freude an, die beiden wiederzusehen.
Lediglich seine Schwester meinte etwas distanziert: „Buon giorno.“
„Wie war die Fahrt?“, fragte Lydia.
„Danke der Nachfrage“, sagte Onkel Giorgio, „ohne Komplikationen. Sagt, wo sind eure Bräutigame?“
Der alte Fuchs kam gleich zur Sache und wollte nicht nur die Bestätigung dessen hören, was er bereits erfragt hatte, sondern hoffte insgeheim auf Neuigkeiten.
„Die sind nach Aquileia gefahren“, antwortete Lydia, ohne irgendein Geheimnis aus der Sache zu machen.
„Nach Aquileia?“, täuschte der Onkel Verwunderung vor. „Was tun die denn in Aquileia? Am Tag vor der Hochzeit?“
„Ach, da sind schreckliche Dinge passiert“, erklärte Lydia. „Ich weiß nicht, ob ich darüber sprechen darf. Claudio soll das erzählen, am Abend sind die beiden ohnehin zurück.“
Elisabetta Forza musterte währenddessen ihre künftige Schwiegertochter kritisch. Dann fragte sie: „Und die Vorbereitungen für die Hochzeit? Ist alles erledigt? Das Essen? Die Tischordnung? Die Blumen? Die Musik für die Kirche? Das Kleid? Giuseppes Anzug?“
„Sì“, bestätigte Eleonora eingeschüchtert, „tutto bene.“
„Na, wir werden morgen ja sehen, ob alles in Ordnung ist“, konnte sich die Schwiegermutter in spe einen weiteren Seitenhieb nicht verkneifen.
„Elisabetta“, ermahnte ihr Bruder sie entrüstet, „ich bin überzeugt davon, dass unsere Signorina hier alles bestens erledigt hat.“
Das strahlende Lächeln galt nicht der Schwester, sondern eindeutig der jungen Braut.

Bevor Elisabetta Forza etwas erwidern konnte, kam die Hotelchefin des Weges, begrüßte die neu angekommenen Gäste, erkundigte sich, ob alles zu deren Zufriedenheit verlaufe, und fragte, ob vielleicht ein kleiner Imbiss nach der Anreise gewünscht werde.
„Mit dem größten Vergnügen", antwortete Onkel Giorgio, dem die attraktive Mitvierzigerin auf Anhieb gefiel.
Seine Schwester, die ihn hinlänglich kannte, schüttelte unbemerkt den Kopf.
Doch Onkel Giorgio versank bereits in einen Redeschwall: „Wissen Sie", sagte er mit viel Charme und noch mehr Angeberei, „ich hatte ja schon einmal das Vergnügen, in diesem Haus zu Gast zu sein. Um 1980 muss es gewesen sein, als man sich daranmachte, die Therme zu erweitern. Ich war damals Chef der lokalen Arbeitsgruppe, die das alles hier managte. Aber da können Sie ja noch gar nicht auf der Welt gewesen sein."
Die Hotelchefin lachte laut auf: „Sie schmeicheln mir, grazie. Doch, doch, ich kann mich dunkel an die Erweiterungsbauten in den Achtzigerjahren erinnern, ich bin zwar noch zur Schule gegangen, aber auf der Welt war ich schon."
„Wirklich!", spielte Onkel Giorgio den Erstaunten. „Also, das hätte ich meinen Lebtag nicht geglaubt, so jung, wie Sie aussehen."
Elisabetta Forza seufzte. Doch ihr Bruder war inzwischen völlig losgelöst. Die Hotelchefin hätte seine Tagliatelle mit Schuhpasta anstelle von Sepiatinte schwarz färben können und doch hätte er sie gelobt, denn er war in seinem italienisch-männlichen Element und briet bei ihr hinein wie sonst nur einen Steinbutt in der Pfanne.

*

Nachdem das Trüppchen bei Palmanova, der Ende des 16. Jahrhunderts sternförmig als Festung angelegten Stadt, die Autostrada verlassen hatte, musste Forza das Tempo drosseln. Äußerst widerwillig, doch der einsetzende Nachmittagsverkehr bremste nun sogar ihn ein. So schnurgerade die Straße runter bis ans Meer nach Grado führte, so

vollgestopft mit Fahrzeugen präsentierten sich die schmalen Fahrstreifen und engen Ortsdurchfahrten im rasch wachsenden Autogewühl. Knapp vor Grado, dem schmucken Städtchen am Meer, das Camilieri, Forza und der Hundeführer von ihrem letzten Fall nicht unbedingt in bester Erinnerung hatten, lag das Ziel ihrer Fahrt: Aquileia.
Doch schon in Cervignano ging endgültig nichts mehr. Nicht nur, dass man anscheinend sinnlos im Kreis geschickt wurde, nein, auch einige Ampeln, deren Schaltung höchstens den Bürokraten im Verkehrsministerium in Rom nachvollziehbar war, verzögerten die Fahrt unerträglich. Forza hupte immer wieder energisch. Das nützte aber erstens nichts, weil sich ja keiner der vor ihm Stehenden in die Lüfte entheben und den Weg freimachen hätte können. Und zweitens nahm die Huperei auch niemand wirklich wahr, weil ohnehin bei jeder passenden und unpassenden Gelegenheit gehupt wurde, was das Zeug hielt.
Die Stimmung im Fahrgastraum des Alfa kippte schneller ins Negative, als die vom ventilatorunterstützten Kühler regulierte Temperatur im Motorraum in die Höhe klettern konnte.
„Schalten Sie doch endlich das Gefudel im Radio aus!“, fauchte ein sichtlich genervter Camilieri.
„Wieso?“, fragte Forza, „Musik bringt wenigstens Stimmung in die Bude, wenn schon sonst nicht weitergeht.“
„Mir gefällt's auch“, bekräftigte der Hundeführer vom Rücksitz aus.
„Dafür habe ich Sie nicht mitgenommen, Kollege, dass Sie mir in den Rücken fallen“, schnappte Camilieri grantig.
„Commissario, bleiben Sie doch patriotisch! Sie hören da italienische Rockmusik allererster Güte. Nichts Amerikanisches und auch nichts aus Großbritannien, sondern PFM.“
„PF – was?“
„PFM“, erklärte der Hundeführer ruhig, „Premiata Forneria Marconi. In den Siebzigerjahren waren das große Stars.“
„Auch schon ein Zeiterl her“, brummte Camilieri, „aber meinetwegen. Ich beuge mich der Mehrheit. Forza, lassen Sie das Radio laufen.“

„Meiner Eleonora“, plauderte Forza, „gefällt das auch nicht besonders. Sie ist ein Fan von Ramazzotti. Und Ihre Lydia, was hört die gerne?“

„Keine Ahnung“, erwiderte Camilieri, „wir hatten bisher keine Zeit, über Musik zu diskutieren. Vielleicht gefallen ihr auch die –?“

„PFM“, wiederholte der Hundeführer geduldig wie ein Grundschullehrer. „Premiata Forneria Marconi. Die Gruppe wurde Anfang der Siebzigerjahre von Greg Lake entdeckt. Er hat ihnen zu einer internationalen Karriere verholfen.“

„Was Sie alles wissen ...“

„Musik zählt zu meinen Hobbys. Ich habe in jungen Jahren selbst in einer Band gespielt. Franz di Cioccio, Franco Mussida und wie die Bandmitglieder alle heißen, waren unsere großen Idole.“

„Wahrscheinlich müsste man bei Lydia weiter zurückgehen als in die Siebziger, um ihre Idole zu finden. Daheim bei ihr in Österreich stehen alle möglichen Historiker im Bücherregal. Bis in die Antike. Über diesen Bänden gerät sie regelrecht ins Schwärmen, besonders bei den ganz alten. Da muss man sie rechtzeitig unterbrechen, sonst verkohlt derweil die Pizza im Ofen.“

Apropos unterbrechen. Wieder einmal störte Forzas Gehupe die Gespräche im Wageninneren empfindlich und verärgerte den Commissario.

„Forza, hören Sie doch auf mit dem blöden Lärm! Sie sehen doch, dass da vorne nichts weitergeht!“

„Weil alle fahren wie die ärgsten Bauerntölpel“, schimpfte jetzt auch Forza.

„Kein Wunder, wir sind ja am Land“, bemerkte der Hundeführer trocken von hinten.

Und plötzlich lachten alle.

„So gefällt mir das schon besser“, lobte der Hundeführer, „schließlich wird morgen geheiratet. Wir befinden uns ja auf einem Polterabend, wenn man so will.“

„Von dieser Seite habe ich das noch gar nicht betrachtet“, meinte Camilieri nachdenklich, „dann muss ich eigentlich kein schlechtes Ge-

wissen haben, den Tag vor der Hochzeit nicht mit meiner Lydia zu verbringen."
„Wirklich ein interessanter Aspekt", konstatierte Forza erfreut und nahm sich fest vor, sich das Argument gut einzuprägen, sollte Eleonora bei der Rückkehr sauer sein. Lachend hieb er mit der Faust mehrmals hintereinander kurz auf die Hupe.
„Forza!", flehte Camilieri.
„Aber Commissario, bei einer Hochzeit gehört doch gehupt!"
Abermals lachten alle drei.
Zeitgleich mit der deutlichen Aufhellung der Stimmung im Alfa löste sich am Ortsende von Cervignano auch der Stau langsam auf. Nach der Ortsdurchfahrt ging es wesentlich rascher voran. Forza nützte die wiedergewonnene freie Fahrt und bretterte in wenigen Minuten nach Aquileia, öfter im Zuge eines Überholmanövers auf der Gegenfahrbahn unterwegs als auf dem eigenen Fahrstreifen.
In Aquileia angelangt, hatten sie die markanten Säulen, die als letzte Reste des römischen Forums weithin sichtbar an der Durchzugsstraße emporragten, schnell passiert. Forza ignorierte einer alten Gewohnheit folgend sämtliche Hinweisschilder auf freie Parkplätze, ebenso alle Fahrverbotstafeln, und hielt direkt vor der mächtigen frühchristlichen Basilika.
Ungewohnt vorsichtig schlug der wagemutige Fahrer dann vor: „Da wir uns ja einig sind, dass unser gemeinsamer Ausflug quasi unser Polterabend ist: Wie wäre es mit einer kleinen Stärkung, bevor wir die Ermittlungen fortsetzen? Gleich da drüben befindet sich ein nettes Caffè. Dort ist nicht nur der Espresso ausgezeichnet, sondern auch die Dolci sind exzellent."
Hoffnungsvoll schaute er in die kleine Runde.
„Was Sie alles kennen", wunderte sich Camilieri, „von mir aus gerne. Bei Gesprächen dürfen wir aber eins nicht vergessen: Wir sind nicht in Ermittlungssachen hier, wir versuchen nur ein paar Auskünfte von einem Archäologen zu erhalten. So lautet zumindest die offizielle Lesart."

„Ich war früher öfter mit Mamma hier. Zum Wallfahrten", erklärte Forza nachträglich seine kulinarische Ortskenntnis.
„Also dann", lachte Camilieri auf, „wollen wir die Köstlichkeiten nicht warten lassen. Während der Pause können wir studieren, was mir Lydia inzwischen alles aufs Cellulare geschickt hat."
Die drei betraten die elegante Konditorei gegenüber der Kirche und entspannten sich jeder auf seine Weise. Forza, indem er akribisch und gewissenhaft eine Auswahl unter den unzähligen Keksen, Törtchen, Schnitten und Küchlein traf. Da war alles vorhanden, was das Herz begehrte: Brombeertörtchen, Mürbteigschifferln mit Orangencreme, Pistazien auf schokoladegetunkten Kekserln, die köstlichen Amarettini, mit Vanilleschaum gefüllte Brandteigkrapferln frisch aus dem Ofen – die zergingen auf der Zunge – und natürlich die genauso traditionellen wie hervorragend schmeckenden Butterkekse, als besonderer Gag des Konditormeisters in Form verschiedenster Tiere ausgestochen – die zergingen ebenfalls auf der Zunge. Der Hundeführer wiederum schaute dem Barista bei der Zubereitung seines Espresso doppio genau auf die Finger. Camilieri schließlich las Lydias Nachrichten und folgte den übermittelten Internetlinks, um sich eine passende Strategie für das Gespräch mit dem Archäologieinformanten zurechtzulegen. Was genau wollte er von ihm eigentlich erfahren?

*

Während Forza, Camilieri und der Hundeführer vor dem nächsten Schritt in Aquileia ein wenig rasteten, bereitete wenige Kilometer entfernt im alten, tief in die Insel eingeschnittenen mondänen Hafen von Grado ein schlanker, unauffälliger Mann mittleren Alters ein schwer beladenes Motorboot hastig zum Auslaufen vor. Hätte der Mann den fehlenden Knopf an seiner Jacke bemerkt, wäre zur Hast auch Ärger gekommen und er hätte wohl, obwohl kein Seemann, einen wahrhaft seemännischen Fluch gen Himmel geschickt.
Mehrmals blickte er sich um: Entlang des Kanals, der aufs offene Meer hinausführte, ankerten nach wie vor die Fischerboote der Einheimi-

schen neben den schicken weißen Jachten. Rund um das kleine Hafenbecken drängten sich Trattorie und Caffès aneinander. Die glänzenden Boote auf dem smaragdfarbenen Wasserspiegel bildeten die perfekte Kulisse für den Nachmittagskaffee oder das abendliche Fischmenü nach einem entspannenden Urlaubstag. Man mochte an einem schönen Herbsttag wie diesem gar nicht glauben, dass das Meer in Grado auch stürmisch sein konnte und kleinere Boote bereits in Küstennähe leicht in Seenot gerieten, sobald das Wetter umschlug und der Sturm gnadenlos über die Lagune peitschte. So mancher Fischer hatte schon sein Leben lassen müssen. So manche Familie hatte vergeblich auf die Rückkehr des Familienoberhauptes gewartet, wenn in einer grauenvollen, stürmischen Nacht die Wellen höher schlugen, als die See tief war. An all das dachte der Mann freilich in diesem Moment nicht. Er füllte Treibstoff in den Tank, kontrollierte die Navigationsinstrumente und wuchtete Mineralwasserflaschen an Bord.

*

In Arta Terme begann indessen der Haussegen schief zu hängen – eigentlich müsste man ja sagen: der Hotelsegen. Denn dem Haussegen ging es prächtig, wenn man damit auf die Befindlichkeit der Herrin des Hauses anspielte. Onkel Giorgios Anwesenheit und seine Komplimente taten der alleinstehenden Mitvierzigerin gut. Die vielen Sorgen um das Hotel, die launischen Gäste, die unzuverlässigen Lieferanten und die schlampigen Zimmermädchen – all das, was am Gemüt der Frau gezerrt hatte, war plötzlich wie weggeblasen. Kochen, ja, das war ihre Leidenschaft seit eh und je. Man schmeckte es und die Gäste des Hauses schätzten die Küche ganz besonders, für die sie nach wie vor federführend verantwortlich zeichnete. Das wollte sie sich trotz Doppelbelastung nicht nehmen lassen, und so spielte sie die Küchen- und die Hotelchefin gleichzeitig, wenngleich manches Mal am Ende ihrer Kräfte angelangt. Spätestens beim Hochzeitsmenü sollten ihre Gäste sich daran delektieren können, dass die Küche in den Händen der Besitzerin lag ... Jetzt, da ihr Onkel Giorgio schmeichelte, umso mehr! Auch die Zimmermädchen bemerkten nach so kurzer Zeit bereits die Auswirkungen der Anwesenheit des Onkels: hier ein freundliches Wort, da ein Lob von der Chefin. Und der Lieferant, der an diesem Nachmittag kleine Seifen, Klopapier und winzige Fläschchen Duschgel in den Lagerraum schleppte, merkte es durch einen Gratiskaffee als kleine Anerkennung für die Mühen. Der Haussegen war also schwer in Ordnung.

Dafür rumorte es innerhalb der Gästeschar, genauer gesagt in der Gruppe, die zur Hochzeit der beiden Kriminalpolizisten angereist war. Denn der Padre hatte sich persönlich ins Hotel verfügt. Keine halbe Stunde, nachdem Eleonora und Lydia zu Fuß aus Zuglio zurückgekehrt waren – ihre künftigen Ehemänner standen zur gleichen Zeit vermutlich gerade im Stau von Cervignano –, betrat der Gottesmann das Foyer des Hauses. Er brauchte nicht lange zu suchen: Lydia und Eleonora eilten kreuz und quer durch Hotelhalle, Bar und Lounge – in Lydias Heimat würde man sagen: wie die aufgescheuchten Hühner. Warum? Sie waren viel zu nervös so knapp vor der Hochzeit, um sich in ihre Zimmer zurückzuziehen, obwohl sie sich das natürlich niemals eingestanden hätten.

Schnurstracks ging der Padre auf die Damen zu.

„Scusi“, sagte er, „ich benötige die Unterschriften.“

„Welche Unterschriften?“, fragte Lydia unbedarft.

„Die Unterschriften unters Protokoll. Dass ich Sie über die Rechte und Pflichten der Ehe aufgeklärt habe. Unauflöslichkeit, in guten und in schlechten Tagen, bis dass der Tod euch scheidet und so weiter und so fort.“

„Aber Sie haben uns doch gar nicht darüber aufgeklärt“, wandte Eleonora ein, aufrichtig empört.

Der Padre wischte den Einwand knapp vom Tisch: „Das weiß doch ohnehin jedes Kind.“

Eleonora widersprach. Sie wünschte offenbar eine richtige Hochzeit mit allem, was dazugehörte. Auch die entsprechende Portion Bürokratie, egal ob weltlicher oder kirchlicher Natur.

Jetzt ging der Padre in Saft: „Was glauben Sie eigentlich, was ich alles zu tun habe? Immer mehr Pfarren zu betreuen. Die Leute werden immer älter, das bedeutet immer mehr Begräbnisse. Auf der anderen Seite werden die Taufen immer aufwendiger. Je weniger die Leute in die Kirche gehen, desto pompöser wünschen sie die Rituale. Der Tag hat auch für mich nur vierundzwanzig Stunden. Und dann kommt plötzlich noch halb Friaul daher, um hier zu heiraten. Ausgerechnet in meiner Pfarre! Als ob man nicht auch daheim heiraten könnte! Zeit für mich persönlich, für die interessanten Dinge im Leben, habe ich überhaupt nicht mehr!"
„Was meinen Sie damit?", erkundigte sich Lydia interessiert, vielleicht ein wenig erstaunt über die ungewöhnlich impulsive Vorstellung eines italienischen Dorfpfarrers. Den Priestermangel und die damit verbundene Zeitnot amtierender Geistlicher kannte sie auch aus Österreich. Dort hätte sich aber ein Pfarrer wohl kaum so beschwert wie soeben der Padre.
„Na, die Via Julia Augusta natürlich", antwortete der Padre.
„Sie sind aber kein Archäologe?", fragte Lydia erstaunt.
„Nein", sagte der Padre und fügte erklärend hinzu: „Aber ich bin der Vorsitzende des ‚Vereins zur Instandhaltung altrömischer Verkehrswege, im Besonderen der Via Julia Augusta auf heutigem italienischem Staatsgebiet'. Die Straße ist mein Leben."
„Interessant."
„Auch ein Priester darf ein Hobby haben!", setzte der Padre seinen Sermon fort. „Ich widme mich in meiner Freizeit vor allem dieser wichtigen alten Römerstraße. Mit bescheidenen Erfolgen für den Tourismus der Region", ergänzte er ein wenig stolz und sogar leicht lächelnd, wenn das Licht im Hotelfoyer nicht arg täuschte. Doch wieder verärgert fügte er gleich darauf hinzu: „Wenn nicht gerade geheiratet werden muss! Darf ich also um die Unterschriften bitten?!"
„Das wird nicht funktionieren", entgegnete Lydia.
„Wieso nicht? Muss ich Sie wirklich belehren, was die kirchliche Hochzeitsordnung vorsieht?"

„Nein, nein“, versuchte Lydia den Geistlichen zu beruhigen, „aber unsere Männer sind nicht hier. Folglich könnten sie auch nicht unterschreiben, selbst wenn sie wollten, wovon ich ausgehe.“

„Aha. Die Signori Commissari sind also nicht hier? Darf man fragen, wo sie zu verweilen geruhen?“ In der Stimme des Padre lag deutliches Interesse, als er die Frage formulierte.

„In Aquileia“, sprudelte es aus Eleonora hervor.

„Am Tag vor der Hochzeit ohne die Signorine in Aquileia? Interessant! Und was tun sie dort?“

„Na, ermitteln. Wegen der Morde“, plauderte Eleonora munter weiter, bis Lydia sie, vom Padre unbemerkt, in die Seite stupste.

„Ich dachte, die Kollegen aus Tolmezzo übernehmen den Fall“, wunderte sich der Padre. „Wie auch immer, dann unterschreiben wir eben morgen Vormittag. Da müssen Sie sich allerdings ins Pfarrhaus bequemen, ich kann nicht ständig hierherkommen, um unverrichteter Dinge wieder abzuziehen. Und vergessen Sie die Herren der Schöpfung nicht!“

Sprach's und stürmte aus der Hotelhalle, ohne zu grüßen.

Mamma Forza, die nicht weit entfernt gestanden hatte, war inzwischen nähergekommen.

„Schöne Hochzeit“, seufzte sie gut hörbar im Vorübergehen, „nicht einmal die Bräutigame sind da.“

„Sollen wir sie vielleicht einsperren?“, entfuhr es Lydia. Sie konnte sich der groben Replik, sonst eigentlich ganz und gar nicht ihre Art, nicht erwehren.

Elisabetta Forza überhörte den Einwand. Ihr Interesse galt mehr der künftigen eigenen Schwiegertochter als der Braut des Commissario. Zu Eleonora sagte sie: „Sie hätten meinem Giuseppe niemals gestatten dürfen, heute nach Aquileia zu fahren.“

„Was hätte ich denn machen sollen?“, rechtfertigte sich die Angesprochene. „Er ist doch mit dem Commissario unterwegs. Der ist nicht nur sein Chef, sondern auch meiner. Soll ich ihm das verbieten?“

Erstmals zeigte Mamma Forza so etwas wie Verständnis und murmelte: „Armes Ding. Der Süditaliener ist an allem schuld. Ich hab's geahnt." Doch ihre Gnade währte nur kurz: „Bei meiner Hochzeit war alles ganz, ganz anders. Da waren am Vortag alle zu Hause. Ich bei meinen Eltern und mein Mann bei seinen Eltern. Getrennt, wie sich das vor der Ehe gehört. Aber doch nicht jeder für sich alleine verreist!"
„Damals war ohnehin alles anders", bemerkte Lydia spitz.
„Was wissen Sie schon von damals?", ereiferte sich Elisabetta Forza. Die unfreiwillige Komik, eine derartige Frage ausgerechnet an eine Historikerin zu stellen, entging ihr völlig.

PORTUS IN NATISONIS OSTIO

In Arta Terme wie in Aquileia zeigten sich die Wettergötter an diesem Nachmittag milde gestimmt und der wuchtige Campanile der Basilika stach in einen blitzblauen, wolkenlosen Himmel. Camilieri, Forza und der Hundeführer gingen nach der Pause im Caffè in einem weiten Bogen um das mächtige Gotteshaus herum. Sie strebten der Stelle des Ortes zu, die die Basilika altersmäßig um einige Jahrhunderte hinter sich und eher jung aussehen ließ. Das war natürlich relativ, denn mit einer Baugeschichte von mehr als tausendfünfhundert Jahren war man nicht jung. Jugendlich erschien die Basilika nur, weil der alte römische Flusshafen von Aquileia ein paar Jahrhunderte älter war. Seine Reste befanden sich nordöstlich der Kirche an den ehemaligen Ufern des Natisone.

Doch man würde es kaum glauben: Dieser antike Flusshafen interessierte den Großteil der Besucher Aquileias so gut wie gar nicht, die jüngere Basilika stellte ihn diesbezüglich völlig in den Schatten. Denn die überwältigende Mehrheit der Touristen, die auf der Durchfahrt nach Grado eine kurze Rast einlegten, verschlug es in die Kirche. Vorher meistens ins WC, vor allem wenn sie einem Reisebus entstiegen, danach dann in die Konditorei, falls der Reiseleiter nicht schon den Aufbruch einmahnte. Die Basilika stellte damit das touristische Highlight des Ortes dar. Nicht unberechtigt, zugeben. Die Mosaike, die den Fußboden des uralten Gotteshauses schmückten, stammten aus spätrömischer Zeit. Sie zeigten eine bunte Mischung aus biblischen Geschichten und der Natur entnommenen Motiven, die ob ihrer lebhaften Fantasie, ihrer Detailtreue und der trotz des hohen Alters überwältigenden Farbenfrische staunen machten. Jonas, der im Walfischbauch verschwand, war da genauso zu sehen wie der gute Hirte, der sich um seine Schäfchen kümmerte, Fischer, die den Fang ins Boot zerrten, sowie allerlei Getier, das sich zu Lande und zu Wasser tummelte. Ein farbenprächtiges Kaleidoskop von Geschichten,

Mythen und Symbolen aus frühchristlicher Zeit. Man würde nicht vermuten, dass die Mosaiksteinchen im Boden mehr als eineinhalb Jahrtausende auf ihren winzigen Buckeln hatten ...

Forza wäre bei diesem schönen Wetter gerne gemütlich auf den Campanile gestiegen, doch Camilieri und der Hundeführer bewegten sich zielstrebig in Richtung der Ausgrabungen. Dabei hätte sich ein Aufstieg gelohnt. Die Tiefebene, die sich in wenigen Kilometern in die Adria ergoss, lag einem zu Füßen. Wenn dann auch der Wind oben auf dem Turm heftig durchs Haar blies, konnte man mit ein wenig Wetterglück wie in diesen Tagen weit hinein in die Lagune von Grado blicken.

„Dort hinten sollten wir unseren Informanten treffen“, erklärte Camilieri flott ausschreitend seinen Kollegen.

Forza keuchte hinterher: „Und was befindet sich dort hinten?“

„Der alte römische Flusshafen. Dort wird gegraben.“

„Eine Baustelle? Woher wissen Sie das nun wieder?“

„Che idiota!“, schimpfte Camilieri.

„Der Commissario meint die archäologische Ausgrabung“, erläuterte der Hundeführer.

„Aha“, brachte Forza unter Atembeschwerden hervor, „was Sie alles wissen, Commissario!“

„Kein Kunststück“, meinte der Hundeführer, „er heiratet morgen eine Historikerin.“

In der Zwischenzeit hatten die drei den ehemaligen römischen Flusshafen erreicht. Dieser präsentierte sich nicht sonderlich spektakulär. Ein tiefer Graben, an den Abhängen mit Gras bewachsen – das alte Flussbett. Dazu einige steinerne Podeste, an denen in der Antike die Schiffe angelegt hatten. Entlang des Grabens ein Weg, den man mit allen möglichen Fundstücken aus dem alten Römerreich garniert hatte: Säulenstümpfen, Inschriften, Mauerresten und Ähnlichem. Früher dürften hier Fuhrwerke und Karren vorgefahren sein, um ihre Ladung von und zu den Kähnen zu transportieren, die vor Anker lagen. Alles in allem ein Ort, der Archäologen zum Schwärmen, Historiker zum Staunen, Lateinprofessoren zum Zitieren alter Klassiker und Bustouristen zum Tratschen während einer kurzen, vom Fremdenführer befohlenen Wanderung brachte. Die wenig pompöse übrig gebliebene Bausubstanz sorgte bei Letzteren meist eher für Verwunderung darüber, dass diese mickrigen Reste einmal einer der bedeutendsten Häfen gewesen sein sollten. Fehlende Gebäude erschwerten es, die ursprüngliche Funktionsweise der Anlage in irgendeiner Form anschaulich vor Augen zu führen.

Doch dafür hätten Camilieri, Forza und der Hundeführer ohnehin keinen Sinn gehabt. Sie spähten nach dem Mann, den ihnen Lydia empfohlen hatte. Ein wenig abseits des öffentlich zugänglichen Flusshafengeländes, hinter einem orangeroten Plastikgitter verborgen, wie man es sonst zur Absperrung von Baustellen verwendete, knieten ein paar Menschen am Boden.

„Das müssen die Archäologen sein", erklärte Camilieri bestimmt.

Ungeachtet der Warnhinweise, die ein Betreten des Geländes untersagten, schlüpften die drei Ermittler durch eine Lücke im Zaun. Camilieri und der Hundeführer leichtfüßig, Forza hingegen langsam und träge.

Aus der am Boden kauernden Gruppe löste sich ein Mann, erhob sich und ging auf die Gäste zu.

„Sie müssen Commissario Camilieri sein. Ich bin Mario, Lydia hat mir Ihren Besuch angekündigt."

„Ciao", grüßte Camilieri salopp, er hielt dies am besten geeignet für einen Arbeitskollegen, Freund, gar Ex-Liebhaber – ? – seiner Braut. „Ja, der bin ich. Und das hier sind meine Mitstreiter: Giuseppe Forza und Carlo Capporiatsch-" Camilieri brach mitten im Wort ab. „Der Name ist so schwer auszusprechen, deshalb nennen ihn alle einfach nur den Hundeführer." Den fragenden Blick des Archäologen bemerkend, ergänzte er: „Nach seiner Dienstfunktion bei uns am Kommissariat in Cividale."

„Commissario, was kann ich für Sie tun?", fragte Lydias Bekannter direkt, trotzdem aber ausgesprochen zuvorkommend.

„Nun, das ist eine längere Geschichte", antwortete Camilieri zögernd. „Wollen wir hier oder sollten wir uns nicht doch besser bei einem Caffè unterhalten?"
„Ich denke, ein Espresso wäre nicht schlecht, ich bin heute schon lange genug am Boden herumgekrochen", stimmte der Mann zu. „Wir müssten allerdings ein paar Schritte zur Trattoria gehen. Mit meinen vom Graben dreckigen Klamotten kann ich unmöglich rüber ins Caffè mit den vielen Touristen. In der kleinen Trattoria hingegen kennt man uns Wühlmäuse mittlerweile. Da mokiert sich niemand, wenn wir staubbedeckt und erdverkrustet auftauchen."
„Va bene", sagte Camilieri, „andiamo!"
Nach wenigen Minuten war das Lokal erreicht. Dem schönen Spätherbstnachmittag mit ausgesprochen warmen Temperaturen Rechnung tragend, nahmen die Männer im Freien Platz. Die verwitterten, einstmals weißen Plastiksessel eigneten sich hervorragend, um auch den schmutzigsten Archäologen aufzunehmen.
Vier Espressi waren schnell bestellt. Die ausgezeichnete Qualität des Kaffees stand wie so oft in Italien in auffälligem Kontrast zur primitiven Ausstattung des Lokals.
Vorsichtig stieg Camilieri ins Gespräch ein: „Lydia hat gemeint, ich kann offen mit Ihnen reden."
„Können Sie, Commissario, können Sie!"
„Und ich brauche Ihnen auch nicht zu sagen, dass alles, was wir hier besprechen, streng vertraulich ist. Zu niemandem ein Wort!"
„Brauchen Sie nicht, Commissario, brauchen Sie nicht!"
„Nun gut", meinte Camilieri und erzählte quasi zur Einstimmung von der Leiche in der Therme, dann vom ermordeten Nachtwächter, weiters von der Vermutung Lydias, die auf einem Zettelrest in dessen Händen gefundene Buchstabenfolge „ul" könnte ein Hinweis auf Julium Carnicum sein. Ernst lauschte Mario den Ausführungen, der Archäologe zeigte sogar deutliche Züge von Anspannung, als Camilieri beispielsweise auf die Raubgrabungen zu sprechen kam, von denen ihm der Führer in Zuglio erzählt hatte.

Dann ergriff er das Wort: „Schlimme Sache, aber es war nur eine Frage der Zeit, bis es so weit kommen würde."

„Wie meinen Sie das?", fragte Camilieri interessiert.

„Da muss ich ein wenig ausholen, denn unsere Branche, wenn ich es so nennen darf, liegt seit geraumer Zeit im Argen. Die Ursache ist wie fast überall der Geldmangel. Es gibt kaum Stellen für Archäologen. Und das in Italien, wo die ganze Erde von Nord bis Süd vollgefüllt ist mit Resten des Römischen Reichs, die nur darauf warten, ausgegraben zu werden. Was passiert also? Im besten Fall holen Hobbyarchäologen die Relikte aus dem Boden und übergeben sie den Behörden. Im weniger guten Fall horten sie das gefundene Zeug daheim im stillen Kämmerlein und freuen sich, dass sie es besitzen und sonst keiner. Im schlechtesten Fall fallen die Schätze in die Hände von Verbrechern, die diese dann teuer an obskure Liebhaber verhökern und damit gleichzeitig einen Schwarzmarkt schaffen, der es überhaupt erst lohnt, dass man illegal zu graben beginnt. Für die seriöse Forschung verloren sind die Fundstücke in beiden letztgenannten Fällen. Verboten ist es natürlich obendrein, wobei die Sache freilich erst mit den Schwarzmarktpraktiken ein Potenzial zu entfalten beginnt, das auch das organisierte Verbrechen mit ins Boot holt. Sie glauben ja gar nicht, Commissario, welch exorbitante Summen für Schätze aus der Antike bezahlt werden."

„Und wo passiert das genau?", unterbrach der Camilieri die Ausführungen Marios.

„Praktisch überall im Land", erklärte dieser, „die Schwerpunkte liegen aber dort, wo es in der Antike bedeutende Zentren gegeben hat. Da gibt der Boden am meisten her."

„Wie in Zuglio", zählte der Commissario eins und eins zusammen.

„Exakt, und genauso verhält es sich hier in Aquileia. Es grenzt an ein Wunder, dass wir hier die Finanzierungszusage erhalten haben, um eine ordnungsgemäße Grabung durchführen zu können. Das ist wie ein Jackpot im SuperEnalotto."

„Und wonach suchen Sie da genau?"

„An dieser Stelle gab es im Imperium Romanum einen bedeutenden Flusshafen, wie Sie sicher wissen."
„Weiß ich", sagte Camilieri, „Lydia hat mir davon erzählt."
„Genannt wurde er Portus In Natisonis Ostio, der Hafen an der Mündung des Natisone. Das Flüsschen führt von Slowenien kommend durch die Langobardenstadt Cividale, wo es von der berühmten Teufelsbrücke überspannt wird – die Ihnen ja sicher bestes bekannt ist –, und strebt in weiterer Folge der Adria zu. Knapp vor der Mündung ins Meer, hier in Aquileia, legten im Altertum die Schiffe an. Der Ort zählte zu den wichtigsten Handelsplätzen der Antike, von hier aus ging es auf dem Landweg weiter, und zwar entlang der Via Julia Augusta, aber das hat Ihnen Lydia ja sicher auch schon erzählt. Wir graben hier nun mit dem Ziel, weitere Teile des alten römischen Hafens freizulegen. Unter unseren Füßen", Mario wies bedeutungsvoll auf den Boden, „ist erwiesenermaßen alles voll mit Artefakten."
„Woher wissen Sie das?"
„Mithilfe der modernen Technik, die auch wir Archäologen zu nutzen wissen, kann man heutzutage Blicke unter die Erde werfen, ohne gleich das gesamte Areal aufwühlen zu müssen. Man findet damit nicht nur neue Erdölquellen, sondern auch alte Siedlungsspuren. Dazu kommen natürlich die Quellen aus der Antike. Einige Schriftsteller haben begeistert von Aquileia berichtet, die Stadt und ihren Reichtum gerühmt. Plinius der Ältere beispielsweise spricht vom Flusshafen, der damals an der Mündung des Torre in den Natisone lag."
„Aber warum ist hier weit und breit kein Fluss zu sehen?", fragte der Hundeführer, um sich auch in das Gespräch einzubringen.
„Der Portus von Aquileia zählte wirklich zu den größten Häfen der damaligen Welt", erläuterte Mario. „Erst einige Jahrhunderte später änderten die Flüsse ihren Lauf, sodass man sich heute nicht mehr vorstellen kann, wo und wie hier früher die Schiffe anlegten. Der Hafen verlor seine Bedeutung, wie auch die Stadt insgesamt ihre Bedeutung verlor. Aber vorher, meine Herren, vorher zählte Aquileia

zu den wichtigsten Städten im Imperium. Ausonius schwärmte noch in der Spätantike von den Mauern und vom Hafen. Hier gab es alles: Theater, Amphitheater, Sportstadion, Thermen, den ganzen Komfort der Antike, das volle Programm also. Wenn ich es mir als Sohn des alten Rom aussuchen hätte können, wo ich leben hätte wollen, ich hätte wahrscheinlich Aquileia gewählt."
„Das wäre dann auch ein idealer Platz für illegale Ausgrabungen", mutmaßte Camilieri.
„Und ob", bestätigte Mario. „Dieses Mal sind wir den Schurken aber zuvorgekommen."
Zufrieden grinste der Archäologe und rieb sich die Hände. Camilieri bestellte vier neue Espressi.
„Wenn Sie weiterhin so viel Caffè in sich hineinschütten", gab der Hundeführer zu bedenken, „dann liegen Sie morgen im Ospedale, statt zu heiraten."
„Einer geht noch, das ist schließlich unser Polterabend."
„Hochzeit?", fragte Mario. „Tanti auguri! Wer ist denn die Auserwählte? Etwa meine Lydia?"
„Da muss ich Sie enttäuschen", brummte Camilieri trocken. „Sie ist nicht Ihre Lydia, sondern meine. Ja, sie ist die Auserwählte."
„Cavolo!", staunte Mario, „Teufel noch mal, davon hat sie mir gar nichts erzählt."
„Hätte sie sollen?", fragte Camilieri argwöhnisch.
„Na ja", überlegte Mario, „wenn man bedenkt, dass wir einmal ..."
„Silenzio", befahl der Commissario. „Davon will ich nichts hören. Was war, das war. Wir leben jetzt. Komisch nur, dass sie mir davon nichts gesagt hat."
Er nahm sich fest vor, Lydia auf Mario anzusprechen, sobald er zurück in Arta Terme war. Und auf mögliche andere italienische Männer. Die Frage lautete nur: Vor der Hochzeit oder besser danach? Plötzlich übermannte ihn eine Welle der Enttäuschung, nicht Lydias erster – zumindest italienischer – Mann zu sein ... Aber was erwartete er eigentlich? Eine jungfräuliche Nonne? Schließlich hatte auch

er schon einiges an Erfahrung gesammelt, seit er damals die Pleite mit der Reginetta erlebt hatte. Aber das war etwas anderes gewesen! Etwas völlig anderes! Er war schließlich ein Mann!
Ohne sich also etwas anmerken zu lassen, setzte Camilieri die Befragung Marios fort: „Kennt man in Archäologenkreisen eigentlich Namen von diesen Verbrechern?"
„Natürlich!", lachte Mario zynisch auf. „Die Ragazzi sind komplett unverschämt. Manche bieten ihre illegal aus dem Boden geholten Stücke sogar staatlichen Stellen, zum Beispiel Museen, an."
Jetzt schaltete sich Forza, von dem man bisher meinen hätte können, er wäre in seine Kaffeetasse gefallen, so schweigsam war er daneben gesessen, ins Gespräch ein: „Commissario, der Führer in Zuglio hat doch so etwas Ähnliches angedeutet ..."
„Stimmt", erinnerte sich Camilieri. „Auf meine Frage, was geschehen würde, sollten zu viele alte Gefäße zerbrechen, hat er gemeint, die könnten notfalls auch am Schwarzmarkt nachgekauft werden."
„Keine Einzelmeinung", bestätigte Mario, „und keineswegs auf Italien beschränkt. Lydia hat mir eine unglaubliche Geschichte aus ihrer Heimat erzählt. Aber es hat sich in der Tat so zugetragen. Einer hat dort seine illegal organisierten Schätze öffentlich ausgestellt und später sogar ein privates Museum damit begründet. Dafür hat er Eintritt verlangt und im Laufe der Zeit entwickelte sich daraus eine anerkannte Sehenswürdigkeit."
Camilieri fragte sich zuerst, was Lydia Mario noch alles erzählt haben könnte. Wohl nicht nur archäologischen Small Talk ... Und dann wunderte er sich über die Geschichte.
Als er mit seinen Gedanken zurück bei der Sache war, sagte er: „Fassen wir zusammen! Es wird also jede Menge illegal aus dem Boden geholt und am Schwarzmarkt bis hinauf zu den angeblich seriösen Museen verkauft. Und praktisch jeder Insider kennt die Namen der Täter."
„So könnte man es formulieren", bekräftigte Mario. „Erst vor Kurzem soll wieder eine Ladung Richtung Norden geliefert worden sein, sozusagen die alte Handelsstraße der Via Julia Augusta entlang. Hört

man zumindest. Aber die Carabinieri kümmern sich nicht darum, denen ist das egal."

„Dann nennen Sie mir doch einen Namen, der hier in der Region anzusprechen wäre, wenn ich Gegenstände aus dem alten Rom kaufen wollte", forderte Camilieri den Archäologen auf.

Und Mario nannte einen Namen.

*

Wenn man denkt, das Chaos wäre eigentlich groß genug für einen Tag, kommt garantiert eine Steigerung daher. Im Falle der Hochzeiterei äußerte sich dieser Grundsatz für Lydia dergestalt: Eigentlich war sie ja zuversichtlich, dass alles wie geplant verlaufen sollte. Ihr Claudio, so die feste Überzeugung der Positiv-Denkerin, würde zwar knapp, aber rechtzeitig vor der Hochzeit mit den Ermittlungen entweder fertig sein oder sie zumindest ruhen lassen, bis man Hochzeit gefeiert hatte. Dass er danach wieder ermitteln würde, gehörte zur Natur der Sache, das war sein Beruf. Es sollte sie also nicht weiter stören. Sonst hätte sie auf seine Frage, ob sie ihn heiraten wollte, nicht Ja sagen dürfen. Das Wörtchen war ihr allerdings, ohne zu überlegen, gleich so herausgerutscht.

Womit Lydia freilich nicht rechnen konnte, war die Stiege im Hotel, die ihrem guten Gefühl bezüglich einer plangemäßen und erfolgreichen Durchführung der Doppelhochzeit einen Strich durch die Rechnung zu machen drohte. Über diese Stiege, bisher Tausende Male gestiegen, stürzte die Hotel- und Küchenpatronin am späteren Nachmittag nämlich so unglücklich, dass ihr Fuß zu Bruche ging.

Onkel Giorgio eilte als Erster zur unglücklich Gestürzten, als deren erschrockene „Aiuto, aiuto"-Rufe bis ins Foyer gellten.

„Carissima", rief er bestürzt, sobald er der Gefallenen ansichtig wurde, vielleicht eine Spur zu vertraulich, aber er war Italiener und fuhr einen Oldtimer. „Was ist geschehen?" Ohne ihre Antwort abzuwarten, befahl er aufgeregt: „Nicht bewegen! Ich rufe den Medico di Guardia."

„Langsam, langsam", stöhnte die am Boden liegende Hotelchefin.

Eine eigenartige Situation: Sie, die allen Grund zur Aufregung gehabt hätte, musste den aufgekratzten Gast beruhigen.
„Es ist nur der Fuß“, sagte sie mit schmerzverzerrtem Gesicht, „sonst ist alles in Ordnung.“
„Papperlapapp“, unterbrach sie der Onkel, „ich bin doch nicht blind und sehe, wie Sie leiden. Der Medico di Guardia muss her!“
Und so gesellte sich zum ohnehin schon turbulenten Hochzeitsauftakt in Arta Terme ein weiteres Problem hinzu: Wer sollte am nächsten Tag das feudale Hochzeitsmenü kochen beziehungsweise die im unterschiedlichsten Ausmaß vorbereiteten Speisen zum Gesamtgenusswerk zusammenfügen? Wer sollte den Stab helfender Hände dirigieren, damit alles wie am Schnürchen klappte? Außer der Hotelchefin hatte da keiner den Durchblick.
Mamma Forza kommentierte dementsprechend in der für künftige Schwiegermütter söhnlicherseits typischen Abwehrhaltung: „Diese Hochzeit steht unter keinem guten Stern. Vielleicht sollte man das Ganze absagen.“
Sie erntete böse Blicke von Lydia und noch bösere von ihrem Bruder, der in der möglichen Verschiebung der Hochzeit auch einen Anschlag auf die Integrität der Hotelchefin sah. Und hätten Blicke dem Sprichwort entsprechend töten können, dann wären aus Eleonoras großen, schwarzen Augen Boden-Luft-Raketen gezischt, die die Suocera, die Schwiegermutter, dauerhaft aus dem Weg geräumt hätten.
Elisabetta Forza bemerkte das gefährliche Blickgewitter, das ihr galt, überhaupt nicht oder, falls doch, dann ließ sie sich zumindest nichts anmerken. Sie entschwand, sobald sich die Aufregung ein wenig gelegt und man die bedauernswerte Hotelbesitzerin ins Rettungsauto verfrachtet hatte, in die Küche. Dort schaute sie sich interessiert um und musste feststellen, dass eine moderne Gastroküche doch ein wenig anders konzipiert war als ihre in die Jahre gekommene private Cucina daheim in Cividale. Auf der anderen Seite: Manches sah sich auch wieder sehr, sehr ähnlich ...

AD GRADUS

Zum Namen, den Mario genannt hatte, gab es auch eine Adresse. Ein Anruf Forzas an der richtigen Stelle hatte genügt, um sie herauszufinden. Der Mann wohnte nicht weit entfernt in Grado – ad gradus, wie die Insel ursprünglich auf Latein genannt worden war. Zumindest vermutete die Forschung, dass sich der Name Grado daher ableitete: ad gradus, bei der Stufe, womit vermutlich eine Anlegestelle für Schiffe gemeint war. Grado hatte ja als Seehafen für das benachbarte Aquileia gedient, mit dessen Flusshafen es durch einen Kanal verbunden gewesen war.

Die zehn Kilometer von Aquileia nach Grado waren in Windeseile zurückgelegt. Am langen Damm, der die Insel mit dem Festland verband, startete Forza einige Überholmanöver. Geschwindigkeitsbeschränkungen oder gar Überholverbote interessierten ihn auch dann nicht, wenn rechts und links der Straße Meerwasser unachtsamen Fahrzeuglenkern einen mehr als ungemütlichen Empfang bereitet hätte. Während er so über das schmale Asphaltband, das malerisch in der Spätnachmittagssonne dalag, der Sonneninsel entgegenbretterte, trommelte er mit den Fingern im PFM-Rhythmus auf das Lenkrad. Dazwischen plauderte er munter drauflos. Vor allem die Qualität der Dolci in der Pasticceria von Aquileia hatte es ihm angetan. Darüber geriet er regelrecht ins Schwärmen und verlieh der Hoffnung Ausdruck, Eleonora würde ihm daheim nach der Hochzeit derartige Köstlichkeiten blechweise aus dem Backrohr zaubern. Camilieri rief sich die gewöhnlich mitgebrachte Jause seiner Untergebenen ins Gedächtnis, deren Verzehr er schon des Öfteren am Kommissariat in Cividale miterleben hatte dürfen. Für ihn war klar: Die junge Kollegin mochte alle möglichen Interessen und Fertigkeiten haben, das Kochen zählte definitiv nicht dazu. Und damit wohl auch nicht das Backen. Reine Illusion eines verliebten Bräutigams also. Da er selbst im gleichen Boot saß und seine Lydia

vermutlich mit genauso vielen Illusionen überhäufte wie Forza seine Eleonora, schwieg er jedoch.
Das Wetter war auch in Grado so schön, dass man glauben hätte mögen, die Badegäste würden sich noch nach Herzenslust am kilometerlangen Sandstrand in der Sonne aalen. Doch die kühlen Herbstnächte hatten das Meerwasser so weit abgekühlt, dass nur mehr ganz Unentwegte von der Diga, dem schweren Steindamm, der das Lagunenstädtchen vor den Wellen schützte, den Sprung in die Fluten wagten. Die Strände blieben leer und die Sonnenschirme abgespannt. Der Besitzer der deutschsprachigen Buchhandlung in der Viale Dante Alighieri dachte ebenfalls bereits ans Zusperren für diese Saison. Abgesehen von einigen Genießern, die den Strand entlangspazierten, waren die Einheimischen wieder unter sich. Kein Wunder, denn jede Schönwetterperiode ging irgendwann einmal zu Ende, und dann folgten um diese Jahreszeit meist schwere Herbststürme, die die Insel zu einem eher ungemütlichen Aufenthaltsort machten.
Obwohl in ganz Grado gerade einmal zwei, drei Ampeln standen, die den Verkehr regelten, schaffte das Städtchen das Undenkbare: Es bremste Giuseppe Forza ein und zwang ihn, das Auto zu verlassen. Er fuhr zwar so nahe wie irgendwie möglich an die Altstadt heran, in der der Gesuchte wohnen sollte. Doch ein paar Hundert Meter vom Ziel entfernt war auch für ihn, der mit dem Fahrersitz verwachsen schien, Schluss.
„Commissario, ich befürchte, ab hier müssen wir zu Fuß weiter."
„Va bene", stimmte Camilieri zu, der sich schon gewundert hatte, wie weit Forza noch fahren wollte, „dann marschieren wir eben rein ins Labyrinth."
Er sprach damit das undurchschaubare Gewirr an kleinen und kleinsten Gässchen an, die den historischen Kern Grados durchzogen. Innerhalb der kaum mehr erhaltenen alten Mauern schienen sie vollkommen planlos und für jeden Außenstehenden unmöglich jemals zu begreifen hierhin und dorthin zu führen, um letztendlich an keinem Ziel, sondern wieder am Ausgangspunkt zu enden.

Schon vor rund zwei Monaten hatte Forza in dem jahrhundertealten Irrgarten eine für ihren damaligen Fall entscheidende Begegnung schlicht und einfach verpfuscht, indem ihm die Zielperson, der er folgte, entschwunden war. Nicht weiter verwunderlich, wenn man sich Grados Città vecchia näher ansah. Zwischen der Piazza Duca D'Aosta beziehungsweise der Via Gradenigo im Westen und der Via Marina, dem Campo Porta Nuova sowie der Piazza XXVI. Maggio im Osten erstreckt sich das undurchsichtigste Viertel des Erdballs, ausgenommen Venedig vielleicht. Einen Stadtplan, auf dem all die Calli und Campielli ordnungsgemäß verzeichnet gewesen wären, gab es in Forzas Handschuhfach jedoch leider nicht.

Der Marsch durch die Altstadt begann für Gradeser Verhältnisse relativ freiflächig bei der Basilika S. Eufemia, mit ihrem Mosaikfußboden wie die kleine, jüngere Schwester des Doms von Aquileia anmutend. Die Bronzestatue an der Spitze ihres Campanile stellte den Erzengel Michael, San Michele, dar. Bei Wind drehte sie sich in die entsprechende Richtung, damit hatte sie den Fischern draußen am Meer früher wertvolle Informationen für eine glückliche Heimkehr geliefert.

Spätestens ab der daneben stehenden Basilika Santa Maria delle Grazie, übrigens die älteste Kirche Grados, wurde es wirklich eng. Nach den Campi dei Patriarchi begann der Albtraum für jeden Verfolger! Gut, Camilieri, Forza und der Hundeführer mussten wenigstens keinen verfolgen, sondern nur eine Adresse suchen. Aber was bedeutete das schon? Durch die Calle Corbatto eilten die drei zum Campiello della Torre. Dort verfehlten sie die richtige Abzweigung und standen plötzlich wieder außerhalb des Centro storico, am Campo Porta Nuova.

Beim Zurückhasten schimpfte Camilieri: „Wieso muss der ausgerechnet in der Altstadt von Grado wohnen?“

„Vielleicht ist er hier geboren?“, vermutete der Hundeführer.

Und Forza hechelte wortlos hinterher. War die Sonne einmal losgelassen hier in Grado, dann konnte sie auch im Spätherbst noch für

Temperaturen sorgen, die schnelles Gehen wie Laufen erscheinen ließen. Vor allem für einen beleibten Mann wie Forza.
„Kein Grund, hier zu wohnen, wenn man ihn sucht", erklärte Camilieri genauso bestimmt wie fern jeder Logik.
Zurück am Campiello della Torre erwischten sie zuerst ein Sackgässchen. Der dritte Versuch schließlich entpuppte sich als Treffer und sie gelangten weiter hinein in die Città vecchia. Ausgehend vom Campo S. Niceta drehten sie dort eine flotte Runde, um nach der Durcheilung mehrerer Calli wieder am Campo S. Niceta zu landen. Also wieder hinein in die Calle Pescheria, am Campiello Tonegazzo nach der soeben absolvierten Ehrenrunde allerdings links statt rechts und durch die Calle Degrassi sowie über den Campiello della Scala irrtümlich auch schon wieder raus aus dem Zentrum.
Camilieri fluchte: „Cazzo! Merda! Maledizione!"
Die in krassem Gegensatz zur Eleganz der Aussprache stehenden Inhalte halfen alles nichts: Wieder zurück, wobei man auch auf dem Rückweg darauf achten musste, nicht falsch abzubiegen. Am Campiello Tonegazzo nahmen Camilieri, Forza und der Hundeführer schließlich die nächste Abzweigung und gelangten durch die Calle Tagnon endlich wirklich ans Ziel. Hier zeigte sich erstmals ein Vorteil der winzigen Gässchen: Die Hausnummern waren überschaubar, das Haus schnell gefunden.
Energisch klopfte Forza an die verwitterte Holztür. Nichts. Er klopfte noch einmal, dieses Mal heftiger. Keine Reaktion. Ein drittes Klopfen. Erfolglos.
Entnervt schubste Camilieri den Kollegen zur Seite und riss die Tür auf.

*

Derweil herrschte in Arta Terme Chaos. Die Ermittler aus Tolmezzo hatten in der Zwischenzeit die Tatorte mehr oder weniger gründlich auf den Kopf gestellt. Dass das in der Therme gefundene Opfer nicht dort getötet worden sein konnte, wussten nun auch sie. Dem geöffneten Fenster hatten sie kaum Aufmerksamkeit geschenkt und den Knopf davor – nun, diesbezüglich muss man sie entschuldigen, den hätten sie gar nicht finden können, weil er sich in Forzas Jackentasche und damit mittlerweile in Grado befand. Der Getötete war aus dem Wasser gefischt und aus der Therme weg zur Obduktion gebracht worden. Bis diesbezügliche Ergebnisse vorliegen würden, konnte es dauern, und Camilieris Kollegen aus Tolmezzo hatten ursprünglich gedacht, bis zur Fertigstellung des Obduktionsbefundes einen knappen ersten Bericht zu verfassen, ansonsten die Angelegenheit aber ruhen zu lassen. Dieser Plan war durch die zweite Leiche, die des Nachtwächters, durchkreuzt worden. Man hatte bereits vor einigen Stunden auch an ihrem Fundort in der Via Gortani die Routineermittlungen gestartet. Freilich verliefen die Erstuntersuchungen am Tatort zunächst wenig ambitioniert; der in den Händen des Opfers übersehene Zettelrest, der jetzt ebenfalls in Forzas Jacke steckte, bewies das geringe Engagement. Auch diese Leiche war zur Obduktion geschafft worden. Zwei Morde binnen weniger Stunden erlaubten den Beamten aus Tolmezzo, so dämmerte ihnen langsam, allerdings kein zögerliches Vorgehen mehr. Die Medien, die Lokalpolitiker, die Vorgesetzten, alle forderten schnelle Ergebnisse. Wo aber ansetzen?

Im Hotel hatte sich ebenfalls noch nicht herauskristallisiert, wie es weitergehen sollte. Konnte denn keine Ersatzköchin gefunden werden? Das fragte man sich unweigerlich. Sicher gab es andere Köchinnen, doch die eine hatte keine Zeit, die andere beherrschte die gewählte (und teilweise bereits vorbereitete) Speisenfolge nicht, die Dritte kochte zwar ganz gut für Mann und Kind, gleich eine Gesellschaft zu bekochen, traute sie sich aber nicht zu, die Vierte musste ausgerechnet morgen zum Medico ... Nein, so einfach war es nicht, die durch den Beinbruch außer Gefecht gesetzte Hotel- und Küchenchefin zu ersetzen. Obwohl Arta Terme ein Kurort mit mehreren Hotelbetrieben war und in dem abgeschiedenen Dörfchen im Notfall alle zusammenhielten wie Pech und Schwefel, eine Schwemme an

überflüssigen Köchinnen, die Kochlöffel bei Fuß standen, herrschte nicht gerade.
„Ich fasse es nicht!“, schrie daher Eleonora enttäuscht. „Meine Hochzeit platzt wegen des Schienbeins einer Köchin!“
„Warte doch!“, versuchte Lydia die Aufgebrachte zu beruhigen, „wir werden eine Lösung finden. Genauso wie Claudio und Giuseppe rechtzeitig aus Aquileia zurückkehren werden.“
„Du bist doch eine unverbesserliche Optimistin!“, regte sich Eleonora immer noch auf.
„Nein, aber ich habe da eine Idee.“
Lydia ging zu Elisabetta Forza, die ein wenig abseits stand.
„Signora Forza“, sagte sie vorsichtig, „ich habe eine Frage.“
„Bitte“, meinte die Angesprochene spitz.
„Ich weiß, es ist eine unverschämte Bitte. Normalerweise sollte die Mutter des Bräutigams die Hochzeit ihres Sohnes in vollen Zügen genießen und sich verwöhnen lassen. Doch es handelt sich um einen Notfall. Könnten Sie sich vorstellen, morgen das Hochzeitsmenü zu kochen? Wir helfen natürlich alle!“ Bevor die überraschte Elisabetta Forza irgendetwas sagen konnte, fuhr Lydia bereits fort: „Sie kochen exzellent, wie mir Claudio erzählt hat. Er hatte ja bereits das Vergnügen, bei Ihnen zu Gast zu sein.“
Signora Forza schmolz angesichts des Lobes dahin. Hätte sie Einwände gehabt, wären eventuelle Bedenken gleich mitgeschmolzen. Doch die hatte sie ohnehin nicht, in Wahrheit hatte sie sich bereits Ähnliches ausgedacht, nur nicht gewusst, wie sie den Vorschlag unterbreiten konnte, ohne peinlich zu erscheinen.
„Nun ja“, erklärte sie geschmeichelt, „dass Sie es als unpassend empfinden, wenn die Bräutigammutter auf der Hochzeit ihres geliebten Figlio kocht, ehrt Sie. Aber es wäre grundsätzlich schon möglich. Ich habe mich bereits ein wenig in der Küche umgesehen. Alles, was man braucht, ist da. Manches davon vielleicht unnötig groß, aber immerhin. Durchaus brauchbar.“
Lydia rief Eleonora herbei.

„Eleonora, Signora Forza hat sich bereit erklärt, das Hochzeitsmenü zu kochen. Unser Problem ist gelöst!“

„Wirklich?!“ Eleonora konnte ihr Glück kaum fassen. Dann umarmte sie Elisabetta Forza in einem plötzlichen Anflug echter Zuneigung – am überraschtesten zeigte sich die künftige Suocera selbst. Mit ihrem strahlendsten Lächeln, das sonst ausschließlich ihrem Giuseppe vorbehalten war, wenn sie ihn um einen großen Gefallen bezirzte und Unmögliches von ihm wollte, hauchte Eleonora: „Grazie mille, mamma!“

Inzwischen hatte auch der Padre vom Unglück der Hotelchefin erfahren. Trotz Zeitmangels war er ins Hotel geeilt, um sich persönlich über den Stand der Dinge zu informieren. Vor allem die Frage, ob nun geheiratet würde oder nicht, interessierte ihn. Auch wenn er kaum Erfahrungen mit Doppelhochzeiten hatte, dass die Bräutigame am späten Nachmittag vor der Hochzeit weit weg von ihren Bräuten und dem Rest der Hochzeitsgesellschaft irgendwelchen Ermittlungen nachgingen, dünkte ihn doch ein wenig merkwürdig. Zu gerne hätte er auch gewusst, was die beiden Commissari in Aquileia genau taten. Zufällig, so viel war klar, hielten sie sich dort nicht auf. Zuglio, Aquileia, beide Orte lagen entlang der Via Julia Augusta, beide Orte waren in der römischen Antike bedeutende Zentren, beide Orte präsentierten sich infolgedessen mit Kunstschätzen oberhalb und unterhalb der Erde. Nein, das konnte kein Zufall sein, dass sich die zwei dort herumtrieben, schon gar nicht nach den Leichen heute ...

*

Auf den ersten Blick schien die kleine Wohnung leer.

„Commissario“, gab Forza zu bedenken, „wenn wir jetzt da reingehen, könnte das zu Scherereien führen. Wir haben keinen Durchsuchungsbefehl und es ist keine Gefahr im Verzug. Außerdem ermitteln wir nicht einmal offiziell.“

„Gut, dass Sie mich darauf hinweisen, Herr Kollege, grazie“, erwiderte Camilieri und tat den ersten Schritt in die Wohnung. Forza und der

Hundeführer folgten. Die beklemmende Enge des Viertels setzte sich drinnen fort. Wie typisch für alte italienische Wohnungen bestand die bescheidene Bleibe aus einer kleinen Küche und einem zweiten Raum, in dem geschlafen wurde. Ausreichend, denn das Leben spielte sich den Großteil des Jahres hauptsächlich draußen vor der Tür beziehungsweise in der benachbarten Bar ab.
Es dauerte nicht lange, bis klar wurde: Die Wohnung war leer. Und es brauchte ebenfalls nicht lange, bis unsere drei Ermittler nicht mehr allein waren. Beobachtet war ihr Treiben ohnehin schon lange worden. Nun schlurfte ein alter Mann mit zerknittertem Gesicht durch die offene Wohnungstür und ging auf Camilieri zu.
„Sie suchen Carlo?", fragte er grußlos. „Der ist nicht hier."
„Das sehen wir. Und wer sind Sie?"
„Ein Nachbar", erwiderte der Alte. „Seit ich nicht mehr zum Fischen rausfahre, kümmere ich mich ein wenig um das Viertel hier."
„Was meinen Sie damit?"
„Allora, ich passe auf die Wohnungen meiner Nachbarn auf, wenn sie nicht da sind. Sie glauben ja gar nicht, welches Gesindel sich hier herumtreibt." Der alte Mann musterte Camilieri skeptisch und fuhr fort: „Das ist ja das reinste Durchhaus geworden in den letzten Jahren. Jeder glaubt, in Italien das Paradies vorzufinden, und kommt hierher. Außer Arbeitslosigkeit wartet hier aber nicht viel. Und Arbeitslosigkeit bringt die Leute auf schlechte Gedanken. Apropos: Was tun Sie eigentlich hier in der Wohnung meines Nachbarn, wenn der gar nicht da ist?"
„Haben Sie eine Ahnung, wo wir diesen Carlo finden könnten?"
„Ich weiß nicht, ob ich Ihnen das sagen soll", zögerte der Alte.
„Sie sollen", sagte Camilieri bestimmt.
„Col cazzo che lo faccio!", schimpfte der Alte plötzlich trotzig.
„Piano, piano", beruhigte ihn Camilieri, zückte seinen Dienstausweis und hielt ihn dem alten Fischer unter die Nase.
„Ich bin überzeugt", sagte er mit einem winzigen Hauch von Drohung in der Stimme, „dass Sie uns gerne weiterhelfen."

„Er ist rausgefahren“, brummte der Alte verärgert.
„Wann und wohin?“, fragte Camilieri kurz.
„Ist keine Viertelstunde her.“
„Und wohin könnte er gefahren sein?“
„Keine Ahnung“, knurrte der Alte.
„Denken Sie noch einmal scharf nach!“, befahl Camilieri, „oder Sie haben bei uns am Kommissariat viel Zeit zum Nachdenken.“
Der Bluff wirkte. Der alte Mann hätte sich nie im Leben träumen lassen, dass ihn der Commissario, der da so autoritätsbeladen vor ihm stand, auf keine Wache der Welt mitnehmen hätte können, weil er gar nicht offiziell ermittelte.
„Vielleicht ist er nach Barbana rüber“, rückte er mit einem weiteren Scheibchen Wahrheit heraus.
„Barbana?“
Forza klärte den gebürtigen Sizilianer auf: „Das ist der Name einer vorgelagerten Insel in der Lagune mit einer sehr bekannten Wallfahrtskirche. Früher war ich ...“
„Ich weiß, ich weiß“, schnitt ihm Camilieri das Wort ab, „Sie waren mit Ihrer Mamma zur Wallfahrt dort.“
„Stimmt, Commissario, jeden ersten Sonntag im Juli findet die Perdòn de Barbana statt. Hunderte Schiffe fahren in einer Prozession von Grado zum Heiligtum hinaus und führen die Muttergottesstatue mit sich. Aber woher wussten Sie, dass Mamma und ich daran teilgenommen haben?“
„Das war nicht schwer zu erraten“, antwortete Camilieri, „Sie und Ihre Mamma haben vermutlich jeden Wallfahrtsort im Friaul besucht.“
Der Commissario wandte sich wieder dem verwitterten Fischer zu: „Was will er auf der Insel? Doch bestimmt nicht wallfahrten, oder?“
„Weiß ich wirklich nicht“, antwortete der Alte, „aber er fährt regelmäßig raus.“
Camilieri überlegte. Der Alte schien die Wahrheit zu sagen. Wenn sie sich beeilten, würden sie Carlo vielleicht noch erwischen.
„Haben Sie ein Boot?“, fragte er unvermittelt.

„No“, antwortete der alte Mann, „das musste ich leider längst verkaufen bei meiner mickrigen Rente.“
„Merda, dann sagen Sie uns, wo wir auf die Schnelle ein Boot herkriegen. Wir müssen unbedingt zur Insel.“
„Ich würde es bei der Anlegestelle am Canale della Schiusa versuchen.“
„Grazie!“, murmelte Camilieri und drängte zum Aufbruch: „Los, Leute, versuchen wir, aus dem Irrgarten rauszukommen und ein Boot zu mieten!“

*

„Wir müssen das systematisch angehen“, dozierte Elisabetta Forza in der riesigen Hotelküche. „Lydia, Sie schauen, welche Speisen bereits vorbereitet wurden. Und du, Eleonora, hilfst mir bei der Bestandsaufnahme der vorhandenen Lebensmittel. Dann überlegen wir, was wir daraus alles machen können.“
Die Inventur der drei Donne fiel gar nicht unerfreulich aus. Einiges war fertig, wie klarerweise die Antipasti: Prosciutto, Formaggio und Olive – natürlich Taggiasche, die zarten, kleinen Früchtchen aus Ligurien. Wer die einmal gekostet hatte, wollte keine anderen mehr. Tagliatelle con Salsiccia, also Nudeln mit Wurst, zählten zum Standardrepertoire einer friulanischen Köchin und damit auch von Elisabetta Forza – ebenfalls kein Problem. Schwierigkeiten sah die Mamma eher beim Zicklein auf sich zukommen. Zu Ostern, wo das Gericht normalerweise auf den Tisch kam, hatte es sich im Hause Forza eingebürgert, dass die Männer für das Osterlamm sorgten. Meistens wurde es im Freien auf offenem Feuer gegrillt; früher vom Ehemann Elisabettas, nach dessen Tod hatte ihr Bruder Giorgio das österliche Grillen übernommen. Letzterer erklärte sich sofort bereit, bei der Zubereitung des Zickleins behilflich zu sein, als er aus dem Krankenhaus zurückkehrte, in das man die verletzte Hotelchefin transportiert hatte. Als Gentleman alter Schule hatte er die Unglückliche natürlich begleitet.

„Ob Lamm oder Zicklein ist einerlei“, erklärte er kundig, „es kommt nur auf die Vorbereitung an. Lange mit ein wenig Olivenöl, Knoblauch und frischen Kräutern marinieren. Und dann bei nicht zu hoher Temperatur langsam garen lassen. Wenn du möchtest, Elisabetta, kann ich dir dabei helfen. Natürlich im Hintergrund, es müssen ja nicht alle merken, dass ich in der Küche stehe.“
Das einzige Problem, das sich wirklich ergab, war die Cassata siciliana, die Festtagstorte aus Sizilien. Zum einen konnte man sie aufgrund der empfindlichen Zutaten nicht allzu lange lagern, mit ihrer Vorbereitung stand es also noch nicht zum Besten; zum anderen erforderte die Torte einen enormen Aufwand in der Zubereitung. Glücklicherweise stellte sich heraus, dass der Jungkoch des Hotels auch eine Ausbildung zum Pasticciere absolvierte und in diesem Fach wesentlich mehr Talent zeigte als in der Küche. Damit war die von Mamma Forza vorgeschlagene Gubana vom Tisch, jenes Hefegebäck, das in Cividale gewissermaßen zur Grundausstattung bei den Dolci zählte. Ohne Zweifel wohlschmeckend, aber vielleicht doch nicht ganz optimal für eine Hochzeitstafel, noch dazu wenn einer der Bräutigame waschechter Sizilianer war.
Alles in allem schien die Hochzeit, zumindest aus küchentechnischer Sicht, gerettet. Jetzt fehlten nur mehr die Bräutigame ...

*

... doch die hatten zur selben Zeit andere als lukullische Sorgen. Der Canale della Schiusa war zwar rasch erreicht, denn wider Erwarten hatten Camilieri, Forza und der Hundeführer bereits auf den zweiten Anlauf aus dem Gassengewirr des alten Grado herausgefunden. Vom Ausgang der Altstadt war es nicht weit zum Canale und damit zur Anlegestelle. Dann allerdings wurde es schwieriger. Die Hauptsaison für Grado-Urlauber war im Oktober längst vorbei, der Bootsbetrieb damit bereits auf ein Minimum beschränkt. Und am späten Nachmittag saßen die Kapitäne der wenigen noch ausharrenden Ausflugsschiffe meistens in der Trattoria ihrer Wahl, statt in der Lagune herumzuschippern. Mit einem Wort: Als unsere drei Ermittler an der Anlegestelle ankamen, herrschte dort gähnende Leere. Verwaist lagen einige Boote im Canale. Vom Personal, das diese bedienen könnte, fehlte jede Spur.

„Und jetzt?“, fragte Forza, „was machen wir jetzt?“

„Merda“, fluchte der Commissario, „wir könnten eines der Boote zwar kurzschließen, aber wer steuert uns nach Barbana? Ich habe keine Ahnung, wie man da draußen navigiert und sich zurechtfindet.“

„Ich auch nicht“, pflichtete der Hundeführer bei, „und wenn unser geschätzter Kollege Forza am Meer genauso dahinbrettert wie auf den Straßen, dann überleben wir die Fahrt zur Insel unter Garantie nicht.“

Forza bedachte ihn mit einem säuerlichen Blick, sprach dann aber seine beste Idee des Tages so locker aus, als sei sie das Selbstverständlichste der Welt: „Warum holen wir nicht den Alten? Er hat doch gesagt, er sei Fischer gewesen, oder?“

„Forza, Sie sind ein Genie!“, lobte Camilieri den Vorschlag des Kollegen.

„Grazie, ich werde Sie das nächste Mal daran erinnern, wenn Sie mich wieder als Idiota beschimpfen.“

„Seien Sie nicht kleinlich! Also, wir machen das so: Hundeführer, Sie versuchen, das nächstbeste Boot kurzzuschließen. Vielleicht haben Sie dabei mehr Glück als bei Ihrem Auto, mit dem Sie bei Carnia liegen geblieben sind. Sie, Forza, helfen ihm dabei. Und ich laufe zurück und hole den Alten! Viel Glück!“

Man hätte glauben können, beim neuerlichen Anlauf hätte sich die Altstadt von Grado durchsichtiger gezeigt als beim letzten Mal. Doch in diesem Fall galten keine Erfahrungswerte. Also irrte Camilieri wieder etliche Minuten erfolglos herum, bis er das richtige Gässchen fand. Jedes der romantischen Lokale, an denen er vorbeirannte, dünkte ihm gleich wie das andere, jede Ecke, um die er hastete, schien ihm die letzte vor dem Ziel zu sein. Wunschdenken! Doch weil man auch Glück haben muss im Leben und weil die Altstadt von Grado letztlich doch nicht viel größer ist als ein Hainbuchenlabyrinth in einem englischen Garten, stand Camilieri schlussendlich wieder vor Carlos Haustür. Dass dieser nach wie vor nicht anwesend war, erhärtete den Verdacht, er sei wirklich aufs Meer hinausgefahren. Und wie vorhin dauerte es nicht lange, bis der Alte des Weges geschlurft kam.

„Ah", wunderte er sich, „Sie sind's wieder. Haben Sie etwas vergessen?"

„Kann man so sagen", brummte der Commissario, „ich brauche Ihre Hilfe!"

„Meine Hilfe? Die hat schon lange niemand mehr gebraucht."

„Sehen Sie, man darf die Hoffnung nie aufgeben. Sie waren doch Fischer?"

„Sì. Fünfundfünfzig Jahre lang. Hab's von meinem Vater gelernt."

„Es geht ja nichts über Tradition", lobte der Commissario, um dann mit der Tür ins Haus – bildlich gesprochen, denn man stand im Freien – zu fallen, „Sie können also ein Boot steuern."

„Ich steuere Ihnen jedes Boot, wohin Sie wollen. Auch mit meinen achtzig Jahren noch, darauf können Sie wetten!", sagte der Alte stolz.

„Bene! Dann kommen Sie mit!"

*

Carlo war bereits auf halbem Wege nach Barbana unterwegs. Er fuhr die Strecke oft, kannte sie mittlerweile im Schlaf. Auch dieses Mal hätte er die Pfähle, mit denen die schiffbare Rinne durch die Lagune markiert war, nicht benötigt, um in den seichten Gewässern den Weg zu finden und nicht aufzulaufen. Doch dieses Mal war Barbana nicht sein Ziel, nur ein Zwischenstopp. Nachdem er dort die Ware abgeliefert hätte, würde er weiterfahren, relativ weit hinaus aufs Meer für so ein kleines Motorboot. Wo er an Land gehen würde, wusste er noch nicht genau. Hauptsache, man kannte ihn dort nicht. Vielleicht Chioggia. Oder Venedig. Ja, Venedig wäre gut, dort tummelten sich auch im Oktober unzählige Touristen, in deren

Gewimmel er untertauchen konnte. Das war jetzt das Wichtigste: unterzutauchen.

*

Camilieri und der alte Fischer waren rasch am Canale della Schiusa. Der Mann war erstaunlich fit für sein Alter. Außerdem kannte er sich in Grado aus wie kein Zweiter und fand unter Garantie den kürzesten Weg. Die Aussicht, endlich wieder einmal Planken unter die Füße zu bekommen, trieb ihn zusätzlich an.
Als die beiden neben Forza und dem Hundeführer standen, vernahm man aus dem Motorraum des kleinen Bootes bereits ein dunkles Blubbern, das sich eindeutig nach einem in die Jahre gekommenen, aber zuverlässigen Dieselmotor anhörte. Und in der Luft lag der markante Geruch nach Treibstoff.
„Ihr Boot?“, fragte der Alte den Commissario, obwohl er genau wusste, dass es nicht so war.
„No“, antwortete Camilieri ehrlich, „wir haben es beschlagnahmt. Es handelt sich um einen Notfall.“
„Und das dürfen Sie so einfach?“
Camilieri wich der Frage aus: „Haben Sie eine Ahnung, was wir alles dürfen?“
„Soll mir egal sein, Commissario!“, brüllte der Alte plötzlich in militärischem Befehlsempfangston. „Sie sind der Chef!“ Dann fügte er lachend hinzu, als hätte er die größte Freude seines alten Lebens: „Und ich bin Ihr Kapitän! Also an Bord, Leute! Wo soll's denn hingehen?“
„Nach Barbana!“
„Aye, aye!“
Flink, wie man es ihm nicht zugetraut hätte, hüpfte der Alte aufs Motorboot, Camilieri und der Hundeführer folgten ihm, als Letzter kletterte Forza ein wenig beschwerlich an Bord und hatte damit zu tun, nicht ins trübe Wasser des Kanals zu fallen.
Sobald sie in der Lagune waren, weihte Camilieri ihren Steuermann endgültig in die ganze Geschichte ein.

„Wir suchen Carlo“, sagte er.
„Hab ich mir schon gedacht“, meinte der alte Fischer, „dann werden wir einmal ordentlich Gas geben, um den Vorsprung, den er hat, zum Schrumpfen zu bringen.“
Er zog den Gashebel voll durch, dass die morschen Planken und Bretter des Bootes zu vibrieren begannen.
„Er fährt wie Giuseppe an Land“, lachte der Hundeführer.
„Was wollen Sie denn von meinem Nachbarn? Sie müssen ihn ja wirklich dringend suchen, wenn Sie so einen Aufwand veranstalten, um ihn zu finden.“
Camilieri wiegelte ab: „Das wäre zu kompliziert zu erklären. Aber es stimmt, wir benötigen ihn sehr, sehr dringend.“
„Dann werde ich noch ein wenig mehr Gas geben“, strahlte der alte Fischer übers ganze Gesicht und zog am Gashebel, dass man fürchten musste, er reiße ihn demnächst ab. „Aber eins müssen Sie mir versprechen: Sollten wir Carlo wirklich einholen, dann müssen Sie ihm sagen, dass Sie mich gezwungen hätten, ihn zu verfolgen. Sonst redet der nichts mehr mit mir.“
„Promesso!“
Während der Alte mit Adleraugen die Fahrtrinne abspähte, durch die sie brausten, erzählte er den gespannt wartenden Ermittlern vom Leben in der Lagune, das er früher geführt hatte. Hart sei es gewesen, kein Honiglecken. An schönen Tagen wie diesem habe man kaum eine Vorstellung, wie brutal die See rund um Grado sein konnte. Aber wenn der Wind durch die seichten Wässer peitschte, dann konnte es schon vorkommen, dass eine der winzigen Inseln, die es hier überall gab, plötzlich verschwunden war. Die aufgepeitschten Wellen fraßen den Sand schlicht und einfach weg. Mit ein Grund, warum man in Grado selbst einen langen Damm aus gewaltigen Felsblöcken errichtet hatte – um die Insel vor dem Ausspülen durch das gefräßige Meerwasser zu schützen. Und in den Wintern, berichtete der Alte, da wären immer wieder Fischer heraußen in der Lagune erfroren, weil sie den Rückweg ins schützende

Grado einfach nicht mehr geschafft hätten. Nebel, Sturm, Kälte, Eis – unvorstellbar, wenn man im Sommer an den langen Sandstränden Grados in der Sonne brutzelte ...

Während der Alte in Erinnerungen schwelgte, kam nahe der Insel Barbana ein Boot in Sicht. Winzig zuerst, dann klein, aber rasch an Größe zunehmend.

„Das dürfte er sein", unterbrach der alte Fischer am Steuer seine Erzählungen, „er fährt ziemlich langsam. Vielleicht hat er geladen."

Gespannt beobachteten die vier an Bord das Boot, dem sie sich schnell näherten.

„Was machen wir eigentlich, wenn Carlo nichts mit der Sache zu tun hat?", fragte Forza plötzlich. „Wir haben da ja einen gehörigen Wirbel veranstaltet und nicht alles von dem, was wir unternommen haben, deckt sich zu hundert Prozent mit den Dienstvorschriften."

„Forza", antwortete Camilieri, „wenn Sie sich vorhin nicht so ausgezeichnet hätten, wäre ich beinahe geneigt, ‚che idiota' zu Ihnen zu sagen. Natürlich hat Carlo Dreck am Stecken. Das spürt man doch."

„Also, ich weiß nicht ..."

„Dann war halt Gefahr im Verzug", brummte Camilieri verärgert, „oder was weiß ich. Seien Sie doch nicht immer so miesepetrig. Der alte Kahn hier wäre sowieso bald von selbst gesunken, was soll da schon für ein Schaden entstehen außer vielleicht ein paar Litern Diesel, die wir verbraucht haben? Und unserem Kapitän haben wir eine Riesenfreude bereitet, dass er auf seine alten Tagen noch einmal rausfahren durfte."

„Aye, aye!", bestätigte der Alte.

„Sehen Sie", triumphierte der Commissario, „wenn Sie den menschlichen Aspekt mitberücksichtigen, dann müsste man uns sogar einen Orden umhängen für diese Aktion."

„Ihr Wort in Gottes Ohr", seufzte Forza.

„Außerdem heiraten wir morgen", setzte Camilieri seine Beschwichtigungen fort, „wer wird zwei Bräutigame schon wegen einer kleinen Schifffahrt am Polterabend behelligen?"

„Apropos heiraten“, sagte Forza, „wir müssen noch die Brautsträuße besorgen.“
„Hier wird's schwer gehen“, warf der Hundeführer ein.
Camilieri lachte: „Allerdings. Wir könnten höchstens die Altargestecke von der Wallfahrtskirche mitnehmen. Aber dann würden unsere Ehen wohl unter keinem guten Stern stehen. Seien Sie unbesorgt, Kollege Forza, wir fahren heute noch nach Arta Terme zurück. Morgen in der Früh können wir im örtlichen Blumenladen die schönsten Brautsträuße der Karnischen Alpen binden lassen.“
Inzwischen waren sich die zwei Boote knapp vor der Insel Barbana schon so nahe gekommen, dass der alte Fischer seine Vermutung bestätigen konnte: Der Mann auf dem anderen Boot war Carlo.
Commissario Camilieri rief ihn über das Wasser hinweg laut und mit einem Amtston, der keinen Widerspruch duldete, an: „Carlo, hier spricht die Polizei. Legen Sie bitte auf Barbana an und warten Sie, bis wir ebenfalls angelegt haben. Wir müssen Ihnen ein paar Fragen stellen.“
Statt einer Antwort vernahm man vom angerufenen Boot nur ein Aufheulen des Motors.
„Merda“, fluchte der Commissario, „was macht er?“
„Er versucht abzuhauen“, konstatierte der alte Fischer, „dafür dreht er auf Vollgas.“
„Che idiota!“, schimpfte Camilieri. „Wenn er uns entwischt, haben wir ein Problem.“
„Keine Sorge“, lachte der Alte, „den kriegen wir. Schauen Sie auf sein Boot, wie tief es liegt. Er ist schwer beladen, wie ich vorhin vermutete.“
„Aber er fährt von der Insel weg!“, schrie Camilieri aufgeregt. „Er will nicht landen!“
„Das wird er, Commissario“, versprach der Alte, „das wird er.“
Dann startete der routinierte Fischer ein Manöver, wie er es seit vielen, vielen Jahren nicht mehr getan hatte. Man merkte, jede seiner Bewegungen saß nach wie vor, man spürte die Erfahrung, die er in

seine konzentrierte Vorgangsweise steckte. Mit einem weiten Bogen wechselte er die Fahrspur in der Schifffahrtsrinne und beschleunigte noch einmal, obwohl man geglaubt hatte, er hätte dem betagten Diesel längst die letzte Kraft entlockt. Meter für Meter näherte sich das Boot unserer Ermittler Carlos Kahn, der ebenfalls längst Vollgas fuhr. Doch das half nichts, sein Boot war zu schwer beladen. Mit letzter Kraftreserve zogen sie an ihm vorbei. Dabei ließ der Alte dem Kontrahenten gerade so viel Platz, dass sich die Schiffe nicht berührten. Kein Wendemanöver war möglich, kein Entkommen. Knapp nachdem sich die zwei Kähne auf derselben Höhe befunden hatten und der schnellere sich nach vorne gesetzt hatte, schwenkte der Alte schräg auf die ursprüngliche Fahrspur zurück und schnitt damit Carlos Boot so scharf, dass dieser volle Kraft zurück geben musste, um einen Zusammenstoß zu verhindern.

„Cazzo“, fluchte Carlo, „verdammt, was soll das? Kannst du alter Trottel nicht aufpassen?“

„Scusi“, schrie der Alte zurück, „aber man hat mich dazu gezwungen.“

Das breite Lachen auf seinem Gesicht stand in bemerkenswertem Kontrast zum Inhalt seiner Worte.

„Legen Sie sofort auf der Insel an!“, befahl Camilieri.

„Perché?“

„Weil ich es befehle. Polizei!“

Carlo hatte keine Wahl. Langsam steuerte er seinen Kahn an die Kaimauer der Insel Barbana. Der alte Fischer setzte so flink und wendig nach, dass Carlo und Camilieri beinahe gleichzeitig an Land gingen.

„Finito, Schluss mit lustig“, sagte Camilieri, „Sie werden uns jetzt einige Fragen beantworten, Freundchen.“

„Ich protestiere!“, rief Carlo laut. „Was habe ich getan?“

„Das wirst du rechtzeitig erfahren“, herrschte ihn Camilieri an, „und schrei hier nicht so herum, wir befinden uns schließlich auf einer Wallfahrtsinsel. Ist dir gar nichts heilig, Schurke?“

INDICTA CAUSA

Indicta causa, also ohne irgendeine Verteidigung, ging die Befragung Carlos im Schatten der Wallfahrtskirche auf der Insel Barbana vor sich. Doch Forzas Gedanken schweiften immer wieder ab, während er sich umblickte und an all das zurückdachte, was ihm seine Mamma bei ihren früheren Besuchen hier erzählt hatte. Im 6. Jahrhundert nach Christus war angeblich, wenn Forza sich recht erinnerte, eine Marienstatue angeschwemmt worden. An diesem Ort hatte man ein Kirchlein errichtet. Die Kapelle an dem Platz gab es noch heute, wenngleich das gegenwärtige Gotteshaus wesentlich später erbaut worden war. Es stand auf einer baumbestandenen, parkähnlichen Wiese, die sich bis zum Meer hin erstreckte, wo die Wogen des Wassers gegen ein Steinmäuerchen schlugen und einen eigenwilligen Kontrast bildeten: hier das rustikale Grün des Grases, dort das elegante Blau des Meeres. Die Wallfahrtskirche von Barbana selbst war ein mächtiger Bau und erhob sich weithin sichtbar inmitten der Insel. Sie war gerade einmal hundert Jahre alt.

„Ergreifend, ja, geradezu als Abbild menschlichen Leides", so hatte Mamma Forza einmal erläutert, „präsentiert sich die Sammlung an Votivbildern im hinteren Bereich der Kirche." Giuseppe konnte sich gut erinnern: Die meisten davon handgeschrieben und handgemalt, kündeten sie von den kleinen und großen Katastrophen des Alltags, die für den jeweiligen Betroffenen gut ausgegangen waren, obwohl es anfangs nicht danach ausgesehen hatte: lebensbedrohende Krankheiten, schwere Unfälle mit Traktor oder Automobil, Naturkatastrophen, Abstürze in den Bergen oder Schiffsunglücke in den Weiten des Ozeans …

Was während Forzas Überlegungen bei der Befragung zutage kam, hätte Camilieri durchaus zufriedenstellen können. Denn ihre Vermutungen bestätigten sich, ja, sie wurden sogar deutlich übertroffen. Aber der Reihe nach!

Gleich zu Beginn überschüttete Camilieri Carlo mit Fragen: Wohin beabsichtigte er zu fahren? Warum wollte er fliehen? Was gab es auf dem Boot zu verbergen? Wer waren die Hintermänner?
Anfangs leugnete Carlo hartnäckig. Er habe zur Erholung nach Barbana rausfahren wollen, gab er als einziges Zugeständnis zu Protokoll, denn am liebsten hätte er auch in Abrede gestellt, sich überhaupt auf dem Inselchen zu befinden.
Camilieri lachte laut auf: „Erholung kannst du in Kürze jede Menge genießen, und zwar hinter Gittern!"
Hätte nicht die Muttergottesstatue auf sie herabgeschaut, die Biagio Marin, Grados berühmter Poet, schon beschrieben hatte, hätte er Carlo beim Kragen gepackt, zum nahe gelegenen Meer geschleift und mit dem Kopf so lange unter Wasser getaucht, bis dieser freiwillig und gerne alles gestanden hätte, was man von ihm verlangte. So beschränkte sich Camilieri auf sehr energisches, sehr lautes Sprechen: „Du lügst doch, wenn du den Mund aufmachst."
„No, Commissario, no", presste Carlo flehentlich heraus. „Ich sage die Wahrheit, nichts als die Wahrheit."
„Wahrheit", äffte ihn Camilieri verächtlich nach und sprach plötzlich ganz leise, drohend: „Du weißt ja nicht einmal, wie man das Wort buchstabiert." Dann zeigte er zur Madonnenstatue hinauf und schrie: „Schau rauf zu ihr, schau ihr in die Augen und lüg mich noch einmal an!"
Doch die Drohungen halfen nichts. Sollte Carlo nicht gestehen, mussten sie ihn laufen lassen. Sie hatten keinen Beweis gegen ihn in der Hand und sie ermittelten nicht offiziell. Nicht einmal sein Boot durften sie durchsuchen, um vielleicht in der Ladung Indizien zu finden. Und würden sie diese nicht finden, dann stünden sie vor einem gröberen Problem, das sich mit Paragraphenungetümen à la Überschreitung der Amtsgewalt, unerlaubtes Anhalten einer Person, illegale Beschlagnahme eines Bootes, wenn nicht gar Diebstahl desselben, treffend beschreiben ließ.
Plötzlich rief Forza, nun wieder ganz bei der Sache, aufgeregt: „Commissario, schauen Sie doch! Seine Jacke!"

Camilieri verstand nicht: „Was ist mit seiner Jacke?"
„Ihr fehlt ein Knopf!"
„Na und?"
Irritiert schaute Carlo an seiner Jacke nach unten. Und wirklich: Mitten am Bauch zeugten ein paar ausgefranste Zwirnfäden davon, dass da einmal ein Knopf gesessen haben musste.
Forza griff in seine Jackentasche und holte den Knopf hervor, den sie unter dem geöffneten Fenster vor der Therme gefunden hatten.
Jetzt kapierte der Commissario, was Forza meinte, und pfiff durch die Zähne. „Forza, Sie sind ein Genie! Los, halten Sie ihn hin!"
Der Angesprochene klemmte sich den schwarzen Knopf zwischen Daumen und Zeigefinger und hielt ihn neben einen Knopf an Carlos Jacke.
„Ident", bestätigte er, was alle sahen.
Carlo schaute immer noch irritiert drein, schien nicht zu verstehen, was hier vor sich ging.
„Jetzt bist du dran, Bürschchen!", drohte Camilieri. „Diesen Knopf, der ganz offensichtlich an deiner Jacke fehlt, haben wir in der Nacht neben einer Leiche im Heilbad von Arta Terme gefunden."
Carlo erbleichte.
„Und sag mir jetzt nicht, du wüsstest nichts von einer Leiche in Arta Terme!", setzte Camilieri fort.
Weiß wie die steinerne Marienstatue neben sich stotterte Carlo: „Ich ... ich ... ich hab's geahnt."
„Was hast du geahnt?"
„Dass das ... dass es nicht ... nicht gutgeht."
„Wenn man nicht zu übertriebenen Formulierungen neigt, kann man das so sagen. Zwei Tote, beide ermordet, ja, das ist wirklich nicht gutgegangen", meinte Camilieri sinnierend und herrschte Carlo gleich darauf an: „Zeit für die Wahrheit, meinst du nicht?"
Carlo schluckte schwer, man konnte direkt sehen, wie ein Ruck durch ihn ging, und er packte aus. Ja, er habe bereits von dem in der Therme gefundenen Toten gehört. Und er kenne den Mann so-

gar. Aber getötet – nein, getötet habe er ihn nicht! „Commissario, ich schwöre!"
„Schwör nicht neben der Madonna! Was hattest du mit dem Mann zu schaffen, den wir tot in der Therme gefunden haben? Und, maledizione, wieso kennst du den Toten, wenn wir noch nicht einmal wissen, wer er ist? Pack endlich aus oder ich ertränke dich im Meer!"
Immer noch geschockt und schwer atmend, gestand Carlo: „Nun, das war so: Der Mann, den Sie tot in der Therme gefunden haben, Fausto, hat gemeinsam mit mir alte Kunstgegenstände gesammelt. Wir haben sie hier auf Barbana zwischengelagert, bis wir Interessenten gefunden haben."
„Du meinst, ihr habt das Zeug illegal ausgegraben? Und warum bist du dir so sicher, dass der Tote von Arta Terme dein Kumpel war? Hä? Weil du ihn um die Ecke gebracht hast! Ihr habt euch gestritten, er wollte dich übers Ohr hauen und da hast du ihn aus dem Weg geräumt! Stimmt's?"
„No, no, no!", jammerte Carlo. „Es war ganz anders. Ja, Sie haben recht, wir haben die Kunstgegenstände heimlich aus dem Boden gegraben. In Aquileia gibt's so viele davon, dass die niemandem fehlen."
„Das lass mal schön die Archäologen entscheiden!"
„Aber ich habe niemanden umgebracht. No!"
„Und wieso weißt du dann, dass das Opfer in der Therme dein Ganovenkumpel war?"
„Ich weiß es ja nicht. Aber ich bin mir sicher", ruderte Carlo wild um sich wie ein Ertrinkender. „Er ist nicht wie vereinbart aufgetaucht. Er hätte heute mit mir eine Lieferung tätigen sollen, aber er ist nicht gekommen. Auch ans Handy geht er nicht. Das Ding ist seit Tagen tot."
„So tot wie dein Freund, eh?", schrie Camilieri. „Freundchen, du lügst! Dein Collega hätte sich aus dem Staub machen können, vielleicht hat er kalte Füße gekriegt. Wieso weißt du, dass er tot in der Therme liegt? Weil du ihn umgebracht hast!"
„No, no, no!"

„Ein hartnäckiger Bursche“, sagte Camilieri zu Forza, „aber in der Untersuchungshaft werden sie ihn schon kleinkriegen.“
„Commissario, ich schwöre, es war so, wie ich Ihnen gesagt habe. Er ist nicht wie vereinbart aufgetaucht, um bei der Lieferung mitzuhelfen. Gleichzeitig ist durchgesickert, dass in Arta Terme eine Leiche gefunden wurde. Das passt doch perfekt zu den Drohungen, die man ausgesprochen hatte.“
„Welche Drohungen? Und wer ist ‚man‘?“
„Die Auftraggeber. Ich kenne keine Namen.“
„Und die großen Mister Unbekannt haben euch gedroht?“
„Sì, sì, sì“, Carlo schien einen Funken Hoffnung zu schöpfen, dass Camilieri ihm vielleicht doch glaubte.
„Und warum?“
„Weil es Gerüchte gegeben hat, dass wir aussteigen wollten.“
„Und wolltet ihr das?“
„Ich für meinen Teil nicht, Commissario“, antwortete Carlo, „aber für meinen Kumpel lege ich meine Hand nicht ins Feuer.“
„Das könntest du ohnehin nicht mehr“, schaltete sich jetzt Forza in die Vernehmung ein, „weil du ihn umgebracht hast.“
„No, no, no!“ Carlos winziger Anflug von Hoffnung war wieder zerstäubt.
„Ich fasse zusammen“, sagte Camilieri plötzlich ganz ruhig: „Du behauptest also, ihr beide – du und dein Collega Fausto – habt in Aquileia illegal Altertümer aus dem Boden geholt. Die habt ihr im Auftrag eines euch ansonsten unbekannten Netzwerkes abgeliefert. Weil dein Freund aussteigen wollte, hat man euch gedroht. Der Drohung ließ man Taten folgen und hat ihn umgebracht. Dass es eine Leiche gegeben hat, hat man dir verklickert. Du hast nun eins und eins zusammengezählt: Weil er nicht am vereinbarten Treffpunkt erschienen ist, wusstest du genau, dass nur er der Tote sein kann.“
„Sì“, sagte Carlo. Wäre die Sache nicht so ernst gewesen, hätte sein Gesicht gestrahlt. „Genauso war es.“

„Commissario“, meldete sich wieder Forza zu Wort, „dieses Märchen werden Sie ihm doch nicht glauben! Wir haben hier ein Beweisstück, dass er der Mörder ist: den Knopf. Seine Geschichte liefert keine logische Erklärung dafür, wie dieser ausgerechnet unter das Fenster gelangen konnte, durch das man die Leiche in die Therme geschafft hat. Also muss er sie selbst hineinbugsiert und sich dabei den Knopf abgerissen haben. Und wer konnte als Einziger Interesse haben, eine Leiche in die Therme zu schaffen? Nur ihr Mörder natürlich! Folglich ist Carlo auch der Mörder. Ab mit ihm in die Untersuchungshaft!“
Camilieri schwieg und dachte nach.

III.

Giorno delle nozze -
Hochzeitstag

IN MATRIMONIUM DUCERE

Wie konnten sich die Menschen doch irren! Da hatten die Wetterfrösche tagelang Schönwetter für den Hochzeitstag prophezeit und am Vortag hatte es auch vielversprechend ausgesehen. Doch als Camilieri im Hotel in Arta Terme am frühen Morgen des Hochzeitstages die Rollläden hochzog, prasselte der Regen sanft aufs Blechdach.

Ein zweiter – möglicher – Irrtum belastete den Commissario freilich schwerer: dass sie nämlich den Falschen verhaftet haben könnten. Schon seit der Übergabe Carlos an die offiziell ermittelnden Kollegen aus Tolmezzo bohrte der Stachel des Zweifels in ihm. Die offenen Fragen hatten sich in einer mehr oder weniger schlaflosen, aufgrund der späten Rückkehr am Abend ohnehin äußerst kurzen Nacht nicht verringert. Im Gegenteil, sie waren drängender geworden.

So wunderte sich Camilieri beispielsweise, dass Carlo trotz Indizien so hartnäckig geleugnet hatte. Im Prinzip genügte der Knopf, um ihn in Untersuchungshaft zu nehmen, ja sogar wegen Mordes zu verurteilen, wenn er nicht einen absolut genialen Verteidiger erwischte. Doch diese Koryphäen des Rechts beziehungsweise seiner Verdrehung waren normalerweise den hohen Politikern unter den Häftlingen vorbehalten – das war in Italien nicht anders als anderswo, im Gegenteil. War Carlo also wirklich der Täter, durfte er sich kaum Chancen mit seiner Leugnerei ausrechnen. Im Laufe der weiteren Ermittlungen, bis man Anklage erheben würde, sollten außerdem genug Beweise gefunden werden. Sämtliche DNA-Spuren beim Transportieren, Hochstemmen und Durchs-Fenster-Hieven einer Leiche zu verwischen war ein Ding der Unmöglichkeit, wie jeder, der einen Krimi lesen konnte, wusste. Warum leugnete Carlo also? Und wieso hatte er nach getaner Tat, so er wirklich der Täter war, nicht sofort das Weite gesucht? Warum war er nicht geflohen, nachdem er die Leiche in die Therme verfrachtet und den

Nachtwächter beseitigt hatte? Was um alles in der Welt führte ihn stattdessen nach Hause zurück, um seine Tätigkeit wie gewohnt aufzunehmen und erst etliche Stunden später übers Meer abzuhauen? Jeder vernünftige Mörder hätte sich auf Nimmerwiedersehen verabschiedet. Und wenn der Tote wirklich Carlos Kollege bei den krummen Machenschaften war, wie dieser nicht müde wurde zu betonen: Wieso hatte er den Mann dann nicht komfortabel in der Lagune von Grado versenkt? Und warum überhaupt Arta Terme als Tatort? Zuglio – okay. Aquileia – okay. Die Orte lagen an der Via Julia Augusta, entlang der die beiden ihren Tätigkeiten zweifelhafter Natur nachgegangen waren. Aber Arta Terme?
Es schwirrten eindeutig zu viele offene Fragen durch die Gegend, um einen Mann wie Claudio Camilieri trotz der Verhaftung eines dringendst Tatverdächtigen ruhig schlafen zu lassen. Indizien wie der Knopf halfen da nur wenig. Denn obwohl er alles immer und immer wieder durchdachte, fügten sich die Puzzleteile nicht so geschmeidig ineinander, wie sie das tun sollten. Nein, es bedurfte gewaltsamen Drucks, um das Gesamtbild zusammenzukleistern – doch das war keine befriedigende Lösung für einen gelernten Puzzlespieler, höchstens eine schnelle.
Forza quälten solche Gedanken nicht. Er schlief tief und fest, schnarchte sogar gelegentlich und hielt damit die wegen der bevorstehenden Hochzeit ohnehin nervöse Eleonora wach. Die Situation präsentierte sich also genau umgekehrt zu der im Nachbarzimmer, wo Lydia neben ihrem nachdenklichen Bräutigam doch ein wenig Ruhe fand. Denn Denken lärmte im Gegensatz zum Schnarchen nicht.
Camilieri musste rasch eine Lösung für die offenen Fragen finden. Das entsprach seinem Naturell – und den Problemen könnte er sowieso niemals entkommen. Denn ausgerechnet daheim in Cividale, im Museo Archeologico Nazionale, wohin ihn Lydia sicher bald führen würde, bewahrte man einige spektakuläre Fundstücke aus Zuglio beziehungsweise der Römerstadt Julium Carnicum auf. Diese hätten ihn nur wenige Schritte von seiner Arbeitsstätte entfernt auf immer

und ewig daran erinnert, dass einige Fragen rund um einen Mord unbeantwortet geblieben waren.

*

Nichtsdestotrotz, zum Heiraten waren Camilieri und Forza an diesem Vormittag prinzipiell bereit. Die Mordfälle waren zumindest offiziell gelöst, die beiden Ermittler waren rechtzeitig aus Aquileia zurückgekehrt, das bürokratische Getue mit Protokollieren, Nachrecherchieren, Spurensicherung und so weiter und so fort war aus Zuständigkeitsgründen an die Kollegen aus Tolmezzo delegiert worden. Außerdem, das muss zu deren Ehrenrettung gesagt werden, hatten sie es selbstverständlich gerne freiwillig übernommen, als sie erfuhren, dass Camilieri und Forza so knapp vor dem entscheidenden Schritt ihres Privatlebens standen.

„In matrimonium ducere" würde es der Padre auf Latein, seiner deklarierten Lieblingssprache, nennen, was demnächst folgen sollte: in die Ehe führen.

Zuerst gab es aber einmal Frühstück, bei dem ausführlich erzählt wurde, was die jeweils anderen am Tag zuvor erlebt hatten. Denn vor dem Schlafengehen am Abend waren alle viel zu müde gewesen, um groß darüber zu sprechen. So wurde am Frühstückstisch munter durcheinandergeredet. Man übertönte zeitweise sogar den Fernsehapparat, der das Neueste aus aller Welt in den Speisesaal des Hotels sandte. Dazu Seitenblicke auf die Frisur des Ministerpräsidenten, jede Menge Werbespots und die unvermeidlichen Informationen über Verkehrsstaus, die, je weiter Richtung Rom es ging, desto häufiger und länger wurden.

Camilieri bemühte sich, munter zu erscheinen, obwohl ihm das schwerfiel. Schließlich hatte er kaum geschlafen in der Nacht. Aber er beteiligte sich eifrig an den Gesprächen und tat so, als gelte ausschließlich ihnen seine ungeteilte Aufmerksamkeit. Doch hinter dieser Fassade führten die Ganglien des Commissario anderes im Sinne: Nach dem Frühstück, so der feste Vorsatz, würde er sich noch einmal dem offiziell abgeschlossenen Fall widmen. Zumindest kurz, bis zum Hochzeitstermin am Nachmittag blieben ja ein paar Stunden Zeit. Da könnte sich die eine oder andere Frage –

Merda, die Blumen!, schoss es ihm da durch den Kopf. Sie hatten noch immer keine Brautsträuße besorgt und ohne könnten sie wohl schwer vor den Traualtar treten. Lydia hätte vielleicht Verständnis, zumindest würde sie ihre Enttäuschung nicht zeigen, aber Eleonora? Die würde ihren Giuseppe durch Sonne und Mond schießen, sollte er es wagen, ohne das gesamte Repertoire an gängigen Hochzeitsutensilien zu erscheinen. Und ein Brautstrauß, der gehörte nun einmal zu einer Hochzeit dazu wie die Ringe, der Pfarrer und das Ave-Maria.

Was, wenn er Forza im Alleingang zur Blumenfrau schicken würde? Da sein Kollege felsenfest von der Lösung des Falls überzeugt war, würde er ihm ohnehin keine große Hilfe bei weiteren Ermittlungen sein.

In der Zwischenzeit gesellten sich Mamma Forza und Onkel Giorgio zu den Frühstückenden. Die gesamte Sippschaft traf sich zum ersten Mal seit der Anreise. Am Vorabend, als Camilieri und Forza spät nachts von der Übergabe Carlos in Tolmezzo zurückgekehrt waren, waren Elisabetta Forza und ihr Bruder längst zu Bett gegangen. Nun aber begrüßten sich alle freudig. Freudig? Sagen wir, zumindest dem Anlass entsprechend einigermaßen festlich. Ganz konnte die Mamma ihren Groll nicht verbergen, dass man die Hochzeitsvorbereitungen ohne sie durchgezogen hatte. Freilich erfüllte sie die Tatsache, dass nur durch ihr Einspringen für die verletzte Hotel- und Küchenchefin das Hochzeitsmahl gerettet werden konnte, mit einer großen Portion Genugtuung, sodass ihre ursprünglich nach Arta Terme mitgebrachte schlechte Laune tief drinnen in ihr geparkt war.

Forza griff nach einem weiteren Cornetto. Die Palette an Süßspeisen, die bereitstand, konnte sich sehen lassen. Entgegen den üblichen Frühstücksusancen in Italien, die hauptsächlich Caffè und eben diese Hörnchen vorsahen, bog sich der Tisch dieses Frühstücksbuffets unter unzähligen süßen Verführungen. Darüber hinaus wurden auch Prosciutto cotto, Formaggio, Panini dargeboten – obwohl dies hauptsächlich ein Zugeständnis an die ausländischen Gäste war, die üppige Frühstücke einforderten, hatte sich Forza bereits daran gütlich getan. In Wahrheit hatte er am Buffet so gut wie nichts ausgelassen außer die Teebeutel und das Joghurt.

„Gut angereist?", fragte er jetzt mit vollem Hörnchenmund seine Mamma.

„Grazie", antwortete die Angesprochene und konnte ihm eine kleine Spitze nicht ersparen: „Aber wenn du nicht in dieser Abgeschiedenheit heiraten würdest, hätte ich die Strapazen nicht auf mich nehmen müssen."

„Signora Forza", wandte sich Camilieri wohlwollend-gütig mit tiefem Brummbass an die Mutter seines Kollegen und Mit-Hochzeiters, „schauen Sie doch aus dem Fenster! Sind die Berge nicht fantastisch? Über den Monte Zoncolan da vorne" – er zeigte in die Richtung des legendären Berggipfels, der sich ein wenig hinter den Regenwolken versteckt hatte – „fährt regelmäßig sogar der Giro d'Italia!"

„Bene", meinte Elisabetta Forza, „aber was haben Ihre Hochzeit und die meines Giuseppe mit der Radrundfahrt zu tun?"

„Gar nichts", antwortete Camilieri verblüfft, „ich wollte damit nur andeuten, von welch traumhaften Bergen wir umgeben sind. Da geht einem doch das Herz auf, oder?"

„Ich staune immer noch über Ihre Liebe zu den Bergen, Commissario, das hätte ich einem Sizilianer nicht zugetraut. Meinem Giuseppe sind die Berge ziemlich egal, obwohl er quasi in ihrem Schatten aufgewachsen ist. Aus seinem Zimmerfenster sieht man ja mit freiem Auge auf die Julischen Alpen. Und mit dem Auto ist man in kurzer Zeit dort."

„Vielleicht liegt's daran", lachte Camilieri, „dass mein überaus geschätzter Kollege Prosciutto-Berge und Cornetto-Gipfel bevorzugt."

Forza, der gerade von seinem frischen Hörnchen abbiss, schaute säuerlich zum Commissario.

„Der Gipfel vom Kipfel sozusagen", steuerte Lydia ein Wortspiel auf Deutsch bei und kicherte. Das verstand zwar niemand, der guten Laune tat das aber keinen Abbruch.

Camilieri nutzte die entspannte Atmosphäre, um die Aktivitäten des Vormittags zu besprechen. Natürlich entsprach dies seiner Rolle als leitender Commissario, der es gewohnt war, die Menschen in seiner Umgebung einzuteilen. Es entsprach aber auch seinem Wunsch, sich ein paar Stunden Zeit abzuzwacken, um nochmals in aller Ruhe über die Ermittlungsergebnisse nachdenken und eventuell einige zusätzliche Nachforschungen anstellen zu können. Von seiner Absicht hatte er keinem etwas gesagt, nicht einmal Lydia, denn auch die Toleranz der österreichischen Historikerin konnte irgendwann über Gebühr strapaziert werden und an ihrem Ende anlangen. Am Tag der eigenen Hochzeit einen – zumindest vorläufig – offiziell aufgeklärten Fall weiterzuverfolgen, könnte genau diese eine Drehung zu viel an der Toleranzschraube seiner Braut sein, das spürte Camilieri instinktiv und er ging dementsprechend diplomatisch vor. Was zumindest ein italienischer Commissario, dessen Abrechnung mit der mafiaverseuchten Obrigkeit seiner Heimat ihn wegen Strafversetzung ans entgegengesetzte Ende Italiens geführt hatte, so unter Diplomatie verstand.
Er sagte: „Genug gefrühstückt. Wir sollten die letzten Vorbereitungen zügig in Angriff nehmen, damit wir pünktlich vor dem Traualtar stehen können. Was liegt noch an?“
Eleonora lächelte still, schließlich war das, seit die blöden Morde dazwischengekommen waren, die erste gewissermaßen offizielle Bestätigung seitens der Bräutigame, dass die Hochzeit wie geplant über die Bühne gehen sollte. Sie freute sich. Noch mehr hätte sie sich freilich gefreut, wenn ihrem Giuseppe diese Worte entschlüpft wären. Andererseits: Von Camilieri hatten sie mehr Gewicht, schließlich war er der Chef. Und Giuseppe konnte sie das nach der Hochzeit ohnehin bei allen passenden und unpassenden Gelegenheiten genüsslich um die Ohren reiben, dass sie, seine ihn inniglich liebende Braut, vergeblich auf ein klärendes Wort bezüglich der ordnungsgemäßen Durchführung der Vermählung gewartet hätte ...
„Zuerst müssen wir zum Padre“, erinnerte Lydia an die Formalitäten.
„Il mio amico“, seufzte Camilieri, um dann einen lateinischen Spruch

zu zitieren, den er in der Schule gelernt und sich bis heute gemerkt hatte: „Per aspera ad astra – durch Härte zu den Sternen. Ich kann den Kerl einfach nicht leiden."
„Du wirst dich bis nach der Trauung mit ihm arrangieren müssen", gab Lydia zu bedenken. „So schnell finden wir keinen anderen Priester."
„Ich weiß, ich weiß", beruhigte Camilieri, „Augen zu und durch."
Nun schaute Lydia ein wenig säuerlich angesichts dieses vor der eigenen Hochzeit durchaus leicht falsch zu verstehenden Spruchs.
Onkel Giorgio entging die Zweideutigkeit nicht und er schmunzelte. Ob der Doppelsinn seiner Worte Camilieri aufgefallen war? Jedenfalls ignorierte er ihn standhaft und sagte: „Haben wir einen Termin für die Unterschriften?"
„Nein", antwortete Lydia, „dein Freund, der Padre" – bei den Worten lächelte sie ironisch – „hat nur gemeint, wir sollten im Laufe des Vormittags zu ihm ins Pfarrhaus kommen, um zu unterschreiben."
„In Ordnung", meinte Camilieri und schaute auf seine Armbanduhr, „es ist jetzt knapp nach neun. Ich schlage vor, wir treffen uns um elf vor dem Pfarrhaus." Bevor Lydia fragen konnte, was er bis dahin zu tun gedachte, redete der Commissario schon weiter: „Und wie geht's unserer verehrten Wirtin? Was macht ihr Bein?"
Onkel Giorgio, der sich für die arme Frau verantwortlich fühlte, seit er sie ins Ospedale begleitet hatte, schilderte kurz: „Grazie, dass Sie fragen, Commissario. Es geht ihr den Umständen entsprechend gut. Der Fuß wurde eingegipst, die Schmerzen hat man mit Tabletten so weit in den Griff bekommen, dass sie vielleicht schon heute aus dem Krankenhaus entlassen wird. Als ich in der Früh bei ihr war, hat sie jedenfalls sehr zuversichtlich gewirkt. Die Visite war allerdings zu diesem Zeitpunkt noch nicht da."
Mamma Forza wunderte sich: „Du warst in der Früh bei ihr? Vor dem Frühstück bei einer fremden Frau?"
„Elisabetta!", entrüstete sich ihr Bruder. „Sie ist doch keine fremde Frau! Sie hat uns alle wohlwollend und freundlich in ihrem Haus aufgenommen."

„Dafür kriegt sie ja bezahlt!"
Onkel Giorgio schüttelte den Kopf.
„Das ist wirklich eine erfreuliche Nachricht", sagte der Commissario stellvertretend für alle, außer vielleicht Mamma Forza, „ich hoffe aufrichtig, sie kann am Nachmittag bei uns sein. Das entbindet uns allerdings nicht des Problems mit dem Hochzeitsmenü. Mit einem Gipsfuß wird sie schwer in der Küche stehen können. Lydia hat mir nach unserer Rückkehr noch in der Nacht erzählt, dass es eine Lösung geben könnte. Wie schaut es damit aus?"
„Ich koche", antwortete Elisabetta Forza wie aus der Pistole geschossen und sehr, sehr bestimmt, sodass irgendein Widerspruch von vornherein ausgeschlossen schien.
„Das ist sehr freundlich von Ihnen, Signora", meinte Camilieri, „aber ist Ihnen das nicht zu viel? So viele Leute? Die fremde Küche? Außerdem sollten Sie den Hochzeitstag des Figlio in vollen Zügen genießen, statt in der Küche zu stehen."
„Man hat mich bisher für die Vorbereitungen nicht benötigt", erklärte Mamma Forza pikiert, jetzt kam die Kränkung wieder voll durch, „dann wird man wohl auch weiterhin auf meine Anwesenheit verzichten können. Bis zur Trauung am Nachmittag wird es sich schon irgendwie ausgehen, dass ich in der Küche fertig bin. Außerdem haben sich Signorina Lydia und Giuseppes Zukünftige bereit erklärt, mir ein wenig zur Hand zu gehen. Und Küchenpersonal gibt's ja auch noch. Vermutlich schaffen wir es schon. Wenn nicht, ich werde keinem fehlen."
„Blödsinn! Sie müssen unbedingt an der Trauung in der Kirche teilnehmen, versprochen?", insistierte Camilieri.
„Es kann mich ja mein Bruder mit dem Auto auf den Berg fahren", wischte Mamma Forza auch die letzten Bedenken vom Tisch.
„Nun gut", erklärte Camilieri, „dann scheint ja alles auf Schiene. Das heißt also, Lydia und Eleonora helfen jetzt rasch Signora Forza in der Küche. Und wir treffen uns wie gesagt um elf beim Padre."
Bevor alle auseinandergingen, bat Camilieri seinen Kollegen kurz zur Seite und flüsterte: „Forza, gehen Sie doch bitte zur Blumenfrau und

bestellen Sie zwei schöne Brautsträuße. Ich denke, es ist höchste Zeit, bevor wir wirklich noch darauf vergessen."
„Kommen Sie nicht mit, Commissario?" Auch Forza sprach leise, als planten die beiden eine Verschwörung.
„No, ich muss noch nachdenken. Und nachdem Sie die Blumen besorgt haben, treffen wir uns bei der Therme. Spätestens um zehn."
„Was sollen wir bei der Therme, Commissario? Der Fall ist doch gelöst, unser Mörder sitzt in Untersuchungshaft", staunte Forza aufrichtig, aber immer noch leise über Camilieris vorgeschlagenen Treffpunkt.
In diesem Augenblick hätte der Commissario aus ganzem Herzen gerne „Che idiota" gerufen, um des lieben Hochzeitsfriedens willen und weil alle noch in Hörweite standen, ließ er es aber bleiben und sagte nur: „Fragen Sie nicht, kommen Sie einfach!"
Als sich in diesem Moment die Sonne einen schmalen Pfad durch das regenwolkenverhangene Bergpanorama draußen bahnte und einige vorsichtige Strahlen durch die Fenster in den Speisesaal des Hotels schickte, schien einem festlichen Hochzeitstag eigentlich nichts mehr im Wege zu stehen.

AD FONTEM

Punkt zehn Uhr bog Forza – er hatte den Wagen genommen, um zur Blumenfrau zu fahren – mit quietschenden Reifen um die letzte Kurve vor dem Brücklein, das über den But zur Therme führte, setzte über den Fluss und hielt Millimeter vor Camilieris Zehen. An die Fahrweise seines Mitarbeiters gewöhnt, tat dieser keinen Schritt zur Seite, sondern vertraute unerschütterlich darauf, dass Forza den Bremsweg richtig eingeschätzt hatte.

In dessen Gedanken rumorte es: Der Commissario hatte ihn also hierher bestellt. Zur Quelle. Warum bloß? Wohl kaum, um zu baden.

„Ciao, Commissario", grüßte er beim Verlassen des Alfa Romeo verunsichert, „was tun wir eigentlich hier? Ein letztes Junggesellenbad nehmen?" Er lachte laut und dröhnend, um seine Verunsicherung zu verbergen.

„No, wir gehen noch einmal zurück zur Quelle – ad fontem sozusagen."

Forza verstand gar nichts mehr: „Perché? Der Fall ist doch gelöst, wir haben den Mörder gestern in Tolmezzo den Kollegen übergeben. Haben Sie das schon vergessen? Oder wollen Sie doch nur ein Bad nehmen?" Er lachte abermals, doch die Verunsicherung nahm überhand.

„Forza, wir müssen noch einmal ad fontem gehen. Ich meine das durchaus in der übertragenen Bedeutung des Wortes: zurück zum Ursprung, also zum Ausgangspunkt unserer Ermittlungen. In unserem Fall liegt der Ursprung eben in der Schwefelquelle, in der der Tote schwamm."

„Aber wieso? Wir haben einen Mörder. Was hoffen Sie hier noch zu finden?"

„Die Wahrheit", sagte Camilieri nachdenklich, „deshalb möchte ich mir alles noch einmal ansehen."

„Also, ich weiß nicht, ob Eleonora dafür Verständnis aufbringen wird. Commissario, denken Sie doch nach! Wir wollen heute Nach-

mittag heiraten. Und da machen wir keine fünf Stunden vorher eine Kiste wieder auf, die wir gestern hochoffiziell verschlossen haben?"
„Ich denke die ganze Zeit nach, Forza", antwortete Camilieri ruhig. „Seit wir Carlo festgenommen haben, denke ich nach. Vielleicht irre ich mich ja auch und wir müssen die Kiste, wie Sie das so schön umschreiben, gar nicht wieder öffnen. Doch es sind zu viele Fragen unbeantwortet. Darauf müssen wir schlüssige Antworten finden, mit Carlo als Mörder oder von mir aus auch ohne ihn. Sonst habe ich keine Ruhe. Aber ich sehe derzeit weit und breit keinen Schlüssel, der wirklich sperrt, um bei Ihrer blumigen Bildersprache zu bleiben. Apropos blumig: Haben Sie die Brautsträuße organisiert?"
„Sì. Alles erledigt. Sie werden zu Mittag ins Hotel geliefert."
„Bene", lobte Camilieri.
„Eins wüsste ich aber schon noch gerne, Commissario: Was sagt Signora Lydia dazu, dass wir jetzt in dem Fall wieder mittendrin hängen?"
„Sie weiß von nichts."

*

Im Pfarrhaus herrschte Ruhe. Nach der Frühmesse in einer der von ihm geliebten kleinen, alten Kapellen mit teils mittelalterlicher Bausubstanz – für die Besucher der Morgenmesse unter der Woche genügte das Platzangebot vollauf – war der Padre ohne Umwege in den Pfarrhof zurückgekehrt. Dann nahm er Caffè und ein Cornetto als bescheidenes Frühstück zu sich, um danach die Dokumente der Brautleute auf seinem Schreibtisch zur Unterschrift bereitzulegen. Er ärgerte sich wieder einmal kurz darüber, dass das Bergkirchlein San Pietro immer begehrter für Hochzeiten wurde. An und für sich mochte er die Kirche gern. Was hieß da „mochte", er liebte sie! Die älteste Kirche von ganz Carnia, reiche Reste romanischer Architektur, der Charakter des Gebäudes eindeutig noch wehrhaft, fast wie bei einer Burg. Der Padre lächelte bei dem Gedanken, aber Luthers Kirchenlied „Ein feste Burg ist unser Gott" kam ihm in den Sinn. Ausgerechnet die evangelische Lieddichtung schlechthin, die unter anderem das Eingangsportal der Chiesa Luterana in Florenz zierte! Der abtrünnige Reformator hatte, wenn auch in ganz anderem Zusammenhang, die richtigen Worte gefunden, die perfekt für San Pietro passten. Evangelisch hin, katholisch her, der Vers charakterisierte nun einmal perfekt die gedrungene alte Trutzburg des Glaubens oben auf dem Berg, die weithin sichtbar über dem Talboden des But thronte. Ja, es war ein schöner Platz zum Heiraten, das musste sich sogar der Padre eingestehen. Die Esoteriker würden den Ort wohl Kraftplatz nennen. Der Padre lächelte abermals: Kraftplatz, so ein Quatsch! Wenn einer Kraft verlieh, dann il Dio, der Herr, aber doch kein Platz!

Der Ärger im Padre war verschwunden, so schnell wie er gekommen war. Er würde die zwei Commissari und ihre Bräute schon trauen am Nachmittag und dann würde hoffentlich wieder Ruhe einkehren in Arta Terme. Trotzdem: Es galt, aufzupassen, höllisch aufzupassen. Statt sich zu bekreuzigen, verzog der Padre bei dem frevelhaften Gedanken an den Fürsten der Finsternis zynisch lächelnd die Mundwinkel, er war ja allein und unbeobachtet. Als Kenner der Antike wusste er ohnehin um die Relativität der Religionen Bescheid. Um ein Haar hätte sich der Mithraskult durchgesetzt statt des Christentums. Und dann wäre er heute vielleicht kein katholischer Priester, sondern ein Diener des Mithras, eingeweiht in seinen geheimnisvollen Kult. In der römischen Kaiserzeit hatte Mithras, der unbesiegbare Sonnengott, höchste Verehrung genossen. Kaiser Nero zählte zu seinen Anhängern, Kaiser Commodus genauso. Lange Jahre lieferten sich das Christentum und der Mithraskult ein regelrechtes Match um die Oberhoheit in der Spiritualität der Menschen. Letztlich schlug das Pendel zugunsten des Christentums aus, das heute Weltreligion war, während die Kenntnis um den Sonnengott einigen wenigen archäologisch Interessierten wie ihm vorbehalten blieb. Sogar den Geburtstag von Mithras, in der Antike Anlass großer Feste, hatte man aus der Erinnerung verbannt. Heute feierte ein guter Teil der Menschheit an diesem Tag, dem 25. Dezember, Weihnachten, die Geburt Jesu Christi.

Egal, jetzt war nicht die Zeit für religionstheoretische Überlegungen. Er musste sich in Acht nehmen, denn die Commissari waren nicht das eigentliche Problem. Das Problem stellten eher diejenigen dar, die sie statt des armen Würstchens Carlo verhaften hätten sollen. Doch wann, wo und wie konnte er ihnen das am besten sagen?

*

Inzwischen dampfte es in der Hotelküche aus allen Rohren. Mamma Forza legte sich ins Zeug, Lydia und Eleonora standen hilfreich zur Seite. Sogar Onkel Giorgio leistete wie versprochen seinen Beitrag und kümmerte sich um das Zicklein. Nicht ohne regelmäßig am Cellulare mit der verletzten Küchenchefin im Ospedale Rücksprache zu halten. Noch immer war unklar, wann man sie entlassen würde, doch der Onkel stand sozusagen Gewehr bei Fuß, um in den Lancia zu springen und die gute Frau heimzuholen.
Gravierende und zum jetzigen Zeitpunkt nicht absehbare Probleme ausgeschlossen, würde das Hochzeitsmenü in der vorgesehenen Reihenfolge serviert werden können. Natürlich standen Mamma Forza neben den Bräuten einige weitere Helferinnen und Helfer zur Seite, die zur herkömmlichen Küchenbrigade zu zählen waren. Aber es brauchte eine Oberkommandierende, und dafür eignete sich Elisabetta Forza erstaunlich gut. Sie änderte zwar hie und da einige Kleinigkeiten – so strich sie beispielsweise gleich einmal das zu Beginn des Mahls vorgesehene gekochte Gemüse zum Selbermarinieren.
„Das ist unpraktisch vorzubereiten und verursacht nur Stress, wenn wir von der Kirche zurückkommen", begründete sie den Schritt. Auf Nachfrage, ob die Abänderung des Menüplans denn wirklich vollzogen werden müsse, schob die Mamma ein Argument nach, dem niemand etwas entgegenzusetzen hatte: „Giuseppe mag kein Gemüse."
Um des lieben Hochzeitsfriedens willen verzichtete Lydia auf weitere Gegenwehr und ließ Elisabetta Forza gewähren. Und Eleonora zeigte zumindest in dieser Frage erstaunliche Züge: Sie fand sich vollkommen eins mit der künftigen Suocera. Denn Gemüse waschen, putzen,

schälen und schneiden, das war ihr immer schon ein Gräuel gewesen. Außer ruinierten Fingernägeln war bei dieser Tätigkeit nichts zu holen, sie sah keinen wirklichen Vorteil in gekochtem Gemüse …

Der Sugo für die Nudeln hingegen war bereits so weit gediehen, dass man ihn endgültig abschmecken konnte. Man musste zugeben, Mamma Forza entlockte dem Gemisch aus Zwiebeln, Knoblauch, Tomaten, Salsiccia und frischen Kräutern wie Thymian und Rosmarin, aufgegossen mit ein wenig Vino rosso, ein Höchstmaß an Geschmack. Sogar der herbeigerufene Konditorlehrling lobpries den Sugo und nannte ihn „eindeutig besser als den der Chefin“. So gesehen gut, dass Letztere noch im Ospedale lag, sonst hätte es eventuell den Lehrling nach einer ordentlichen Ohrfeige dorthin verschlagen. Und ebenfalls gut, dass Onkel Giorgio außer Hörweite stand.

Die Antipasti waren bereits appetitlich auf den Tellern angerichtet. Prosciutto, Formaggio, Olive bildeten eine Dreieinigkeit italienischen Geschmacks, die ganz einfach nur begeistern konnte. Bereits das farbliche Zusammenspiel der Bestandteile signalisierte, dass da großer Genuss bevorstehen würde, den man, bis es so weit war, mit Klarsichtfolie vor dem Ausdampfen der feinen Aromen schützte.

Lediglich bei der Cassata siciliana fuxte es den künftigen Pasticciere ein wenig.

Mamma Forza kommentierte: „Ich habe ja gleich gesagt, wir machen eine Gubana. Aber auf mich hört ja niemand.“

Wirklichen Stress verursachte aber auch der Stress mit der Cassata nicht. Bis zur Nachspeise würde es ohnehin noch ein Weilchen dauern. Wie lange, das konnte zu dem Zeitpunkt niemand in der Küche nur ansatzweise ahnen.

Immer wieder blickten die beiden Bräute auf die große Küchenuhr – nur ja nicht den vereinbarten Zeitpunkt für das Treffen beim Padre versäumen. Dazwischen warfen sie zusätzliche Blicke auf ihre Armbanduhren. Die Küchenuhr könnte ja falsch gehen, plötzlich stehen bleiben oder überhaupt eine ganz andere Zeit anzeigen.

*

Camilieri und Forza starrten draußen vor der Therme auf die Stelle, wo sie vor rund 30 Stunden den Knopf gefunden hatten. Den Knopf, der das wichtigste Indiz darstellte, um Carlo zu überführen.
„Commissario, Sie haben es selbst gesehen. Der Knopf fehlt an seiner Jacke."
„Ich hab's gesehen, Forza", bestätigte Camilieri, „bedeutet das aber automatisch, dass Carlo den Knopf hier verloren haben muss?"
„Was sonst?"
„Das heißt doch nur, dass es sein Knopf ist. Und nicht einmal das ist sicher. Solche Knöpfe gibt es zu Hunderttausenden. Er könnte genauso gut an einer anderen Jacke fehlen. Ohne eine DNA-Analyse oder einen Fingerprint weiß man gar nichts sicher."
„Commissario", wandte Forza ein, „wenn Sie so denken, dann wird sogar zweifelhaft, ob in der Bibel der Kain den Abel erschlagen hat."
Camilieri schmunzelte und gab nach: „Okay, nehmen wir an, es ist sein Knopf. Deshalb muss er ihn noch lange nicht an der Stelle verloren haben, wo wie ihn gefunden haben."
„Was dann?"
„Er kann ohne sein Zutun hierher verfrachtet worden sein. Zum Beispiel mit der Leiche."
„Was bedeuten würde", schlussfolgerte Forza, „dass er anderswo Kontakt mit dem Ermordeten hatte. Am Platz, wo der Mord geschah. Und was machte er dort? Er hat sein Opfer um die Ecke gebracht. Dass der Bedauernswerte nicht in der Therme getötet wurde, wissen wir inzwischen ja. Das genügt: Er ist der Mörder, wie man es auch dreht und wendet."
„No. Für den Knopf kann es noch ganz andere Gründe geben", meinte Camilieri nachdenklich.
Forza verdrehte die Augen nach oben.
„Welche?", fragte er, obwohl er am liebsten laut geschrien hätte: „Diese verdammte Haarspalterei!"
„Jemand hat Carlo den Knopf abgerissen – an einem völlig anderen Ort. Bei ihm daheim in Grado vielleicht. Und später hat er den Knopf

absichtlich unter dem Fenster fallen lassen, um den Verdacht auf Carlo zu lenken. Carlo selbst war aber gar nie hier. Plötzlich hätte die Geschichte, die er uns aufgetischt hat, wieder Hand und Fuß."

„Aha."

„Nächste offene Frage", setzte Camilieri fort. „Warum um alles in der Welt fährt der Mann nach zwei Morden wieder zu sich nach Hause, wo er leicht zu finden ist, wie wir selbst feststellen konnten? Wir haben ihn problemlos innerhalb weniger Stunden geschnappt. Wieso flieht er nicht sofort, sondern erst Stunden später? Glauben Sie mir, Forza, ich habe das schon stundenlang heute Nacht in Gedanken immer und immer wieder durchgekaut, aber noch keine Antwort gefunden. Wissen Sie eine?"

Forza verzog skeptisch die Lippen.

„Keine Ahnung, Commissario, aber die Mörder ticken doch alle nicht richtig."

„Das ist keine Erklärung. Und warum bringt er seinen Kumpanen nicht auf offener See um, wo die beiden fast täglich mutterseelenallein hinausgefahren sind? Dort hätte er keine Zeugen und die Leiche müsste er auch nicht aufwendig entsorgen. Ab mit ihr ins Meer, mit ein wenig Glück findet man sie niemals."

„Keine Ahnung. Wie ich schon sagte, Commissario, Carlo dürfte kein Einstein sein. Vielleicht hat er einfach nicht daran gedacht."

„Ein schwaches Argument", sagte Camilieri, „aber es gibt noch mehr Rätsel. Gehen wir rein!"

„Commissario, die Therme ist polizeilich versiegelt!"

„Forza, wir sind die Polizei."

„Aber die falsche."

„So kenne ich Sie gar nicht", meinte Camilieri ein wenig ironisch, „Sie entwickeln sich ja zum richtigen Spielverderber."

Das sagte man einem Giuseppe Forza nicht zweimal. Er eilte am Commissario vorbei, gerade dass er ihn nicht umrannte, weg vom Thermenfenster, unter dem sie standen, hin zur Tür. Camilieri wunderte sich, wie flink er laufen konnte. Beim Eingang angelangt, holte er ein nützliches Bündel an Nachschlüsseln aus der Jackentasche und hatte die Tür in Kürze offen. Das Siegel riss er ab.

Drinnen beim Becken stehend, fragte der Commissario: „Wieso hat er die Leiche überhaupt hierher geschleppt? Wieso wollte er, dass sie im Wasser gefunden wird?"

„Das haben doch Sie selbst schon schlüssig vermutet, Commissario! Aller Wahrscheinlichkeit nach, um jemandem zu drohen!"

„Stimmt, Forza, das habe ich vermutet. Aber wahrscheinlich ist nicht sicher. Außerdem: Wem wollte er drohen? Wenn er der Mörder ist, wen hätte er warnen wollen, ihm nicht ins Gehege zu kommen? Wen hätte er mit der Leiche als Anschauungsexemplar, was geschieht, wenn man seine Kreise stört, disziplinieren wollen?"

„Keine Ahnung. Er wird's schon ausspucken in der Untersuchungshaft."

„Vorausgesetzt, er ist der Täter, was ich immer mehr bezweifle, je länger ich darüber nachdenke. Solche drastischen Maßnahmen zur Warnung setzen normalerweise nur die Leute an der Spitze. Das kenne ich zur Genüge, glauben Sie mir, Forza, schließlich stamme ich aus Sizilien. Das ist die Handschrift eines Netzwerks à la Mafia. Und nicht das Werk eines Unterläufers, wie Carlo einer ist. Oder meinen Sie, einer der Bosse würde mit einem altersschwachen Motorboot nach Barbana raustuckern, um abzuhauen? No, no, da würde eine Jacht vorfahren, wie Sie sie noch nie gesehen haben. Die hätten wir mit unserem greisen Capitano garantiert nicht eingeholt. Nein, Carlo stand nicht ganz oben, der stand weit unten. Also hätte eine Warnung seinerseits höchstens eins bewirkt: dass man ihn zuerst ausgelacht hätte, um ihn dann wegen Anmaßung als Nächsten aus dem Weg zu räumen."

„Wenn Sie glauben, Commissario. Aber wieso mussten wir für diese Erkenntnis in die Therme einbrechen?"

„Wir sind nicht eingebrochen, wir sind nur an den Platz der ersten Ermittlungen zurückgekehrt, weil wichtige Fragen offen geblieben sind. Es schlussfolgert sich besser am Ort des Geschehens als daheim im Kämmerchen. Und noch etwas, Forza“, fuhr Camilieri fort, „woher konnte Carlo wissen, dass uns der Nachtwächter entscheidende Informationen geliefert hat? Weshalb man den armen Mann in der Folge vermutlich ja getötet hat.“

„Wenn ich mich recht erinnere“, antwortete Forza nach kurzem Nachdenken, „hat sogar der Padre erzählt, dass man ihn bereits bei der Frühmesse über den Mord informiert hat. Das hat sich in diesem Kaff schnell herumgesprochen.“

„Stimmt, aber Carlo hätte zu diesem Zeitpunkt längst wieder unterwegs nach Grado sein müssen. Oder glauben Sie, er hat zur Buße für den begangenen Mord noch rasch die Frühmesse besucht und dabei den Tratsch der Leute aufgeschnappt?“

„Wohl kaum“, schätzte Forza, langsam unsicher werdend ob der vielen Ungereimtheiten, die man wahrlich nur mehr schwer wegstecken konnte, ohne Selbstbetrug zu begehen.

„Eben“, bekräftigte Camilieri, „unser Mörder muss also sehr gut vernetzt sein, um so schnell zu erfahren, dass vom plauderfreudigen Nachtwächter Gefahr drohte. Vielleicht würde sich der Securitymann später ja noch an weitere für die Ermittlungen wichtige Details erinnern? Deshalb leitete der Mörder quasi vorbeugend die entsprechenden Maßnahmen ein, sprich: Die unbequeme und gefährliche Plaudertasche wurde ebenfalls ermordet und damit stillgestellt.“

„Also doch die Mafia“, seufzte Forza.

„Zumindest ein vergleichbares Netzwerk“, bestätigte Camilieri.

In diesem Augenblick vernahm man ein Geräusch. Irgendwo weit hinten in der Düsternis des unbeleuchteten Thermengebäudes, durch dessen getönte Fenster das Tageslicht nur schal hereinfiel, bewegte sich etwas. Oder jemand.

Camilieri flüsterte: „Forza, haben Sie Ihre Waffe mit?“

„Scusi, Commissario, leider nicht“, flüsterte der Angesprochene zurück, „die liegt im Nachtkästchen im Hotel.“

„Das entspricht aber nicht den Dienstvorschriften.“

„Ausgerechnet Sie müssen mir das sagen! Als ob Sie sich je um Dienstvorschriften gekümmert hätten!"
„Stimmt", gestand der Commissario zerknirscht, „meine Knarre liegt ebenfalls im Nachtkästchen. Nur halt im Nebenzimmer."
Waren das noch Zeiten, als in Hotelzimmernachttischen höchstens Bibeln lagen!
Erneut war das Geräusch zu hören: Als schlüge etwas gegen die Fensterscheiben, der dumpfe, hohle Klang modernen Verbundglases.
„Da will wer raus!", vermutete Forza beinahe tonlos.
„Kommen Sie", antwortete Camilieri genauso leise, „schauen wir nach!"
Unbewaffnet und dementsprechend vorsichtig näherten sich die zwei Ermittler der Stelle, von der sie das Geräusch vernahmen. Nach wie vor herrschte beträchtliche Dunkelheit. Das diffuse Tageslicht leuchtete kaum die vielen Ecken und Nischen aus, denn die Architektur des Thermeninneren war natürlich für elektrische Beleuchtung während des Betriebes ausgelegt, ohne Neonröhren blieb alles duster.
„Ich kann mir beim besten Willen nicht vorstellen", flüsterte Camilieri im Voranschleichen, „dass sich hier irgendwer erlaubterweise aufhält. Die Kollegen aus Tolmezzo sind schon gestern abgezogen. Nach der Ablieferung Carlos hatten sie auch keinen Grund, noch einmal hierher zurückzukehren. Wer verdammt noch mal hämmert da bloß gegen die Scheiben?"

*

„Ist das Ihr Ernst? Ihre Schwester kocht in meiner Küche? Aber sie ist doch Gast!"
Am liebsten wäre die Wirtin aus dem Krankenbett im Ospedale gestiegen und sofort nach Arta Terme gefahren, um nach dem Rechten zu sehen. Entgegen Onkel Giorgios Versicherung, alles sei in bester Ordnung, schien ihr die Situation dort, konkret in ihrem Hotel und da wiederum in ihrer Küche, ein wenig aus dem Ruder zu laufen.

„Keine Sorge, Carissima“, versuchte der Onkel sie zu beruhigen, „meine Schwester macht das gerne. Und sie kann auch gut kochen – kein Vergleich natürlich zu Ihren kulinarischen Künsten. Lassen Sie es mich so formulieren: Während Sie die Stradivari spielen, spielt sie höchstens die zweite Geige. Aber es handelt sich um einen Notfall und dank Ihrer wunderbaren Vorbereitungen ist das Ganze ja nur mehr ein Klacks.“ Er setzte sein strahlendstes Lächeln auf und bevor die Hotelchefin eine Widerrede starten konnte, sprach der Onkel schon weiter: „Ich helfe persönlich in der Küche mit. Zicklein zählt zu meinen Spezialitäten, jedes Jahr zu Ostern bereite ich es zu.“
Die gute Frau staunte, als sie ihn über ihren hochgelagerten Gipsfuß hinweg ansah. „Na dann“, meinte sie, beinahe ein wenig amüsiert, wobei nicht klar war, ob es sich um Galgenhumor oder echte Heiterkeit handelte, „mir ist das aber gar nicht recht, Signor Giorgio. Was macht das für ein Bild, wenn die Gäste in meinem Hotel selbst kochen müssen? Wenn sich das herumspricht!“
„Es wird sich nicht herumsprechen“, beruhigte Onkel Giorgio sie.
„Sobald es der Padre weiß ...“, gab die Hotelchefin zu bedenken.
„Außerdem sind wir keine Fremden“, redete Onkel Giorgio weiter sanft auf sie ein. „Ich fühle mich fast schon zur Famiglia gehörig.“
„So rührend, wie Sie um mich sorgen, könnte man das ohne Weiteres glauben.“

*

Das Klopfen gegen die Fensterscheiben entwickelte eine schöne Regelmäßigkeit. Fast hätte man es für Morsesignale halten können. Vorsichtig rückten Camilieri und Forza weiter in die Richtung vor, aus der die Geräusche ertönten.
„Wieso will er unbedingt durchs Sicherheitsglas der Fenster? Warum nicht durch die Tür?“, fragte Forza leise.
„Vielleicht weil er das Siegel nicht zerbrechen will?“, gab Camilieri tonlos zu bedenken. „Er kann ja nicht wissen, dass Sie es vorhin bereits zerstört haben.“

Forza schaute böse drein. „Und wie ist er reingekommen?“
„Vielleicht hat er sich während der Ermittlungen versteckt. Da ist es ja zugegangen wie in einem Vogelhaus. Ein Eindringling wäre in dem Durcheinander wohl nicht aufgefallen. Und dann hat er sich einsperren lassen.“
Schritt für Schritt tapsten die zwei vorwärts, dem ungewöhnlichen Lärm entgegen. Im Halbdunkel ließ sich nicht viel erkennen, eher nebulose Schemen statt klarer Umrisse. Man mochte gar nicht glauben, dass ein wenig elektrisches Licht diese Düsternis, die wie die Lagune von Grado im späten Novembernebel anmutete, in eine lebhafte, pulsierende und wohltuende Wellnesswelt zu verwandeln imstande war.
Plötzlich ein Klappern, als sei etwas umgefallen, gefolgt von einem Flattern.
Ein Vogel!
Knapp vor den beiden Kriminalbeamten stieg das Tier in die Luft auf, um vom Thermendach sofort wieder in seinem Höhenflug eingebremst zu werden.
„Donnerwetter“, schreckte sich Forza.
„Che idiota!“, schimpfte Camilieri.
Es war unklar, ob er damit den Vogel meinte oder sich selbst, der sich vor einem Vogel ins Bockshorn hatte jagen lassen. Nur Forza galt das Schimpfwort dieses Mal sicher nicht.
„Wir sind zwei schöne Trottel!“, erregte sich Camilieri weiter. „Pirschen wie zwei alte Jäger einem Federvieh nach.“
Nervös flatterte der Vogel auf und ab und schnäbelte aggressiv gegen die zwei vermeintlichen Eindringlinge, die ihn aufgescheucht hatten.
Als sie dem verängstigten Tier ziemlich nahe gekommen waren, schreckte sich Forza ein zweites Mal: „Per amor di Dio! Ein Kauz! Das ist der Totenvogel.“
„Wie passend“, meinte Camilieri trocken.
„Spotten Sie nicht! Der Vogel kündet von künftigen Toten, nicht von den vergangenen. Mamma bekreuzigt sich jedes Mal, wenn sie den Schrei des Kauzes vernimmt, damit nichts passiert.“

„Und das hilft?"
„Ich weiß es nicht, Commissario", antwortete Forza, „bei meinem Babbo hat es nichts geholfen. Bevor er gestorben ist, hat der Kauz geschrien. Und kurz darauf war er tot. Beängstigend."
„Tut mir leid, Forza. Aber das war ein Zufall. Was kann denn das arme Tier dafür? Wahrscheinlich haben die Kollegen aus Tolmezzo nicht einmal das Fenster, durch das man die Leiche hereingeschafft hat, geschlossen, bevor sie hier abgezogen sind. Da ist auch der Vogel reingeflogen. Kein Wunder, ringsum ist viel Wald. Und jetzt findet er nicht mehr hinaus."
„No, Commissario", zeigte sich Forza nach wie vor erschüttert, „das ist ein Zeichen."
„Reden Sie keinen Quatsch! Schauen wir zu, dass das arme Viech wieder rauskommt. Los, helfen Sie mir, das Fenster zu öffnen!"
Es war gar nicht so leicht, im Halbdunkel und unter der ständigen Bedrohung, vom aufgeschreckten Kauz attackiert zu werden, das große, schwere Fenster aufzumachen. Nach einigem Herumnesteln glückte aber das Vorhaben. Kaum war der Fensterflügel geöffnet, flatterte der Vogel in die Freiheit.
Von ferne schlug eine Kirchenglocke. Keiner der beiden zählte die Schläge mit. Trotzdem wurde ihnen, bevor noch der letzte Schlag verklungen war, schnell klar: Es war elf Uhr!
„Merda", schimpfte Camilieri, „wir sollten längst beim Padre sein. Los, Forza, jetzt können Sie wirklich zeigen, was in Ihnen und dem Alfa steckt!"
Die zwei stürzten aus der Therme hinaus zum Auto.

*

Der erste Faustschlag in die Magengrube war noch einigermaßen erträglich gewesen. Beim zweiten konnte er sich kaum noch auf den Beinen halten, klappte wie ein Taschenmesser in der Mitte zusammen. Den dritten Faustschlag konnte der Angreifer deshalb nicht mehr in den Bauch setzen, sondern er drosch dem Eingeknickten mit

Wucht auf den Hinterkopf. Das reichte fürs Erste, um eine eindrucksvolle Drohung auszusprechen.
„Überzeugt dich das? Du gestehst schön brav die zwei Morde!"
Carlo atmete, am Boden liegend, schwer. Er spuckte aus. Ob sich Blut unter den Speichel gemischt hatte, konnte man im hintersten Winkel der Toilette nicht erkennen. Nicht einmal in Untersuchungshaft war man sicher, durchzuckte es sein Gehirn zwischen den Schmerzimpulsen, und er hätte lachen wollen, hätte er können.
„Aber ich war's nicht!", stammelte er.
„Das interessiert die Bosse nicht. Und die Polizei glaubt dir ohnehin kein Wort. Also halt das Maul, bevor ich es dir stopfe." Plötzlich gab sich der Angreifer nun versöhnlich: „Schau, du hast die Wahl: Entweder gestehst du endlich die Morde, dann kannst du deinen Lebensabend in beschaulicher Gefängnisruhe verbringen. Da geht dir nichts ab. Drei Mahlzeiten am Tag, Fernsehen, Sport, Bibliothek. Und nach fünfundzwanzig Jahren kannst du ernsthaft an ein Gnadengesuch denken. Du bist ja noch jung. Wenn du wieder rauskommst, befindest du dich gerade erst im besten Mannesalter. Oder du gestehst nicht. Dann hast du keine ruhige Minute mehr. Sie werden dich finden, wie ich dich gefunden habe. Aber sie werden nicht so nett mit dir umgehen wie ich. Dann gibt's für dich kein bestes Alter mehr, verstehst du?"
Zur Unterstreichung seiner Worte trat er mit dem Fuß gegen Carlos Gesicht.

*

Eleonora schaute angestrengt aus der Tür des Pfarrhofs und suchte, verzweifelter und verzweifelter werdend, den Vorplatz und die Zufahrtsstraße ab. Doch da war nichts, besser gesagt: Da war niemand.
„Ich hab's gewusst", klagte sie, „letztendlich geht es doch noch schief!"
Lydias Stimme tönte beruhigend von drinnen: „Beruhige dich, sie kommen noch."

Der Padre zeigte sich ebenfalls beunruhigt und verärgert: „Pünktlichkeit zählt nicht gerade zu den Stärken Ihrer künftigen Männer. Da werden Sie aufpassen müssen!“
„Worauf?“, fragte Lydia.
„Dass sie Ihnen nicht auf der Nase herumtanzen“, gab der Padre von sich. „Ich kenne genug Beispiele: ins Caffè statt pünktlich heim zum Mittagessen und nach Dienstschluss in die Bar, länger als für den traditionellen Aperitivo nötig. Irgendwann kommen sie dann gar nicht mehr nach Hause.“
„Sie verstehen es aber“, wunderte sich Lydia gereizt, „Trost und Zuversicht auszusprechen. Vor der Hochzeit schon den Teufel an die Wand malen!“
Der Padre bekreuzigte sich bei der Erwähnung des Wortes Teufel, wie man es von einem Mann Gottes erwarten durfte.
Eleonora rief von draußen, sie hatte alles mitgehört: „Aber recht hat er! Wenn man da nicht aufpasst, ist man verkauft!“
Armer Giuseppe Forza, dachte Lydia. Sie empfand Mitleid mit dem Mann aus Cividale.
Doch in dem Moment kam Bewegung in die Sache, und zwar in Form eines wohlbekannten Alfa Romeo, der im Höllentempo auf der Zufahrtsstraße zum Pfarrhaus auftauchte. So schnell, dass er beinahe im selben Augenblick, in dem er sichtbar geworden war, auch schon vor dem Pfarrhaus einparkte. Camilieri blickte verstohlen auf die Uhr und nickte Forza anerkennend zu.
„Na endlich“, sagte der Padre, dem die ersehnte Ankunft der Bräutigame nicht entgangen war, drinnen laut.
Und Eleonora meinte anstelle eines Grußes: „Das muss sich ändern, Giuseppe! Das sage ich dir hier und jetzt sehr, sehr deutlich. Sonst kommst du mir bald nicht mehr zum Mittagessen nach Hause und hängst nach Dienstschluss nur mehr in der Bar herum. Und irgendwann bleibst du dann ganz aus.“
Forza verstand nicht, was Eleonora ihm sagen wollte. Schließlich waren er und Camilieri gerade einmal zehn Minuten zu spät gekommen. Doch

seine Erwiderung, dass Eleonora und er vermutlich auch in Zukunft nicht zu Hause mittagessen, sondern wie bisher an ihrer Dienststelle mit einem kleinen Imbiss vorliebnehmen würden, blieb ungehört.
Denn der Padre drängte: „Avanti, avanti, meine Herren, ich habe schließlich auch anderes zu tun. Bringen wir die Formalitäten also hinter uns. Ich darf Sie um die Unterschriften bitten, dass alles wie vorgesehen abgehandelt wurde. Dass Sie also über die Rechte und Pflichten der Ehe Bescheid wissen. Diesbezügliche Fragen kann ich natürlich gerne beantworten. Aus zeitlichen Gründen wäre es mir aber lieber, wenn es keine Fragen gäbe."
„Scusi", entschuldigte sich Camilieri, „aber wir wurden aufgehalten. Von einem Vogel."
„Von einem Vogel?", fragten der Padre, Eleonora und Lydia gleichzeitig erstaunt.
„Nun ja", mischte sich nun Forza ein, „es war kein gewöhnlicher Vogel. Sondern ein Kauz."
„Na und?", fragte Eleonora.
„Carissima", antwortete er mit leiser gewordener Stimme, „das ist der Totenvogel."
Eleonora erschrak.
„Kein Grund, sich zu fürchten", versuchte der Padre sie zu beruhigen. „Es gibt da zwar diesen alten Aberglauben, aber aus christlicher Sicht gibt es natürlich keinen Totenvogel."
„Sehen Sie, Forza!", meinte Camilieri, zufrieden mit der unerwarteten argumentativen Schützenhilfe. „Vielleicht glauben Sie es ja ihm."
„Ich weiß nicht, das kann ein ganz schlechtes Omen sein."
Lydia hatte natürlich auch ein paar Hintergrundinformationen beizusteuern: „Die alten Römer setzten große Stücke auf den Aberglauben. Sie befragten Eingeweide über die Zukunft. Aus allem und jedem lasen sie irgendwelche Vorzeichen heraus. Es gab eigene Berufsstände, die sich mit Vorhersagen beschäftigten. Ovid schreibt, dass ein Uhu Caesars Ermordung angekündigt haben soll: ‚Tristia mille locis Stygius dedit omina bubo' – an tausend Plätzen bot der todkündende Uhu

unheilvolle Vorzeichen. Aber das entspricht nur dem Aberglauben eines antiken Volkes, sonst nichts. Aus heutiger Sicht ist das alles natürlich reiner Humbug."

„So ist es", bestätigte der Padre, „aus römisch-katholischer Sicht gibt und nimmt nur einer das Leben: der Herrgott. Und der braucht keine Vögel dafür."

„Ihr Wort in Gottes Ohr", zeigte sich Forza immer noch nicht restlos überzeugt.

„Das können Sie mir glauben, mein Sohn, doch statt hier über antiken Aberglauben zu schwadronieren, sollten wir endlich den Formalakt über die Bühne bringen. Ich darf Sie an meinen Schreibtisch bitten, um die Dokumente zu unterzeichnen."

Und dann folgte ein weiterer wichtiger Schritt hin zur planmäßigen Durchführung der Hochzeit an diesem Tag in Arta Terme, der noch als denkwürdig in die Ortsgeschichte eingehen sollte. Zuerst unterschrieb Lydia, dann Camilieri. Der Padre bestätigte ebenfalls mit Unterschrift, dass alles korrekt abgelaufen sei. Der Commissario bewunderte die geschwungene Unterschrift des Gottesmannes und staunte gleichzeitig darüber, dass der Padre offenkundig die lateinische Variante seines Vornamens auch in schriftlicher Form bevorzugte: „Paulus" prangte in schönen, runden Buchstaben vor ihnen auf dem Papier. Richtig, das hatte ihnen der Padre vorgestern erzählt, als sie zur Hochzeitskapelle hinaufgefahren waren ... Dann unterzeichneten Eleonora und Forza ebenfalls, wiederum vom Padre beglaubigt. Paulus ... Tief drinnen in Camilieri begann etwas zu arbeiten, was er nicht festmachen konnte, noch nicht ...

Kaum war die Tinte getrocknet, klappte der Padre die Dokumentenmappe zu.

„Wir sehen uns dann um fünfzehn Uhr zur Trauung in San Pietro. Und seien Sie dieses Mal bitte pünktlich, nicht dass ein weiterer Aberglaube Ihrer Hochzeit dazwischenkommt."

Dann, bereits im Hinausgehen, denn er ließ die vier Gäste einfach in seinem Pfarrhof stehen, ohne irgendwelche Anstalten zu machen, sie hinauszubitten, die Tür abzuschließen oder irgendetwas dergleichen, fasste sich der Padre ein Herz und fügte hinzu: „Commissario, wenn Sie vielleicht nach der Hochzeit ein paar Minuten Zeit für mich hätten, ich wäre Ihnen sehr verbunden."

Und weg war er, ohne eine Antwort abzuwarten.

Camilieri wunderte sich kurz über den Abgang des Padre. Der Vorschlag, gemeinsam einen kleinen Mittagsimbiss einzunehmen, bevor es endgültig ans Heiraten ging, lenkte ihn aber sogleich ab. Hoffentlich, dachte er, würde sich das Wetter bis zum Nachmittag bessern. Denn soeben hatten sich wieder dicke schwarze Wolken vor die zwischenzeitig zaghaft durchblinzelnde Sonne geschoben und es begann zu nieseln. Die Regenschirme gingen auf.

CARNORUM REGIO

Während der Autofahrt in Richtung Mittagessen kamen Claudio Camilieri und seine Braut einmal mehr auf eine Frage zu sprechen, die den Commissario beschäftigte: Warum sprach in Arta Terme – gerade einmal zwanzig Kilometer von der österreichischen Grenze entfernt – kaum jemand Deutsch? Das stellte freilich keinen Einzelfall dar, sondern war im gesamten italienischen Teil Karniens verbreitet. „Ein echtes Stück Italien also", wie der Commissario stolz meinte, obwohl nicht nur die Berge die enge Verwandtschaft mit dem übrigen Alpenraum verrieten. Auch das Essen tat dies: Schinken und Speck, die mit Pane genossen oder zu deftigen, aber wohlschmeckenden Speisen verkocht wurden – im Bergdorf Sauris, das Claudio und Lydia von ihrem letzten Aufenthalt dort gut kannten, hatten sie ihre Vollendung gefunden. Käsespezialitäten, nicht cremig fein, sondern deftig hart wie die Felsen der Bergwelt ringsum und ganz anders als im Rest Italiens ... Pilze, die, in den weiten Wäldern zahlreich wachsend, so manches Nudelgericht veredelten ... Die vielen wilden Kräuter, die die karge Natur reichlich schenkte und die den Omeletts, den Frittate, ihre charakteristische Würze verliehen ... Frico und Polenta, Rollgerstensuppe – viele Gerichte zeugten von der einstmals ärmlichen, bäuerlichen Struktur der Region, allen voran Musèt e Brovade, gekochte Wurst mit sauren Rüben, streng im Geschmack, aber heute längst vom Arme-Leute-Essen zu einer Spezialität verwandelt, die auch der Sizilianer und die Österreicherin zu schätzen wussten.
Nicht umsonst hatte Camilieri also diese Ecke der „Regio Carnorum", des Gebiets der Karnier, für seine Hochzeit gewählt – benannt nach dem gleichnamigen Volksstamm. Die Carni, auf Deutsch eben Karnier, waren jene Kelten gewesen, die in diesen uralten Siedlungsraum bereits lange vor Christi Geburt einströmten. Später kamen sie in Kontakt mit den Römern, die sich vom Süden her ausbreiteten, und wurden langsam assimiliert. Es galt die römische Devise, dass die

eroberten Völker ihre Gewohnheiten beibehalten durften, vorausgesetzt, sie erkannten den Machtanspruch der Römer an. Der dauerhaften Absicherung eben dieses römischen Anspruchs diente unter anderem die Via Julia Augusta, über die Camilieri nun bereits bestens informiert war.

Auch davon, was nach den Römern in der Region passiert war, hatte Lydia ihm bereits ausführlich berichtet, denn ganz so für die Ewigkeit war freilich nicht einmal das Imperium Romanum geschaffen gewesen: „Im Zuge der Völkerwanderung wurde der norditalienische Raum gehörig aufgemischt. Eine große Zeit der Umwälzungen. Zuerst folgten die Langobarden, die von ihrem Zentrum Cividale aus (nicht nur) Karnien beherrschten. Die Machtverhältnisse verschoben sich in der Folge: Julium Carnicum verlor seine Bedeutung, der Bischof verlegte seinen Sitz nach dem Langobardeneinfall zuerst in die Bergkirche San Pietro, die ja wirklich wie eine Trutzburg über dem Tal des But thront. Später ging der Bischof dann nach Cividale. Danach entwickelten sich Aquileia und Grado zu den geistlichen Zentren. Wer gerade herrschte, gab die Richtung vor und alle hinterließen sie ihre Spuren."

Trotz der gemeinsamen Geschichte musste Camilieri bei der Fahrt einmal mehr daran denken, wie anders als der Rest Friauls sich Carnia heute zwischen der Landesgrenze und dem Tagliamento mit den hohen Berggipfeln und den tiefen Wäldern präsentierte. Hier herrschten Schifahren, Bergsteigen, Wandern und ein wenig Wellness vor, während dort das nahe Meer Küche, Kultur und Freizeit dominierte. Nur eines war beiden gemeinsam: Da wie dort waren die Schurken böse ...

*

... und die Hotelchefinnen erzürnt, wenn die Gäste in ihren Küchen kochen. Letztlich hatte auch Onkel Giorgio kein Argument mehr gefunden, warum sie nicht mit Gips in der Küche aufmarschieren sollte. In IHRER Küche.

Und so zwängte sie sich auf dem Parkplatz des Ospedale in Onkel Giorgios alten Lancia. Gut, dass die Ingenieure bei der Konzeption des Flavia Berlina vor rund sechzig Jahren noch andere Prioritäten im Sinn gehabt hatten als heute. Es zählten Werte wie Raumgefühl, Komfort und Platzangebot. Statt serienmäßigem Navigationsgerät und Bordcomputern, die sowieso keiner bedienen konnte, setzte man auf Ellbogenfreiheit, weit aufschwingende Türen und Platz für die Knie. Vor allem Letzteres kam jetzt der gipsbewehrten Signora zugute.

Onkel Giorgio wieselte währenddessen rührend besorgt um die Limousine herum, um bei der Dame einmal hinten sacht zu schieben, dann wieder vorne sanft zu ziehen. Nachdem er seine teure Fracht einigermaßen sicher verstaut hatte, klemmte er sich hinter das Steuer und chauffierte sie behutsam zurück ins Hotel.

Das Aussteigen gestaltete sich ähnlich schwierig wie das Einsteigen, aber dann war es schließlich geschafft: Die Chefin war zurück! Mit den von Onkel Giorgio vorausschauend besorgten Krücken – der Mann kannte wirklich überall jemanden, der helfen konnte oder zumindest jemanden kannte, der helfen konnte – humpelte sie in ihr Reich und sah ..., dass eigentlich alles funktionierte.

Zugegeben hätte sie das freilich nie und nimmer. Deshalb regte sie sich vorsorglich gleich einmal auf, aber schaumgebremst, schließlich handelte es sich um Gäste, auch wenn diese in der Küche hantierten wie Personal. Sie schüttelte den Kopf, so etwas hatte sie wirklich noch nie gesehen. Und man kann davon ausgehen, dass eine Hotel- und Küchenchefin in den Vierzigern, die im Hotel aufgewachsen war und deren Lego-Steine rund um die Rezeption gelegen waren, bereits einiges erlebt hatte.

„Signora Forza“, sagte sie, „per amor di Dio – was um Gottes willen tun Sie da?“

„Ich koche“, gab die Angesprochene den Sachverhalt nüchtern, aber durchaus korrekt wieder.

„Aber das dürfen Sie doch nicht!“

„Perché? Ich koche seit sechzig Jahren.“

„Sie sind doch hier zu Gast!“

„Na und?“, fragte Elisabetta Forza. „Immerhin bin ich die Mamma eines der Bräutigame. Wenn mich auch der eigene Figlio von den Hochzeitsvorbereitungen ausgeschlossen hat, freue ich mich dennoch, meinen Beitrag leisten zu können. Jetzt überhaupt, wo Sie außer Gefecht gesetzt sind.“

„Sehen Sie“, meinte Onkel Giorgio, „ich habe Ihnen ja gesagt, Carissima, dass es ihr überhaupt nichts ausmacht. Im Gegenteil, sie freut sich und ist stolz darauf, helfen zu können.“

„Wessen Idee war das überhaupt?“, erkundigte sich die noch immer überrumpelt wirkende Hotelbesitzerin mit einem Anflug von Resignation. „Doch etwa nicht Ihre, Signor Giorgio?“

„No!“, wehrte dieser ab. „Alles täte ich, um Ihnen zu helfen, aber auf so einen Gedanken wäre ich wirklich nicht gekommen.“

„Grazie.“ Eher unterkühlt, ohne „mille“, „tante“ oder einen anderen emotionalen Zusatz dankte die Chefin für des Onkels uneingeschränkt bekundete Hilfsbereitschaft. Es klang so unitalienisch, dass Onkel Giorgio sogar ein wenig stutzte. Er schob die Befindlichkeit allerdings dem kaputten Bein zu und nicht dem Ärger über fremde Leute in ihrer Küche.

Elisabetta Forza durchbrach den kurzen Moment aufkeimender Peinlichkeit, ja Missstimmung, indem sie auf die Frage, die noch im Raum stand, antwortete: „Es war die Idee der Österreicherin. Lydia hat mich gefragt, ob ich mir vorstellen könnte, in der Küche das Kommando zu übernehmen.“

„Questi Austriaci!“, rief die Hotelchefin. „Manchmal bin ich wirklich froh, dass der Passo di Monte Croce Carnico zwischen uns liegt, wenn sie mir mit solchen Ideen daherkommen!“

Damit spielte sie auf den nur wenige Kilometer entfernten Grenzübergang am Plöckenpass an. Bald war jedoch der Ärger wieder verflogen, und Mamma Forza erklärte, was inzwischen alles vorbereitet worden war. Die Hotelchefin merkte rasch, dass es nicht mehr viel zu tun gab, bis die hungrigen Hochzeiter nach der Zeremonie eintreffen würden. Und so genoss sie innerhalb weniger Minuten einen Cappuccino, Aqua minerale naturale senza gas direkt aus dem Bergquell, einen Schluck Vino rosso und ein Cornetto, liebevoll von Onkel Giorgio serviert. Dieser benahm sich, man muss es so sagen, wie ein verliebter Gockel. Elisabetta Forza schüttelte deswegen unentwegt den Kopf, wenn er im Minutentakt mit dem Tablett in der Küchentür auftauchte. Fast befürchtete sie, aus der Doppelhochzeit könnte noch eine Dreifachhochzeit werden, wenn ihr Fratello so weiter balzte. Ein schwerer Irrtum, wie sich sehr, sehr bald herausstellen sollte ...

*

Man hatte für den kleinen Imbiss nicht das Hotelrestaurant gewählt. Dort herrschte aus nachvollziehbaren Gründen eine gewisse Hektik, die sich mit der so knapp vor der Hochzeit vorhandenen Grundnervosität der Bräute und der infolge der unbefriedigenden Ermittlungsergebnisse latenten Anspannung vor allem bei Camilieri schnell zu einem Streit aufgebauscht hätte, der schon vor der Hochzeit zur Scheidung geführt hätte. Aber die Bar, in der Lydia und Eleonora bereits einmal gesessen waren, bot alles, was man für einen einfachen Imbiss benötigte: Toast, Tramezzini, Panini mit allerlei Füllungen, auf Wunsch auch caldo, also warm, was vor allem mit der Prosciutto- und Mozzarella-Einlage hervorragend harmonierte. Und bezüglich der Weinauswahl musste man sich selbst im kleinsten italienischen Beisl keine Sorgen machen.
Zum Mittagessen war plötzlich auch der Hundeführer wieder da. Am späten Abend war er aus Tolmezzo mit Camilieri und Forza zurück nach Arta Terme gefahren, weil er ja Gast der Hochzeit war. Der Hundeführer erklärte nun seine Abwesenheit damit, dass er in Cividale sein Auto geholt habe, dessen Elektronik man inzwischen repariert hatte. Die Fahrt mit dem Bus der SAF, der örtlichen Regionalbuslinien-Gesellschaft, von Arta Terme nach Cividale habe eben so lange gedauert. „Eine Weltreise", wie der Hundeführer seufzte. Lydia dachte jedoch, dass er bei ihr daheim in der Steiermark für eine Überland-

fahrt mit den öffentlichen Verkehrsmitteln sicher doppelt so lange benötigt hätte. Ohne fahrbaren Untersatz, so der Hundeführer weiter in seinen Erklärungen, fühle er sich nun einmal nackt und bloß. Forza nickte voll Verständnis. Auch Camilieri schien die Geschichte zu schlucken, die in Wirklichkeit nur die halbe Wahrheit war. Denn der wahre Grund seiner Reise lag in dem Überraschungsgeschenk, das der Hundeführer abgeholt hatte und das er stellvertretend für die Kollegen, die trotz Hochzeit Dienst schieben mussten, nach den Feierlichkeiten übergeben sollte.

Das Gespräch plätscherte dahin. Zuerst galt es dem Wetter und dem Wunsch, es möge sich bis spätestens fünfzehn Uhr ausgeregnet haben. Die Chancen standen fünfzig zu fünfzig. Gelegentlich blinzelte die Sonne durch und schickte sich an, die Reihe der schönen Spätherbsttage fortzusetzen. Dann zog aber wieder ein dunkler Vorhang von Wolken an ihr vorbei und ließ dicke Tropfen auf die Erde regnen.

Plötzlich fragte Camilieri seine Braut: „Was war eigentlich zwischen dir und Mario?"

Lydia lächelte: „Wieso? Hat er etwas erzählt?"

„No, aber ich hatte den Eindruck, dass ihr euch ganz gut kennt."

„Stimmt, das kann man so sagen."

„Wie gut?"

„Sehr gut, aber das ist eine andere Geschichte. Vor allem ist es eine Geschichte, die vorbei ist. Sie interessiert mich nicht mehr."

„Hast du ihm deshalb nichts von unserer Hochzeit erzählt?"

„Genau. Mario ist Vergangenheit. Warum sollte ich ihm also von der Hochzeit erzählen? Es geht ihn nichts mehr an, absolut nichts. Wenn er dir bei der Lösung des Falles helfen konnte, dann ist es gut. Darüber hinaus braucht er uns nicht mehr zu beschäftigen."

„Wenn du meinst", sagte Camilieri und gab sich fürs Erste mit dieser Erklärung zufrieden.

Dann bestellte er eine Runde Espresso für alle, denn die Tramezzini und Panini waren verzehrt. Und ohne Caffè keine Dolci, die folgten.

Als Bar führte man natürlich keine allzu große Auswahl, sondern lediglich einige verschiedene Kekse und einen herausragenden Strudel di Mele. Da griffen alle zu.
Forza wollte gerade ein zweites Stück Apfelstrudel bestellen, als es in seiner Jacke klingelte. Nach kurzem Zögern griff er in die Tasche und holte sein Cellulare hervor. Einige Minuten angespannten Zuhörens folgten, bis sich Forzas konzentrierte Miene in einem breiten Grinsen auflöste. Nach Beendigung des Gesprächs drückte er befriedigt die rote Taste.
„Er hat gestanden", sagte er rasch, um die Überraschungswirkung seiner Worte dann in vollen Zügen zu genießen.
„Wer?", fragte Camilieri.
„Na, wer schon, Commissario?", antwortete Forza genüsslich. „Carlo natürlich! Das waren die Kollegen aus Tolmezzo. Nachdem er nicht nur uns gegenüber, sondern beinahe die ganze Nacht hindurch auch vor ihnen hartnäckig geleugnet hatte, dass er der Mörder sei, hat er es sich anscheinend überlegt. Er hat aus eigenen Stücken aus seiner Zelle heraus nach einem Kriminalbeamten verlangt und ein umfassendes Geständnis abgelegt. Und zwar nicht nur für den Mord, dessen Opfer wir in der Therme gefunden haben, sondern auch für den Mord am armen Nachtwächter. Die Sache wandert endgültig zu den Akten."
„Hmm", brummte Camilieri nachdenklich.
„Könnt ihr nicht am Hochzeitstag wenigstens ein paar Stunden euren Beruf Beruf sein lassen?", flehte Lydia.
„Wieso wandert der Fall erst jetzt zu den Akten?", fragte Eleonora interessiert. „Ich dachte, seit gestern Abend war diesbezüglich alles klar."
„Ein paar offene Fragen ... Ich meine, der Commissario ...", stammelte Forza, während Camilieri in Gedanken versunken dasaß.
„Was soll das heißen?" Eleonoras Stimme steigerte sich in der Tonhöhe.
„Na ja, es gab noch etwas zu klären ...", sagte Forza entschuldigend.

„Willst du damit sagen“, Eleonoras Stimme gewann noch einmal an Höhe, „dass ihr heute Vormittag, während wir nichts ahnend in der Küche gestanden sind und für euch gekocht haben, weiter ermittelt habt? In einem Fall, von dem ihr uns versichert habt, er sei abgeschlossen?“
„Cara“, stotterte er, „so kann man das nicht sehen ...“
„Wieso nicht? Wie soll man es dann sehen?“
Forza hatte inzwischen einen hochroten Kopf, er rang nach Worten, fand sie aber nicht.
Lydia mischte sich ein: „Zumindest hättet ihr uns sagen können, dass die Ermittlungen weitergehen!“
Camilieri schwieg noch immer. Er schaute drein, als sei er überhaupt nicht bei der Sache, als ginge ihn die Diskussion nichts an, ja, er erweckte den Eindruck völliger Abwesenheit.
„Claudio“, drängte Lydia, „sag etwas! Du kannst Probleme nicht schweigend aussitzen. Das bist du uns schuldig!“
Eleonora hatte inzwischen völlig vergessen, dass es sich bei Camilieri um ihren Vorgesetzten handelte und schrie: „Euer Verhalten ist mies! Das müssen wir uns nicht gefallen lassen!“ Und zu Lydia gewandt setzte sie nach: „Du bist viel zu gut zu denen!“
Einer von „denen“, Camilieri, saß noch immer wie versteinert da. Dem anderen war der Appetit auf ein zweites Stück Strudel di Mele inzwischen vergangen. Er staunte, dass die Impulsivität, die er an Eleonora so liebte, wenn sie ihn im Zentrum von Cividale spontan umarmte oder vom Fleck weg ins Caffè Longobardo zerrte, obwohl man eigentlich nur im Coop-Markt schnell Lebensmittel für die Jause kaufen wollte, dass also diese geliebte Impulsivität derart umschlagen konnte. Daran hatte er bisher noch nicht gedacht, dass es auch Schattenseiten des Verliebtseins geben könnte ...
Der Hundeführer versuchte zu schlichten: „Spart euch das Streiten besser für die Zeit nach der Hochzeit auf! Aber bitte doch nicht hier und heute. Ein paar Stunden vor der Hochzeit. Der Fall ist erledigt, der Mörder hat gestanden, wie Giuseppe soeben am Telefon erfahren hat. Also, Schwamm drüber, würde ich vorschlagen.“

Der Vorschlag war gut gemeint, allein, er überzeugte keinen. Eleonora schimpfte weiter, Lydia gab sich gekränkt. Bis plötzlich Camilieri mit einem Ruck, der durch seinen ganzen Körper ging, in die Höhe fuhr.
„Alles falsch!"
Die Espressotasse, die neben ihm gestanden hatte, fiel mit einem lauten Scheppern auf den Steinboden. Der Commissario hatte sie vom Tisch gewischt.
„Alles falsch!", wiederholte er so laut, dass es alle im Lokal hören konnten.
Da freilich nicht einmal die am selben Tisch Sitzenden kapierten, was er damit meinte, bestand auch keine Gefahr, dass die anderen Gäste mit seinem Ausbruch irgendetwas anzufangen wussten.
„‚ul' hat überhaupt nichts mit Julium Carnicum zu tun! ‚ul' steht für Paulus."
Alle am Tisch starrten ihn fragend an. Langsam schien sich der Commissario dessen zu besinnen, dass er nicht allein auf der Welt war, sondern in einer Bar in Arta Terme unter Menschen weilte, deren eine er demnächst in den Stand der Ehe zu überführen gedachte. Er kam, wie man so schön sagt, wieder herunter. Sein ungewöhnliches Verhalten hatte inzwischen dazu geführt, dass sich die Streithähne – eigentlich müsste man ja sagen: Streithennen – wieder etwas beruhigt hatten.
Camilieri versuchte kurz zu erklären: „Ich habe mich die ganze Zeit gefragt, was mir an der Unterschrift des Padre aufgefallen ist. Jetzt ist es mir wie Schuppen von den Augen gefallen. Der alte Knabe unterschreibt mit Paulus, der lateinischen Version seines Namens. Er nennt sich auch gerne so. Und was steckt im Wort Paulus? Unsere Buchstabenkombination ‚ul'. Los, Leute, wir müssen ihn finden, die Zeit drängt!"

TERTIO

In San Pietro flackerte das ewige Licht, als der Padre das Gotteshaus betrat, das auf eine wechselvolle Geschichte zurückblicken konnte, genauso wechselhaft wie die jüngste Vergangenheit des Padre. Ihm gefiel es, wenn er hier heroben alleine war. Die alten Mauern atmeten Geschichte aus. Sie wussten so viel zu erzählen, wenn man nur zuhören, besser gesagt, in ihnen lesen konnte. Die Kerben in den Wänden, die tiefen Scharten im Boden, jede Narbe in den Steinen kündeten von irgendeiner Verletzung, deren es in mehr als tausend Jahren genug gegeben hatte.

Wenn nicht gerade eine Hochzeit geplant wurde, kamen nur selten Leute hier herauf, gelegentlich Touristen, die zwischen den erholsamen Bädern in der Therme auf dem Weg in das alte Gemäuer am Berg ein wenig körperliche und kulturell-spirituelle Ertüchtigung suchten. Manches Mal galten die Besuche, vor allem die der Einheimischen, auch dem kleinen Friedhof rund um das Kirchlein. Doch seit die Menschen im Dorf immer älter und älter wurden, sank die Zahl der Friedhofsbesuche. Es gab zwar eine asphaltierte Straße hier herauf, schmal und serpentinenreich, aber nicht jeder hatte ein Auto, und der Fußweg, der sich durch die Wälder schlängelte, war steil, steinig und für alte Füße kaum geeignet.

Der Padre dachte im dunklen Kirchenraum nach. Er steckte in der Zwickmühle: Mit seinem Verhalten hatte er eindeutig gegen die Zehn Gebote verstoßen. Es war zwar nichts Gravierendes, das er sich vorzuwerfen hatte. Doch bei einem Priester und dem Vorsitzenden des „Vereins zur Instandhaltung altrömischer Verkehrswege, im Besonderen der Via Julia Augusta auf heutigem italienischem Staatsgebiet“ musste man strengere Maßstäbe anlegen. Es ging einfach nicht, dass ein Mann, der so im öffentlichen Interesse stand wie er, Raubkunst kaufte! Auch wenn es sich nur um ein paar Münzen aus dem alten Rom gehandelt hatte, auch wenn diese nur bei ihm daheim in der

Schublade lagen, auch wenn es keine direkt Geschädigten gab, außer seiner eigenen Brieftasche vielleicht. Aber moralisch betrachtet war sein Verhalten absolut nicht in Ordnung: Er hatte Artefakte erstanden, die illegal aus dem Boden gegraben und genauso illegal zum Verkauf angeboten worden waren. Statt im Museum befanden sich die Münzen jetzt in seinem Kasten. „Gebt dem Kaiser, was des Kaisers ist", sprach Jesus in der Heiligen Schrift. Befahl dieses Bibelwort nicht klar und deutlich, dass man als Gottgläubiger auch die weltlichen Gesetze zu beachten hatte, so sie nicht im Widerspruch zum Glauben standen? Aber er, nicht nur ein an Gott Glaubender, sondern sogar sein Diener, hatte sich darüber hinweggesetzt und die vermaledeiten Münzen gekauft – in einem Anflug von Habgier, wobei diese avaritia, nur so nebenbei bemerkt, zu den sieben Todsünden zählte! All das war im klaren Wissen geschehen, dass es mit der Herkunft der Münzen so gar nicht seine Ordnung hatte! Und was er in weiterer Folge bei und nach dem Kauf in Erfahrung gebracht beziehungsweise mit logischer Schlussfolgerung eruiert hatte, weil er eins und eins zusammenzählte, hätte er längst der Polizia melden müssen. Angesichts der mittlerweile zwei Leichen handelte es sich dabei wahrlich um keinen Lausbubenstreich mehr, sondern um ein veritables Verbrechen.
Und er? Er stand mittendrin und hatte Schuld auf sich geladen. Statt die Polizei über seinen Verdacht zu informieren, hatte er geschwiegen. Aus Scham. Hätte er nämlich die Commissari über seine Vermutungen und Rückschlüsse in Kenntnis gesetzt, wer für den Toten in der Therme, aber auch für den Mord am Nachtwächter, diesem Bedauernswerten, sogar einem Schäfchen aus der ihm anvertrauten Herde, seiner Meinung nach verantwortlich sein könnte, dann hätte er unweigerlich gestehen müssen, Raubkunst gekauft zu haben. Wie sonst hätte er wissen können, was er zu wissen glaubte? Aus Scham, bis auf die Knochen blamiert zu werden, wenn sein schändliches Verhalten ans Tageslicht kam, hatte er geschwiegen. Aus Scham? Ach was! Das war doch die nächste Lüge in den eigenen Sack! Es war die pure Angst, die ihn zum Stillschweigen getrieben hatte. Aber nicht die Angst um Leib

und Leben, wie man angesichts seiner Wahrnehmungen des großen Netzwerks, dem er gegenüberstand, vielleicht glauben hätte können. Nein, es war schlicht und einfach die Angst, seinen angesehenen Beruf zu verlieren, seine geachtete Stellung als Vereinsvorsitzender – seine gesamte Reputation also, auf die er sich so viel einbildete. Das war pure Hoffart, superbia, wie die avaritia eine der sieben Todsünden – und sonst gar nichts! Zwei von sieben also, sein Konto der Hauptsünden war für einen Priester nicht gerade schlecht gefüllt!

Damit musste endlich Schluss sein! Unmittelbar nach der Trauung, so nahm sich der Padre fest vor, würde er dem Commissario reinen Wein einschenken und erzählen, was er vermutete. Er würde sich selbst dabei nicht schonen. Er würde frank und frei gestehen, dass er Raubkunst erworben hatte. Und er würde vom Netzwerk sprechen, das er bei diesem Kauf kennengelernt hatte und dem er so manches zutraute, auch die Morde. Wer weiß, vielleicht erstaunte sein verbrecherisches Verhalten den Sizilianer nicht einmal. Dort unten, woher er kam, stand so etwas ja auf der Tagesordnung, wie man hörte. Egal, sein Gewissen, das Gewissen des Padre, wäre nach dem Geständnis wieder rein. Was die Ermittler mit den Informationen dann anfingen, ob sie sie ernst nahmen oder belächelten, würde ihn nach dieser Beichte nichts mehr angehen.

Der Padre legte am Altar die Gegenstände bereit, die er für die Trauungszeremonie und die damit einhergehende Messe benötigte: Kelch, Hostien zur Weihe, Messwein, den Text zur Hochzeit, den er nach wie vor nicht auswendig wusste, das Evangelium des Tages und ein paar persönliche Predigtworte, die er sich notiert hatte, um sie an die zwei Paare zu richten. Eine Doppelhochzeit war ja wirklich nicht alltäglich.

Plötzlich vernahm der Padre ein Geräusch. Es kam von hinten, aus dem Dunkel des burgenähnlichen Kirchenbaus, der nur wenig Tageslicht ins Innere dringen ließ. Wahrscheinlich wieder ein Vogel, der durch eines der offenen Fenster geschlüpft war.

*

Hochzeitsvorbereitungen, wenngleich anderer Art, waren in der Hotelküche mittlerweile mehr oder weniger abgeschlossen. Das Zicklein schmorte ganz, ganz langsam bei niedriger Temperatur im Ofen, so niedrig, dass man meinen hätte können, das Tier lebe noch und habe nur ein wenig Fieber. Der Hotelchefin war es ein Leichtes gewesen, nach der Rückkehr aus dem Ospedale Onkel Giorgio von den Vorzügen der Niedriggarmethode zu überzeugen.
„Ich lerne gern von Ihnen", meinte er nur und schaute ihr neugierig über die Schulter.
Auch bei einer möglichen Verspätung der Gäste nach der Hochzeitszeremonie ergaben sich durch die Wahl dieser Kochmethode klare Vorteile: Das zart gegarte Fleisch konnte locker ein halbes Stündchen oder mehr bei diesen niedrigen Temperaturen weiterschmurgeln, ohne Schaden zu nehmen und trocken oder gar fasrig zu werden. Dass man das Fleisch nicht bei niedrigen Temperaturen garen, sondern überhaupt einfrieren hätte müssen, damit es bis zum Hochzeitsmahl halten würde, konnte zu diesem Zeitpunkt noch niemand ahnen.
Und die Cassata hatte der Jung-Pasticciere mittlerweile so weit gebracht, dass man an deren Finalisierung gehen konnte. Zugegeben, das Biskuit schaute aus, als hätten es die Gästekinder wie eine Frisbeescheibe mehrmals durch das Hallenbad des Hotels geschossen. Aber mit Fülle, Pannaüberzug sowie ein wenig Geschick und Erfahrung würde man später nichts mehr davon bemerken, beruhigte die Chefin nicht nur ihren Lehrling, sondern auch Elisabetta Forza, die sich beim Anblick des Backwerks sofort anschicken wollte, an die Zubereitung einer Gubana zu schreiten. Schließlich konnte sie aber davon überzeugt werden, dass es nicht notwendig war, die Hefe-Nuss-Rosinen-Spezialität aus Cividale, die daheim bei den Forzas beinahe jedes Wochenende serviert wurde und die ihr Giuseppe gerne ganz klassisch mit einem Stamperl Sliwowitz darübergekippt genoss, noch schnell zu backen. Also gönnte sich auch Mamma Forza eine kleine Pause. Mit ihrem Bruder und der Hotelchefin saß sie an

einem kleinen Tisch in der Küche und schwelgte in Erinnerungen an ihre eigene Hochzeit.
„Kannst du dich noch erinnern", fragte sie ihren Bruder, „wie wir aus dem Duomo rausgekommen sind, und auf einmal gab es dieses wilde Gewitter? Keinen Schritt hat man gehen können, ohne völlig durchnässt zu werden."
„Sì", bestätigte Onkel Giorgio und band die Hotelchefin ins Gespräch mit ein, „das hätten Sie sehen sollen. Ich habe dann sofort umdisponiert. Statt ins reservierte Lokal sind wir in die Trattoria neben dem Duomo hinein, um den ärgsten Regenguss abzuwarten. Normalerweise dauert das bei uns in Cividale nicht lange, ganz anders als hier, wo sich die Regenwolken in den Bergen richtig festsetzen können."
„Und es war auch so", setzte Elisabetta Forza fort, „eine halbe Stunde später hörte der Regen so plötzlich auf, wie er gekommen war. Wir konnten dann weiter zur Hochzeitstafel marschieren."
„Bis auf zwei, drei Mitstreiter", lachte ihr Bruder, „die hatten sich in der Trattoria schon häuslich eingerichtet. Ich glaube, dein frisch gefangener Marito wäre damals auch am liebsten sitzen geblieben."
Elisabetta schaute böse.
„Genau", feixte Giorgio weiter, „aber er hat sich nicht getraut, so giftig, wie du ihn angeschaut hast kurz nach der Trauung."
„Was du immer für einen Blödsinn zusammenredest!"
Die Hotelchefin unterbrach das Geplänkel, bevor daraus Streit entstehen konnte: „Und wie war das Wetter bei Ihrer Hochzeit, Signor Giorgio?"
„Ich bin nicht verheiratet", antwortete dieser und lächelte sie charmant an, als wollte er sagen: Gott sei Dank, ich bin frei für Sie, Bellissima e Carissima e Dolcissima. Tat er aber nicht, noch nicht, denn er fuhr nicht nur einen stilvollen Oldtimer, sondern er hatte auch Takt und Gefühl genug, um bei Komplimenten sowohl den richtigen Zeitpunkt als auch den passenden Ton zu erwischen.
„Wie ich", sagte die Hotelchefin.

„Incredibile“, schmeichelte Onkel Giorgio und fand wieder die perfekten Worte zwischen Emotionslosigkeit auf der einen und Übertreibung auf der anderen Seite, „scusi, aber die Männer in Arta Terme müssen blind sein.“
Aus seinem Munde klang es keine Sekunde lang peinlich und die Chefin lächelte gerührt. Elisabetta Forza räusperte sich und fragte: „Und wie wird das Wetter heute werden? Wird mein Giuseppe im Trockenen vor den Traualtar schreiten?“
Die Hotelchefin blickte aus dem Fenster und sagte: „Na ja, mit ein bisschen Glück hört der Regen auf. Es ist schwer abzuschätzen, aber ich wünsche Ihnen von Herzen eine sonnige Hochzeit. Das geht dann oft wieder sehr schnell, dass die Sonne durchbricht, obwohl wir inmitten der Berge sind.“
Solche Sorgen hätte man andernorts gerne gehabt.

*

Hinten im Alfa Romeo saßen links Lydia, rechts der Hundeführer und in der Mitte die zierliche, aber temperamentvolle Eleonora. Da Temperament aber bekanntlich keinen Platz zum Sitzen benötigte, diktierten Körpergrößen und Platzangebot diese Anordnung. Vorne am Beifahrersitz hatte wie gewohnt Camilieri Platz genommen, daneben Forza, der als Fahrer unschlagbar war. Schneller, geschickter, kompromissloser als er hätte auch Formel-1-Legende Alberto Ascari nicht auf den Berg fahren können, wo sich der Padre bereits befinden und die Hochzeit vorbereiten sollte. Im Pfarrhof war er auf jeden Fall nicht mehr anzutreffen gewesen.
Während der Fahrt zum Bergkirchlein erläuterte Camilieri die Gründe für den überhasteten Aufbruch vom Mittagstisch: „Das hat mich seit unserem Besuch im Pfarrhof beschäftigt, ich konnte es anfangs aber nicht so richtig zuordnen. Ich weiß nicht, ob ich mich klar genug ausdrücke: Manches Mal passiert es, dass einem irgendetwas auffällt, von dem man aber nicht sofort sagen kann, was es exakt ist. Als diffuses Gefühl könnte man es am besten umschreiben. Genau so ist

es mir ergangen, als ich den Padre unterschreiben sehen habe. Zuerst habe ich mich gefragt, wieso er mit Paulus unterschreibt und nicht mit Paolo, wie er eigentlich heißt. Dann ist mir eingefallen, dass er als Archäologie-Freak seinen Namen lieber auf Lateinisch liest als auf Italienisch. Das hat er uns auch erzählt, wenn ihr euch erinnert. So weit, so gut. Für einen Mann, der nicht nur die römische Antike über alles liebt, sondern zusätzlich Priester ist, passt das. Im Vatikan reden sie ja heute noch Latein, zumindest offiziell. Dann hat sich das Ganze ein wenig in mir gesetzt, bis es mich vorhin in der Bar plötzlich überkommen hat. Auf einmal sah ich klar und deutlich vor mir, was mich die ganze Zeit über irritiert hatte: Es war nicht das Latein, sondern es war die Buchstabenkombination ‚ul', die wir auf dem Zettelrest in den Händen des Nachtwächters gefunden haben. Der arme Ermordete wollte uns mit seinen letzten gekritzelten Worten gar nicht nach Julium Carnicum schicken, sondern er wollte uns auf Paulus, also den Padre, aufmerksam machen. Aus welchen Gründen auch immer."

„Was bedeutet das wohl konkret?", fragte der Hundeführer.

„Das bedeutet", antwortete Camilieri ruhig, „dass der Padre der Täter sein könnte."

„Der Priester, der uns trauen soll, ist ein Mörder?", entfuhr es Eleonora voll Schrecken.

Lydia sagte: „Nein, das muss überhaupt nicht sein. Es kann genauso gut bedeuten, dass der Padre in Gefahr schwebt, weil er das nächste Opfer ist. Der Nachtwächter wollte ihn mit seiner Notiz vielleicht warnen."

„Possibilmente, aber ich tippe auf Mörder", brummte Camilieri mehr für sich als für die anderen.

Lydia hatte es dennoch gehört. „Du bist ihm gegenüber voreingenommen. Du magst ihn nicht, weil er so negativ über Süditalien gesprochen hat."

„Ist das ein Wunder?"

„Nein, Wunder ist es keins. Es ist allerdings eine vorgefasste Meinung, für die in einer Ermittlung kein Platz sein sollte."

„Da haben wir's", versuchte Camilieri einen Scherz, „noch nicht einmal verheiratet und schon mischt sie sich in meine Arbeit ein."
Niemand lachte. Die Situation erschien allen mehr als ernst, geradezu grotesk. Da hatte es kurzfristig gar nicht gut für die Hochzeit ausgesehen, weil zwei Morde dazwischengekommen waren. Dann hatte sich dieses Problem mit der Festnahme eines potenziellen Täters schneller als erwartet erledigt. Auch die befürchteten Probleme wegen des Unfalls der Küchenchefin hatte man dank der Bereitschaft der Mamma, in der Küche das Kommando zu übernehmen, weitgehend ausgeräumt. Ja, sie hatten eine gute Stunde vorher sogar bereits die Dokumente unterschrieben, um heiraten zu können – angesichts des Bürokratiemonsters, das Italien beherrschte, wahrlich keine Selbstverständlichkeit. Und auch das Wetter spielte einigermaßen mit, derzeit lugte gerade wieder die Sonne hervor. Doch dann sah es auf einmal so aus, als könnte der Padre, der sie trauen sollte, Gefahr laufen, Opfer eines Mörders zu werden. Oder, schlimmer noch, gar selbst ein Mörder sein!
„Geben Sie Gas, Forza!", drängte Camilieri, was freilich nicht nötig gewesen wäre, so schnell wie er fuhr. „Wenn ich mich nicht sehr täusche, droht ein weiterer Mord, bei dem der Padre eine Rolle spielen wird."
Tertio – zum dritten Mal binnen drei Tagen also ein Gewaltverbrechen im beschaulichen Arta Terme?

*

Die Probleme mit Vögeln waren hinlänglich bekannt. Kletterten die Temperaturen deutlich über die Zehn-Grad-Marke wie in diesem Herbst, dann öffnete der Padre gerne die Fenster oder auch die Kirchentüren und ließ sie ein Weilchen offen stehen. Zwar prangte an der Tür von San Pietro ein Schild mit der Aufschrift „Chiudere la porta", denn die Touristen ließen die Türen ja auch mitten im Winter sperrangelweit offen, wenn es draußen Minusgrade hatte. Geheizt wurde, so sich die Gemeinde überhaupt eine Heizung für die Kirche

leistete, dann sprichwörtlich für draußen. Aber der Padre selbst ließ bei wärmerem Wetter öfter ein wenig Frischluft in die Kirche. Das tat dem Gemäuer gut, vor allem in den Ecken hinter den Altären, wo sich gerne der Schimmel einnistete. Eine einfachere Form der Denkmalpflege konnte man sich kaum vorstellen.
Einen entscheidenden Nachteil hatte die Methode aber: Manchmal verflogen sich die Vögel und landeten im Kircheninneren. Bis sie durch die Fensterluke wieder hinausfanden, konnte es dauern. Meistens wurden die Tiere durch das hektische Herumflattern auf der Suche nach dem rettenden Ausflug nervös und schissen dann den Boden voll. Aber was auf dieser irdischen Welt hatte ausschließlich Vorteile?
Der Padre ging nach hinten, um den Piepmatz in die Richtung des geöffneten Fensters zu scheuchen.
„Ja, wo ist denn das arme Tier?“, fragte er ins Dunkel.

*

Giuseppe Forza musste man nicht zweimal auffordern, sich zu beeilen. Der Alfa driftete Kehre um Kehre hinauf nach San Pietro. Es war gut, dass die Straße nur wenig befahren wurde, denn um den Kurvenradius ein wenig zu vergrößern, benötigte Forza bei jeder Kehre beide der schmalen Fahrstreifen. In Rechtskurven scherte er auf die Gegenfahrbahn aus, schnitt dann auf der eigenen Spur scharf am Kurvenscheitelpunkt vorbei, um am Kurvenausgang wieder die Gegenfahrbahn zu benützen und auf diese Weise mit höchstmöglichem Tempo fahren zu können. In den Linkskurven gestaltete sich das Manöver genau umgekehrt. Eleonora hinten unterdrückte nur schwer die aufkeimende Übelkeit, obwohl der Hundeführer bereits das Seitenfenster zur Gänze heruntergelassen hatte.
Schon passierten sie die Stelle, an der der Fußweg durch den Wald die asphaltierte Straße kreuzte, um danach wieder im Dickicht aus Gras und Bäumen zu verschwinden. Ein schönes schmiedeeisernes Kreuz am Wegrand verriet, dass man sich auf alten Pilgerpfaden befand.

„Was macht Sie eigentlich so sicher, Commissario, dass der Nachtwächter auf dem Papierschnipsel den Padre gemeint hat?“, fragte Forza, während er heftig am Lenkrad kurbelte.
„Gar nichts“, antwortete Camilieri, „nach ausgiebigem Nachdenken erscheint es mir nur als die wahrscheinlichste aller Möglichkeiten. Aber ich würde mich dieses Mal liebend gerne irren. Los, geben Sie Gas!“

*

Der dem Altar gegenüberliegende Bereich in San Pietro, ganz hinten also, war besonders finster. Man trat dort nämlich nicht direkt ins Freie, sondern ein arkadenähnlicher steinerner Vorbau mit schmalen, romanisch-runden Zugangsschlitzen überdachte den Eingangsbereich draußen. Dementsprechend wenig Tageslicht schaffte es ins Innere der Kirche. Als der Padre nach hinten ging, wunderte er sich: Da war gar kein Fenster offen und auch die Tür war geschlossen. Deshalb war es ja so finster. Wie war dann der Vogel in die Kirche gelangt? Gemeinsam mit ihm, als er das Gotteshaus betreten hatte? Und wieso konnte er den kleinen Flattermann immer noch nicht erkennen?
Der Padre dachte an den heiligen Franziskus. Ein Lächeln huschte über sein Gesicht. Der fromme Mann aus Assisi hätte den Vogel einfach fragen können, wo er sich denn versteckte und wie er in die Kirche geflogen war. Auch wenn der Padre nicht wirklich daran glaubte, dass der Heilige mit den Tieren geredet hatte, nahm er sich dennoch fest vor, den Vogel möglichst schonend zu behandeln. Er schaute auf die Armbanduhr mit ihren gelben Leuchtziffern: Bis zur Trauung blieb ja noch ein wenig Zeit.

*

Schon rasten Forza und seine Passagiere im Alfa Romeo an der letzten Querung des Fußwegs vorbei. Wer hier stehen blieb, aus dem Auto stieg und in den Fußweg einschwenkte oder überhaupt auf Schusters Rappen nach San Pietro hinaufmarschierte, der wurde mit einem zusätzlichen architektonischen Schmankerl belohnt. Er gelangte nach wenigen Höhenmetern nämlich zu einer zweiten Kirche, die ein wenig unterhalb von San Pietro am Waldrand stand: Santa Maria in Monte. An diesem aus dem 14. Jahrhundert stammenden Bauwerk führte eine steile Steintreppe vorbei zum darüber aufragenden San Pietro. Aus diesem Blickwinkel mutete der Kirchturm der kleinen Kapelle wie eine Rakete an, die jeden Augenblick vom Gipfel in den Himmel geschossen werden konnte. Camilieri und die Seinen hätten sich gar keinen besseren Platz zum Heiraten aussuchen können. Schade nur, dass es mit der Hochzeit jetzt gar nicht mehr so gut ausschaute.

*

Davon hatte man unten im Tal keine Ahnung. Im Gegenteil. Mit ein paar Handgriffen, die sie, rührend unterstützt von Onkel Giorgio, im Sitzen ausführte, hatte die Hotelchefin mittlerweile die Cassata siciliana so weit in Form gebracht, dass auch der kritischste Geist keinen Mangel mehr entdecken hätte können. Vom guten Geschmack hatte sich der Onkel mit einer winzigen Kostprobe überzeugen können.
„Unser Pasticciere", lobte er den jungen Mann, der den Teig zubereitet hatte, und meinte damit indirekt die Chefin, „wird es noch einmal sehr weit bringen. Grandioso! Aber, ich darf es doch so sagen, das ist wirklich kein Wunder bei einer derartigen Lehrmeisterin, wie Sie es sind."
„Grazie mille", antwortete die Chefin geschmeichelt.
Auch Mamma Forza hatte von der Torte gekostet und erklärte anerkennend: „Wirklich gut. Die kann mit meiner Gubana ohne Weiteres mithalten."
Diese Worte waren das größte Lob, das sie für eine andere Köchin zu vergeben in der Lage war. Es bedeutete in Wahrheit eine klare Zehn, im italienischen Schulnotensystem die Höchstnote, die nur selten vergeben wurde.

„Wenn ich jetzt noch drei Espressi von der Schank holen würde", schlug Onkel Giorgio vor, „dann könnten wir jetzt wie im Caffè hier sitzen. Ein wenig Zeit, bis wir zur Trauung nach San Pietro hinauffahren müssen, haben wir ja noch. Und das Essen ist fertig."
Man saß nämlich immer noch an dem gemütlichen Tischchen in der Küche. Die Hotelchefin hatte ihren Fuß auf einen kleinen Hocker hochgelegt, den Onkel Giorgio mit einem Pölsterchen ausstaffiert hatte, damit das Bein auch wirklich weich lag. Wenn man die drei so friedlich zusammensitzen sah, dann hätte man glauben mögen, es handle sich um eine durch und durch zufriedene Hoteliersfamilie aus Arta Terme und nicht um die Gastgeberin mit ihren Gästen.

*

Anderswo hatte man den ganzen Vormittag an einer Überraschung gebastelt, wie man sie nur in Italien servieren konnte: in Cividale. Dass man den Hundeführer mit einem Überraschungsgeschenk nach Arta Terme vorausgeschickt hatte, stellte nichts anderes als ein Ablenkungsmanöver dar. Man wusste ja, dass der Mann recht gut mit Commissario Camilieri war, die beiden trafen sich öfter zum Vino nach Dienstschluss. Sie hatten nach dem Tod des treuen Diensthundes Gero von Bellheim auch gemeinsam eine Reise ins Ausland unternommen, um Kontakte zu einem Züchter zu knüpfen, der in wenigen Wochen einen Ersatz für den in Erfüllung seiner Pflicht vom Sauriser Staudamm gestürzten Vierbeiner liefern sollte. Diese Reise, so hörte man, hatte den aus Sizilien strafversetzten Commissario und den Hundeführer einander noch näher gebracht. Sie waren sich ja nicht unähnlich. Camilieri hatte sowieso keinen Respekt vor der Obrigkeit, im Gegenteil, sie war ihm fast so etwas wie ein rotes Tuch. Aber auch der Hundeführer, der berufsbedingt viel Zeit mit seinen Tieren verbrachte, war der klassische Einzelgänger und -kämpfer. „Der Starke ist am mächtigsten allein." Diesen Spruch hörte man immer wieder aus seinem Mund, wenn ihm Hilfe angeboten wurde. Aber mit Cami-

lieri harmonierte er prächtig, obwohl die beiden nach wie vor per Sie miteinander verkehrten.
Auch deshalb befürchteten die Kollegen in Cividale, der Mann hätte ihre Überraschung vorab an den Commissario verraten können. Deshalb schickten sie ihn mit einem vermeintlichen Hochzeitsgeschenk voraus und arbeiteten auf Höchsttouren an der eigentlichen Überraschung. Sie waren spät dran, denn sie mussten noch nach Arta Terme reisen. Das stellte auch schon den ersten Teil der Überraschung dar: Die gesamte Kollegenschaft wollte vor dem kleinen Bergkirchlein aufmarschieren, obwohl man vorgegeben hatte, daheim zu bleiben, und dem Commissario und Forza bei ihrer Abfahrt bereits offiziell alles Gute gewünscht hatte. Teil zwei der Überraschung bestand in einem feierlichen Spalier, das die Kollegen am Kircheneingang zu bilden gedachten. Durch die in Galauniform gekleidete Kollegenschar sollten die zwei Brautpaare zum Altar schreiten. Der dritte Teil war in der Vorbereitung am aufwendigsten: Sie hatten einen uralten Polizeiwagen ausfindig gemacht, der bei einem örtlichen Schrotthändler vor sich hin rostete. Dieses Fahrzeug brachten sie auf Vordermann und wollten es dem Commissario vor der Kirche als Geschenk überreichen. Er und seine Braut, und natürlich auch Kollege Forza mit der seinen, sollten in dem sehenswerten Oldtimer zurück nach Cividale kutschiert werden. Und zwar am Tag nach der Hochzeit, denn die Tafel war ja in Arta Terme anberaumt. Den aufpolierten Wagen wollten die Kollegen auf jeden Fall beim Aufmarsch vor der Kirche dabei haben. Und da drängte die Zeit. Mit Signalhorn und Blaulicht hätten sie die Anreise locker geschafft, aber mit dem Oldtimer konnte es noch knapp werden. Viel mehr als siebzig Kilometer schaffte der nicht in der Stunde.
Natürlich hatten die Kollegen vor, über Nacht in Arta Terme zu verweilen und dort die Hochzeit zünftig zu feiern. Mit ihren Zimmerbuchungen und mit den eigens reservierten Plätzen in einem Ristorante – Camilieri wusste ja nichts von der Überraschung und hatte deshalb auch keine Plätze an der Hochzeitstafel vorsehen können – sorgte

die Polizia aus Cividale für eine schöne Auslastung im Dorf. Nicht unwillkommen angesichts der Storno- und Abreisewelle infolge der wegen Mordes geschlossenen Therme.

*

„San Francesco, aiutami!", betete der Padre noch, als er keinen Vogel in der hintersten Ecke von San Pietro vorfand, sondern einen Menschen erblickte, der mit seinem hassverzerrten Gesicht allerdings eher einem Monster glich. Sobald der Padre seiner ansichtig wurde, stürzte der Mann mit einem Messer auf den Priester los.
„Du Hund wirst mich nicht verraten!"

*

Forza bog mit einem gewagten Schlenkerer auf den Parkplatz ein, der zu Füßen von San Pietro lag. Millimeter vor der Treppe, die zur Kirche hinaufführte, bremste er abrupt. Zwischen Stoßstange und erste Stiege passte gerade noch das sprichwörtliche Blatt Papier.
Camilieri und Forza hüpften vorne, Lydia, der Hundeführer und am Schluss Eleonora hinten aus dem Alfa. Letzterer ging es kurzfristig wieder besser, die Übelkeit hatte sich durch die Frischluft, die der Hundeführer in den Wagen gelassen hatte, ein wenig gelegt. Wahrscheinlich hatte auch die Aufregung ihren Anteil an der Besserung, weil die Arme schlicht und einfach vergessen hatte, dass ihr eigentlich schlecht war.
Camilieri sprintete bereits die Stufen hinauf, dicht gefolgt vom Hundeführer. Forza stand mit Eleonora noch neben dem Auto, während Lydia ihrem Claudio nacheilte.
„Commissario!", rief Forza von unten. „Da rennt einer aus der Kirche!"
Camilieri schaute von den Stiegen, die er fest im Blick hatte, um bei seinem Sprint nicht zu stürzen, nach oben. Wirklich, da stürzte einer aus der Kirche und verschwand rasch hinter der Ecke, als er die Kriminalpolizisten auf sich zulaufen sah.

„Merda!“, fluchte Camilieri. „Wir kommen zu spät! Ein Königreich für einen Hund! Der könnte den Kerl da oben jetzt locker fassen, während uns bald die Lunge raushängt.“

„Meine Worte“, antwortete der Hundeführer im Laufen, „aber bald haben wir ja wieder einen tüchtigen Vierbeiner.“

Die zwei waren fast schon oben angelangt, aufgrund ihrer guten körperlichen Verfassung, ohne groß außer Atem zu kommen. Unten hatte sich in der Zwischenzeit auch Forza mit seiner Braut an den Aufstieg gemacht und Lydia sollte ebenfalls bald das Ende der Treppe erreichen.

Camilieri befahl: „Hundeführer, Sie bleiben hier und warten, bis Forza und die Frauen bei Ihnen sind. Lassen Sie sie ja nicht reingehen. Ich schaue nach, was da drinnen passiert ist.“

„Sì“, bestätigte der Hundeführer, „hier, nehmen Sie meine Waffe. Wie ich Sie kenne, haben Sie Ihre ja nicht dabei.“

Trotz des Ernsts der Lage schmunzelte Camilieri: „Sie kennen mich inzwischen gut. Stimmt. Meine Knarre liegt im Nachtkästchen im Hotel.“

„Hoffentlich vergessen Sie sie nicht beim Heimfahren.“

Camilieri betrat vorsichtig die Kirche. Bis sich seine Augen an die Dunkelheit gewöhnt hatten, dauerte es ein paar Sekunden. Dann erblickte er die ganze Bescherung: Zum dritten Mal in wenigen Tagen war in Arta Terme ein Mensch ermordet worden. Dieses dritte Opfer war der Padre.

AD FINEM

Die Einteilung, wer was zu tun hatte, war schnell getroffen. Denn Zeit, davon hatte man am allerwenigsten. Dass der Mann, der vorhin fluchtartig das Gotteshaus verlassen hatte, aller Wahrscheinlichkeit nach der Täter war, machte größte Eile zum Gebot der Stunde: Die zwei, drei Minuten Vorsprung, die er hatte, ließen sich vielleicht aufholen und ermöglichten, ihn zu schnappen, bevor er in den Wäldern untertauchen konnte ...

Camilieri und der Hundeführer hefteten sich dem Flüchtigen an die Fersen. Forza hingegen fuhr mit dem Auto zurück ins Tal und nahm die schwer geschockten Frauen mit. Obwohl mit der Geografie Arta Termes nur rudimentär vertraut, war rasch klar, wohin der mutmaßliche Mörder sich abzusetzen gedachte, denn der Weg führte ins Tal hinunter. Es war der zweite Fußpfad, nicht der nach Zuglio, der immer wieder die Asphaltstraße kreuzte, sondern jener, der ausschließlich durch den Wald verlief und hinter dem Heilbad von Arta Terme endete.

*

Auf diesem Pfad stolperte der Mörder mehr hinunter, als er talwärts lief. Große Wurzeln der mächtigen Waldbäume wuchsen kreuz und quer über den Weg. Dieses Spiel, so spürte er, dürfte verloren sein. Maximal Schadensbegrenzung konnte noch gelingen. Warum waren die Bullen und ihre Bräute bloß zwei Stunden vor der Trauung in der Bergkirche aufgetaucht? Zu diesem Zeitpunkt hätten sie sich normalerweise im Hotel für die Hochzeit aufmascherln und die aufkeimende Nervosität mit ein, zwei Bicchieri di Vino wegspülen sollen. Stattdessen fuhren sie vor der Kirche vor! Das war doch nicht normal! So schön hatte er alles geplant: Zuerst hatte er dem Idioten Carlo in einem unbemerkten Augenblick einen Knopf von der Jacke abgerissen, dann die Bullen auf den Knopf und damit die falsche Fährte angesetzt. Zugegeben, dieser plauderfreudige Trottel von einem Nachtwächter wäre ihm beinahe in die Quere gekommen. Doch er hatte die Situation ganz gut gemeistert und ihn rechtzeitig aus dem Weg geräumt, bevor er sich an Entscheidendes erinnern hätte können: wie sie sich beispielsweise bei einem der Rundgänge des Nachtwächters zwei Tage vor Auffindung der Leiche in der Nähe des Thermenfensters mitten in der Nacht über den Weg gelaufen waren. Ein anderer hätte da relativ rasch seine Rückschlüsse gezogen. Nicht so der Nachtwächter. Er war gewissermaßen nur ein Kollateralschaden. Trotz der Anstrengung des Laufens lachte er auf. Selbst schuld, warum mussten sich die Leute auch immer wichtigmachen, wenn sie von der Polizia befragt wurden?

Ansonsten war es in der Folge wie am Schnürchen gelaufen: Carlo hatte die zwei Morde gestanden, die „Überzeugungsarbeit", die er im Gefängnis in Auftrag gegeben hatte, hatte also Früchte getragen. Da lobte er sich die Polizia aus Tolmezzo, die sich mit dem auf dem Tablett als Mörder servierten Carlo zufriedengab. Aber der Sizilianer? Der war so ein Typ, der weiterschnüffeln würde und irgendwann unweigerlich beim Padre gelandet wäre. Den Verdacht, wer der Mörder des Padre sein könnte, hatte er wie vor einigen Tagen wieder auf einen anderen lenken wollen. Vermeintliche Beweismittel wie Carlos Knopf hatte er genug in der Tasche. Man musste immer rechtzeitig vorsorgen ... Es hatte beim ersten Mal funktioniert, es hätte auch dieses Mal funktioniert. Doch er hatte ganz einfach Pech: Was hatten die Brautleute bitteschön zwei Stunden vor der Trauung in der Kirche zu suchen?

*

Allmählich begann sich in Arta Terme echtes Chaos auszubreiten. Wie in derartigen Fällen üblich, bemerkten es die handelnden Personen zuletzt, weil sie ja nicht den Überblick hatten, sondern alles nur aus ihrer kleinen, bescheidenen, ichbezogenen Perspektive sahen. Wirft man aber einen Blick aufs Ganze, erschließt sich einem schnell das

Ausmaß der Katastrophe. Der Priester, der die Trauung vornehmen sollte, lag erstochen neben dem Altar der Hochzeitskirche. Die Brautleute verfolgten den Mörder getrennt auf zwei verschiedenen Wegen. Es war für erfahrene Ermittler wie die Bräutigame brandgefährlich genug, einem derartigen Scheusal auf unvertrautem Gelände nachzuhetzen. Um wie viel gefährlicher musste das für die Bräute sein, beide an Schreibtischtätigkeiten gewöhnt und plötzlich mitten im Schussfeld eines Dreifachmörders befindlich? Gleichzeitig schickten sich die engsten Verwandten in völliger Unkenntnis der dramatischen Zuspitzung der Lage, die sich in den letzten Minuten ergeben hatte, an, in Anzug, Krawatte und festliches Kleid zu schlüpfen, um schön langsam zur Hochzeitskirche aufzubrechen, die längst zum Tatort mutiert war. Dem Mörder entgegen also, könnte man sagen, ohne ein besonderer Pessimist zu sein. Zu allem Überfluss und um das Chaos zu komplettieren, hatten sich in der Zwischenzeit auch Camilieris und Forzas Kollegen aus Cividale in Bewegung gesetzt. Die blaue Farbe am Polizei-Oldtimer war getrocknet, Zange und Schraubenschlüssel zur Seite gelegt, der Konvoi steuerte so rasch es ging Richtung Arta Terme. Und Polizei als Unterstützung konnte in der gegenwärtigen Situation wirklich nicht schaden. Aber in Galauniform und schon ein wenig gut aufgelegt, nützte sie auch nicht so recht.
Alles lief auf ein Ende hinaus – ad finem.

*

„Merda! Ist das glitschig hier!“, schimpfte Camilieri. Der Regen am Vormittag hatte die Wurzeln und das Laub, das den Waldweg mit einer herbstlich-dicken Schicht überzog, richtig rutschig gemacht und in eine Oberfläche verwandelt, die eher einem Eislaufplatz glich als dem Waldboden. Mit dem Unterschied, dass anstelle der Bande auf einer Seite des schmalen Pfades der Abgrund lauerte, auf der anderen Seite Stauden und Äste, die aus dem Hang wuchsen und ihm bei jeder kleinen Abweichung vom rechten Weg schmerzhaft ins Gesicht schlugen. Gelegentlich hörten Camilieri und der Hundeführer weiter vorne ähnliche peitschende Geräusche, was darauf hindeutete, dass auch der flüchtige Mörder mit dem Terrain so seine Schwierigkeiten hatte. Dennoch: Das Klatschen schien mit jedem Mal um eine Spur weiter entfernt zu ertönen, was nichts anderes bedeuten konnte, als dass der Mann an Vorsprung gewann. Wie er das machte, war dem Commissario unerklärlich. Er und der Hundeführer zählten zu den Fittesten des ganzen Kommissariats von Cividale. Okay, hätte Forza die Verfolgung zu Fuß aufgenommen, dann wäre der Abstand zwischen den beiden schneller gewachsen, als der dickliche Kollege Camilieris schnaufen konnte. Aber so? Wahrscheinlich kannte der Mann den Wald wie seine Westentasche, kürzte da und dort eine Kurve ab, was ihm die entscheidenden Meter einbrachte.

*

Forza hatte es im Alfa sitzend eindeutig bequemer. Stressfrei gestalteten sich die Minuten nach der Ermordung des Padre deshalb aber auch für ihn nicht. Er alarmierte natürlich sofort die Kollegen aus Tolmezzo über Funk und forderte Verstärkung an. Glücklicherweise erreichte er auf Anhieb einen zuständigen Beamten. Der wollte zuerst zur Hochzeit gratulieren – Glückwünsche, die Forza abwürgte, bevor sie überhaupt fertig gesprochen waren. Bis er freilich erklärt hatte, dass es ein weiteres Opfer gegeben habe, für das schwer Carlo verantwortlich sein könne, da dieser ja hinter Schloss und Riegel sitze, dauerte es ein wenig. Schließlich begriff sein Gegenüber am Funk wenigstens, dass es sich um einen ausgesprochenen Notfall handelte und man dringendst Verstärkung benötigte, wobei noch unklar war, wohin sich die Kollegen genau begeben sollten.

„Cazzo!“, schrie Forza in den Funk. „Fahrt doch einfach los! Bis ihr in Arta Terme seid, werden wir schon wissen, wo wir euch brauchen!“

Bei diesen Worten raste der Alfa Romeo bereits wieder am schmiedeeisernen Wegkreuz vorbei, das auf halber Höhe der Bergstraße in einer Kehre stand.

Als Erste der Frauen fasste sich Lydia. Sie saß bleich und blass am Beifahrersitz. Ihr war klar: Die Verfolgung zu Fuß, die ihr Claudio vor wenigen Augenblicken aufgenommen hatte, konnte böse enden. Der Mann, dem er auf den Fersen war, war ein eiskalter Mörder. Wer einen Geistlichen in der Kirche ermorden konnte, der war in Wahrheit kein Mensch. Ja, er war auch kein Tier, das wäre eine Beleidigung für alle Vierbeiner. Sie drückte die Daumen, dass nichts passierte. Sie betete sogar, was sie sonst eigentlich nie tat.
Eleonora hätte durchaus gebetet, wenn es erforderlich gewesen wäre. Doch ihr Giuseppe saß nur Zentimeter vor ihr am Fahrersitz des Alfa. Sie stand nach wie vor unter Schock, von dem sie sich so schnell wohl nicht erholen würde. Trotzdem kamen auch ihr langsam Zweifel, ob es sich mit der Hochzeit an diesem so dramatischen Tag noch ausgehen würde. Eher nicht, befürchtete sie, verspürte diesmal aber überhaupt keinen Grund, ihrem künftigen Gemahl daran die Schuld zu geben.

*

Langsam kam er in den richtigen Rhythmus. Über ausreichend Kondition verfügte er allein schon aufgrund seiner Grabungen, egal ob legal oder illegal: Stundenlang mit Schaufel und Spitzhacke den Boden zu bearbeiten sowie in der Folge genauso stundenlang, meist in der Hocke, mit einem winzigen Pinsel die Feinarbeit zu leisten und die gefundenen Tonscherben sorgfältig von den letzten Erdresten zu befreien, das zehrte an den Kräften. Oft sagte er im Scherz, dass Archäologie locker als Disziplin bei den Olympischen Spielen durchgehen könnte. Und er trainierte auch im Studio dafür. Seit der Trennung von seiner Partnerin vor einigen Jahren hatte er dafür ja viel mehr Zeit.
Die gute physische Verfassung kam ihm jetzt zugute. Gepaart mit der perfekten Ortskenntnis, schließlich hatte er beinahe jeden Quadratmeter in dem Wald schon umgegraben, würde es ihm gelingen, die Bullen abzuschütteln, die hinter ihm wie Wildschweine durch den

Wald brachen – dessen war er sich sicher. Seine Zuversicht begann zurückzukehren. „Game over“ hieß es in diesem Spiel auf Leben und Tod noch lange nicht.

*

„Schießen Sie doch, Commissario!“, schnaufte der Hundeführer. „Wozu haben Sie meine Knarre?“
„Wie denn?“, schnaufte Camilieri zurück. „Wir können ihn ja nach wie vor nicht einmal sehen.“
„Egal, vielleicht erschreckt es ihn und er gibt auf.“
„Der Typ da vorne gibt nicht auf, für den ist die Sache erst vorbei, wenn einer von uns tot ist.“
Die Worte fielen langsam und abgehackt, als wären sie sehr bedacht gesprochen. In Wahrheit war das Höllentempo, mit dem sich Camilieri und der Hundeführer durchs Unterholz schlugen, das immer wieder in den Weg hineinwucherte, dafür verantwortlich. Fürs Reden blieb einfach kaum mehr Luft.
„Probieren Sie es trotzdem!“, insistierte der Hundeführer.
„Dann müsste ich stehen bleiben und das kostet uns wieder wertvolle Zeit.“
„Geben Sie mir die Knarre, ich bin gut im Schießtraining.“
Der Hundeführer sprintete noch einmal drauflos, um sich neben Camilieri zu setzen. Kein leichtes Unterfangen, Zweige und Äste schlugen ihm ins Gesicht, Dornen zerkratzten ihm nicht nur die Wangen, sondern auch die Hände. Doch das Manöver glückte. Als er auf der Höhe Camilieris angelangt war, übergab ihm dieser die Waffe und ließ ihn gleich darauf auch passieren, damit er ungestört den Warnschuss abgeben konnte.
Der Hundeführer feuerte in die Luft. Wie bei einer gewaltigen Explosion stoben daraufhin Vögel und anderes Getier auf und verwandelten den vermeintlich verlassenen Wald plötzlich in einen prall gefüllten Lebensraum, in dem es an allen Ecken und Enden flatterte, fleuchte und kreuchte. Nur einer reagierte nicht: der Mörder, der so

geschickt durch die Bäume rannte, wie im Winter ein Slalomläufer auf dem nahe gelegenen Monte Zoncolan durch die Slalomstangen schlüpfte.

*

Forza dachte nach. Zwei Kehren noch, dann hatten sie die Bergstraße hinter sich gebracht und würden in Zuglio einfahren. Von dort waren sie in nicht viel mehr als einer Minute in Arta Terme. Sollte er die Frauen beim Hotel absetzen oder gemeinsam mit ihnen zur Therme rasen, wo der Waldweg endete, den der Mörder eingeschlagen hatte? Forza entschied sich dafür, gleich zur Therme zu fahren. Es war zwar nur schwer möglich, dass die Fußgänger bereits herunten angelangt waren, dafür beherrschte er den Alfa und sein gelegentlich ausbrechendes Heck zu gut ... Aber wenn er ein wenig vorher auf dem Gelände wäre, dann könnte er sich einen guten Platz aussuchen, um dem Flüchtigen einen Empfang zu bereiten, der es diesem unmöglich machen würde, ein zweites Mal zu entkommen. Dann hätten sie ihn in der Zange. Camilieri und der Hundeführer trieben den Schurken, von hinten kommend, geradezu in seine Arme. Und diese waren kräftig und konnten, wenn nötig, ordentlich zupacken. Da sollte eigentlich nichts schiefgehen, ja, der Mann war bereits so gut wie geschnappt – dachte Forza.

*

Der Warnschuss krachte durch das Tal und rief dort unterschiedliche Reaktionen hervor.
Forza, der wild am Lenkrad drehte, um die letzte Haarnadelkurve über die Brücke eines Bächleins, das dem But zustrebte, zu schaffen, horchte auf. Hätte es eines weiteren Arguments bedurft, sofort zur Therme zu fahren, damit hätte er es gehabt. Er sorgte sich: Hatte der Mörder etwa auch eine Feuerwaffe mit dabei? Warum hatte er den Padre dann aber erstochen – die Blutlache, in der das Opfer neben dem Altar gelegen hatte, deutete zumindest deutlich auf mehrere

Stichverletzungen hin. Man musste kein Pathologe sein, um das zu erkennen. Oder hatte der Commissario mit der Waffe des Hundeführers geschossen? Wenn ja, warum? Soweit er Camilieri kannte, und er kannte ihn inzwischen gut, benötigte dieser gewöhnlich keine Waffe. Seine Waffe waren der Geist und analytische Schlüsse, das hatte er auch in diesem Fall wieder mehrmals unter Beweis gestellt. Während er, Forza, sich mit Carlo als Mörder zufriedengegeben hatte, nicht weiter nachdenken und seine Ruhe haben wollte, hatte Camilieri unermüdlich weitergegrübelt. Die jüngste Wendung schien dem Commissario auf alle Fälle recht zu geben.

In Sorge waren aber auch die zwei Frauen, als der Schuss fiel. Lydia mehr als Eleonora, wusste sie doch, dass ihr Bräutigam unmittelbar hinter einem brutalen Mörder durch den Wald hetzte. Claudio war zwar keiner, der riskante Abenteuer liebte; die einzigen Risiken, die er einging, waren das komplette Ignorieren von Obrigkeiten aller Art und damit einhergehend der Verzicht auf Dienstwege. Trotzdem, man konnte nie hundertprozentig vorhersehen, wie sich die Dinge entwickelten. Eleonora versuchte Lydia in diesem schwierigen Moment schweigend zu trösten, indem sie die Freundin fest am Oberarm fasste.

„Was war das?", fragte sie Giuseppe in der schwachen Hoffnung, er könnte vielleicht eine andere Erklärung für den Lärm finden als die Abgabe eines Schusses.

„Ein Schuss", zerstörte ihr Bräutigam unverzüglich die selbstbetrügerische Hoffnung Eleonoras.

„Was kann das bedeuten?"

„Dass jemand geschossen hat, befürchte ich", antwortete Giuseppe lapidar.

So ruhig, wie er beabsichtigte, klang seine Stimme freilich nicht.

Auch im Hotel war der Schuss zu hören. Dort schrieb man ihn in Unkenntnis der Vorgänge der letzten Minuten den Hochzeitsfeierlichkeiten zu. Ein vorzeitiger Böller, dachte man und kommentierte ihn nicht weiter.

Mamma Forza ärgerte sich ein wenig darüber, weil der Böller erstens eindeutig zu früh gezündet worden war – sie stand ja noch im Bad und trug zum ersten Mal seit Langem wieder einmal Schminke auf. Zweitens störte sie die ständige Knallerei zu allen möglichen und unmöglichen Anlässen sowieso. Festliche Stimmung und Böller, so ihre feste Meinung, passten nicht zusammen.
Onkel Giorgio hingegen konnte der Knallerei durchaus etwas abgewinnen. Sie erinnerte ihn an jüngere Jahre, als er selbst an vorderster Front dabei gewesen war, wenn Böller geschossen worden waren. Egal zu welchem Anlass ...

*

Langsam begann es in Camilieris Lunge zu brennen und die Knie schmerzten ebenfalls schon vom vielen Abwärtslaufen. Schaute er nach vorne, sah er, wie der Wald sich lichtete. Sie sollten also bald den Talboden hinter der Therme erreichen. Vom flüchtigen Mörder konnte man immer noch nichts erkennen, höchstens gelegentlich einen Schatten weit vorne zwischen die Bäume huschen sehen. Wie ein Phantom, dachte der Commissario und erinnerte sich plötzlich an den letzten Fall, als sie in der Bergwelt von Sauris ebenfalls einem lange Zeit unsichtbar bleibenden Mörder hinterhergehetzt waren. Komische Parallele, schoss es ihm durch den Kopf, wie ein Fluch, der auf den Bergen zu liegen schien.
Auch der Hundeführer kämpfte in der Zwischenzeit mit seiner Konstitution. Bislang hatte er geglaubt, bestens in Form zu sein. Das mochte stimmen, aber der Typ da vorne, den sie verfolgten, der musste Sehnen aus Gummi, eine Lunge wie eine Vakuumpumpe und Nerven wie Stahlseile haben, denn der Schuss hatte ihn nicht einmal eine Sekunde innehalten lassen.

*

Forza bog wie gewohnt mit Karacho von der Strada statale 52 bis Carnica auf die kurze Zufahrtsstraße zur Therme ab und setzte mit

hoher Geschwindigkeit über die Brücke. Statt vor dem Eingang des Bades zu bremsen, fuhr er allerdings einige Meter weiter Richtung Sportplatz, wo der Weg, oben von San Pietro kommend, einmündete. Dort stellte er den Alfa mitten auf der Straße quer ab, wohl um zu signalisieren: Halt! Dann stieg er aus, um zu Fuß bis zum Anfang des Waldwegs zu gehen, ein-, zweihundert Meter vielleicht. Eleonora kletterte ebenfalls aus dem Auto und lief ihrem Bräutigam hinterher.
„Bleib besser bei Lydia im Auto!"
„Mai e poi mai", protestierte Eleonora, „nie und nimmer!"
„Va bene", gab sich Forza geschlagen, denn er wusste, dass jedwede Weigerung bei einer Frau wie Eleonora zwecklos wäre. „Dann komm mit! Wir gehen dort vorne in Stellung, wo der Waldweg einbiegt. Aber bleib ja hinter meinem Rücken! Wer weiß, was dem Kerl einfällt!"
Bei diesen Worten wurde ihm richtiggehend unwohl. Es war blanker Wahnsinn, die Frauen dabeizuhaben. Es war genauso blanker Wahnsinn, Eleonora hinter sich stehen zu lassen. Und Wahnsinn war es auch, sich der Bestie, die sich da den Weg durch den Wald bahnte, unbewaffnet entgegenzustellen. Seine Dienstwaffe lag im Nachtkästchen des Hotels! Gott sei Dank hatten wenigstens die Verfolger eine Waffe, wenngleich ihm der abgegebene Schuss große Sorgen bereitete. Sorgen hin, Wahnsinn her, es fehlte die Zeit, andere, dem Ernst der Lage besser entsprechende Maßnahmen zu ergreifen. Der Mörder musste jeden Moment auftauchen ...

*

... und er erschien. Aber nicht an der Stelle, an der Forza ihn erwartete. Im Gegensatz zu den Ermittlern aus Cividale war der Mörder mit jedem Flecken Erde in und um Arta Terme vertraut. Er kannte jeden Stein, jeden Baum und jeden Strauch. Er wusste über jede Abkürzung Bescheid, alle Sackgassen, Flussübergänge und Schleichwege. Als er auf seinen letzten Metern durch den lichter werdenden Wald den Polizeiwagen vorfahren sah, aus dem sich der zweite Hochzeitsbulle wohlbeleibt und dementsprechend schwerfällig quälte, bog er vom

Waldweg ins Unterholz ab. Während Forza vom Wagen wegging, lief der Mörder drinnen im Wald durchs Dickicht von der Einmündung weg in die entgegengesetzte Richtung. Der Flüchtige traute beim kurzen Zurückschauen kaum seinen Augen: Der Bulle hatte doch allen Ernstes eine Frau mit dabei! Mutig, das musste man ihm lassen ...
Ungefähr auf Höhe des Alfa Romeo trat der Mörder vorsichtig aus dem Wald. Von Forza und Eleonora unbemerkt, eilte er auf den Alfa zu. Als er durchs Seitenfenster der Beifahrerseite schaute, traute er seinen Augen ein zweites Mal nicht: Da drinnen saß allen Ernstes eine zweite Frau. Nie hätte er gedacht, dass Kriminalpolizisten so sorglos sein würden. Dann huschte er um das Heck des Alfa, stieg durch die offen stehende Fahrertür ein und hielt der zuerst überraschten, dann geschockten Lydia das Messer an die Kehle.
„Salve", grüßte er und grinste schäbig.

*

In diesem Augenblick rumpelten Camilieri und der Hundeführer aus dem Wald und Forza beinahe direkt in die Arme. Der winzige Umweg, den der Mörder genommen hatte, war ihnen entgangen, sie waren einfach den ausgetretenen Waldweg weiter entlanggelaufen.
Als sie zum Stehen kamen, fragte Camilieri atemlos: „Wo ist er?"
„Keine Ahnung", antwortete Forza, „ich dachte, Sie sind ihm auf den Fersen."
„Das waren wir auch. Zumindest bis vor Kurzem. Wir hatten ihn zwar nie in Sicht, aber wir haben immer wieder gehört, wie er durchs Unterholz gebrochen ist."
„Komisch, hier ist er nicht herausgekommen."
Und dann hörte man schon den Motor des Alfa Romeo aufheulen. Forza hatte den Zündschlüssel stecken lassen.
„Merda!", fluchte Camilieri. „Er schnappt sich unser Auto!"
Forza konnte den Gedankensprüngen seines Chefs nicht folgen, so schnell zog dieser seine Schlüsse. Als er endlich bemerkte, was gerade vorging, fluchte auch er.

Der Hundeführer setzte sich in Bewegung, um sich dem Alfa, der beim Wendemanöver mit quietschenden Reifen ein kurzes Stück direkt auf ihn zuraste, entgegenzustellen. Er nahm die Waffe in Anschlag.
„No", schrie Eleonora, „nicht schießen!"
„Perché?"
„Lydia sitzt noch im Auto!"
Camilieri fluchte noch einmal, der Hundeführer senkte die Waffe, dafür schoss der Alfa mit Entführer und Entführter wie eine Pistolenkugel vom Platz. Forza griff zum Mobiltelefon. Er rief die Kollegen aus Tolmezzo an und forderte sie auf, sämtliche Zufahrtsstraßen nach Arta Terme mit ihren Fahrzeugen zu blockieren und dabei größte Vorsicht walten zu lassen. Gott sei Dank waren diese mittlerweile in die Gänge gekommen und befanden sich bereits in unmittelbarer Nähe zum Ortsanfang.

*

Von alledem ahnten Elisabetta Forza und ihr Bruder Giorgio nichts, als sie in den Lancia Flavia Berlina stiegen, um sich auf den Weg zur Hochzeit zu machen. Onkel Giorgio verabschiedete sich lange von der Hotelchefin, nicht ohne ihr zu versichern, dass er sie nur schweren Herzens verlasse und eigentlich viel lieber bei ihr bleiben würde.
Aber wenn der eigene Neffe heirate, dann könne man das halt nur sehr, sehr schwer schwänzen. Die Hotelchefin wiederum signalisierte vollstes Verständnis dafür und meinte beruhigend, dass es ihr nicht zuletzt aufgrund seiner aufopfernden Pflege ja schon wieder viel besser gehe.
Dann bog der Onkel mit dem Lancia aus dem Parkplatz des Hotels in die Hauptstraße ein und fuhr vom Ortsteil Piano d'Arta in Richtung Ortskern hinunter. Dort wollte er kurz auf die Staatsstraße Richtung Tolmezzo wechseln, um auf der Höhe von Zuglio über den But zu fahren und weiter hinauf nach San Pietro.

Er kam nicht weit. Nicht etwa, weil der Oldtimer seinen Geist aufgegeben hätte, nein, nein, damals waren die Autos noch so gebaut worden, dass sie fuhren und fuhren und fuhren. Nein, am Lancia lag es nicht, sondern an den Kollegen aus Tolmezzo, die sich nach dem Aviso durch Giuseppe Forza gerade gewissenhaft daran machten, alle Zufahrtsstraßen von und nach Arta Terme abzuriegeln. Da wäre nicht einmal mehr ein Mäuslein durchgekommen ...

Als der Lancia knapp nach dem Kreisverkehr aufgehalten wurde, erklärte man den Insassen kurz den Sachverhalt. Onkel Giorgio, sonst selten um die richtigen Worte verlegen, erstarrte und schwieg betroffen.

Seine Schwester am Nebensitz bekreuzigte sich dreimal und begann erschüttert zu murmeln: „Santa Maria, Madre di Dio, prega per noi peccatori ..."

Und dann betete sie das gesamte Ave-Maria, das Vaterunser und alle übrigen Gebete, die sie kannte.

*

Im Ortsteil Piano d'Arta stand seit Menschengedenken ein wenig erhaben auf einem kleinen Hügel eine Ruine. Auf den ersten Blick mutete das im Tudorstil gehaltene, halb verfallene Gebäude wie eine Sehenswürdigkeit an. Man dachte an ein Monument vergangener Zeiten, an ein konserviertes Baudenkmal aus der ehemaligen Blütezeit des Kurortes. Näher gekommen, erkannte man bald, dass man einer Täuschung erlegen war. Die Ruine war wirklich eine Ruine, Anstrengungen, sie zumindest im kaputten Zustand zu erhalten, waren nicht zu bemerken. Am Dachfirst wuchsen kleine Bäume, Efeu überwucherte die Mauern, die steinernen Rahmen der glaslosen Fenster hatten Mühe, dem Druck der Ziegel standzuhalten. Das Bauwerk verfiel einfach so vor sich hin und schien bei den Bürgern des Ortes auf wesentlich geringeres Interesse zu stoßen als bei den Touristen. Angesichts mehr als zweitausend Jahre alter historischer Zeugnisse in unmittelbarer Nähe in Zuglio war es allerdings nicht weiter ver-

wunderlich, dass eine vielleicht hundert Jahre alte Ruine niemanden zu interessieren schien. Ein Hotel, so erzählten die Einheimischen auf Nachfrage, habe das Gebäude früher einmal beherbergt.
Dorthin flüchtete der Entführer mit Lydia, nachdem er die Straßensperren an den Ortsausfahrten bemerkt hatte. Die Zuversicht, die er auf der Flucht zu Fuß vom Berg herunter zwischenzeitig verspürt hatte, drohte zu schwinden. Doch die Frau neben ihm, die er mit dem Messer mehr schlecht als recht in Schach hielt, während er den Alfa durch den Ort steuerte, ließ immer wieder die Hoffnung auf Rettung in ihm aufkeimen. Er fuhr, so weit es ging, an die Ruine heran. Dann bedeutete er Lydia mit einigen hektischen Bewegungen mit der Messerhand auszusteigen und mitten durch das Gesträuch und Gebüsch, das sich rund um die Mauern ungestört ausgebreitet hatte, die Ruine zu betreten. Dabei ging er so dicht hinter ihr, dass sie seinen Atem spüren konnte. Einstmals vertraut, jetzt feindselig, todbringend ...

*

Der Ring der Carabinieri aus Tolmezzo rund um den weitläufigen Kurort war wirklich dicht. Das mussten auch Camilieris und Forzas Kollegen aus Cividale erfahren, als sie sich mit dem Polizei-Oldtimer der Ortschaft näherten. Dass die Zeit ein wenig drängte und sie nur knapp vor dem Trauungstermin den Ort erreichten, sollte sich an den Absperrungen als geringstes Problem herausstellen. Schnell wurde ihnen mitgeteilt, was sich zugetragen hatte.
Zuerst wollten sie gar nicht glauben, was ihnen die Kollegen aus Tolmezzo da erzählten, und dachten an den bei Hochzeiten gern gepflegten Brauch des Absperrens. Man kannte das ja: Landauf, landab stellten Bekannte des Brautpaares Hindernisse auf, an denen alle, die passieren wollten, um ein paar Euro erleichtert wurden und ein Stamperl Grappa bekamen, egal, ob sie nun zur Hochzeitsgesellschaft gehörten oder nur zufällig des Weges kamen. Diese Absperrung, die der Konvoi aus Cividale da vorfand, war erheblich anderer Natur.
Nachdem die Sachlage in der gebotenen Kürze dargelegt worden war,

begaben sich die Polizisten aus Cividale in den Dienst der Kollegen aus Tolmezzo. Auf diese Weise entstand beinahe eine kleine Streitmacht, für die es nicht schwer sein sollte, einen einzelnen Flüchtigen zu schnappen.

*

Camilieri war verzweifelt. Wieder einmal hatte er mit seiner unsinnigen Verknüpfung von Dienst- und Privatleben ihm nahestehende Personen in größte Gefahr gebracht, noch dazu seine eigene Braut. Er war ein unbelehrbares Rindvieh oder, wie er selbst in solchen Situationen zu sagen pflegte: Che idiota!

Hatte man ihnen während der Ausbildung nicht laufend eingebläut, niemals, jawohl niemals, durch ein Polizeimanöver Privatpersonen in Gefahr zu bringen? Von Verwandten oder Nahestehenden war dabei gar nicht die Rede gewesen. Wahrscheinlich weil niemand auf die wahnwitzige Idee gekommen wäre, dass irgendein einigermaßen bei Sinnen befindlicher Polizist diese nicht zuerst aus der Schusslinie bringen würde, bevor er sich auf die Ganovenjagd machte. Nur er, Claudio Camilieri, der Sizilianer, der sich über jede Dienstvorschrift hinwegsetzte, wenn es ihm nur in den Kram passte, er präsentierte keine zwei Stunden vor der geplanten Hochzeit seine eigene Braut einem Mörder am Serviertablett. Jetzt hatte er den Salat! Gerne hätte er Forza die Schuld gegeben, schließlich hatte er die Bräute mitgenommen und sie direkt ins Geschehen chauffiert, statt sie im Hotel abzusetzen. Aber von wem hätte der Kollege es denn anders lernen sollen? War er, Camilieri, nicht ständig mit negativem Beispiel vorangegangen? Und er hatte Forza mit keinem Wort aufgetragen, Eleonora und Lydia irgendwo aussteigen zu lassen. In Wahrheit hatte er den Gegner unterschätzt. Aus Überheblichkeit, aus reiner Überheblichkeit!

Freilich, die Selbstzweifel halfen jetzt auch nichts. Sie befreiten Lydia nicht. Das musste er schon selbst in die Hand nehmen. Er schwor sich, das unverzüglich zu erledigen, schnappte sich die Dienstwaffe des Hundeführers und setzte sich in Trab. Der Hundeführer lief mit ihm. Forza und Eleonora blieben zurück, denn Auto hatten sie ja keines mehr.

*

„Und jetzt?", fragte Lydia.

Sie standen im Inneren der Hotelruine. Die Szenerie hätte idyllisch wirken können, wäre da nicht das Messer gewesen, mit dem der Mörder die Frau in Schach hielt. Er schwieg.

„Gib auf!"

Ungerührt erwiderte der Mann: „Chiudi il becco – halt's Maul!" Nach kurzem Schweigen fügte er hinzu: „Du bist mein Trumpf! Mit einer Bullenbraut an meiner Seite bin ich geschützt wie durch eine Ritterrüstung. Du bist so etwas wie meine Lebensversicherung."

Er lachte zynisch.

Leichter Nieselregen setzte wieder ein und verlieh der Szene die Tristesse, die ihr gebührte.

*

Schnell war klar, wohin der Mörder und Entführer sein Opfer gebracht hatte. Die Kollegen aus Tolmezzo setzten sich genauso dorthin in Bewegung wie Camilieri. Dieses Mal verlieh ihm die Gefahr, in der Lydia schwebte, nach den anfänglichen Selbstzweifeln eine unglaubliche mentale Stärke und damit zusätzliche Kräfte. Er hätte bis ans Ende der Welt laufen können, um den Fehler wiedergutzumachen, der seine Liebste in die Hände dieses Verbrechers geführt hatte. Das wurde mehr als die Festnahme eines Mörders, mehr als die Klärung einer brutalen Mordserie in Arta Terme. Das wurde eine persönliche Abrechnung zwischen zwei Männern.

Das spürte auch der Hundeführer, der, ebenfalls gut bei Kräften, Camilieri problemlos folgen konnte. Sie sprachen während des Laufens nicht. Weniger um Luft zu sparen, vielmehr waren sie sich so vertraut, dass in dieser Situation nichts gesagt werden musste.

Als Camilieri und der Hundeführer auf die Schotterstraße, die zur Ruine führte, einbogen, waren die Kollegen aus Tolmezzo bereits da und hatten das verfallene Gebäude weiträumig umstellt. Ohne freies Geleit, das man wegen der Geisel wohl zusichern würde müssen, wäre da niemand unbemerkt hinausgekommen, nicht einmal eine Wespe, die in den milden Herbsttemperaturen vielleicht noch herumschwirrte. Obwohl der Einsatz nicht von Camilieri geleitet wurde – er ermittelte ja nicht einmal offiziell –, warteten die Polizisten aus Tolmezzo, bis der Commissario ein Bild von der Lage gewonnen hatte. Schließlich hatten er und die Seinen den Mörder oben am Berg aufgespürt und ihn bis hierher verfolgt, vielleicht hatten sie irgendeine Schwäche des Mannes beobachtet, die man jetzt ausnützen konnte, um seiner habhaft zu werden. Es würde schwierig werden, denn das in solchen Fällen übliche Arsenal an Möglichkeiten reduzierte sich infolge der Geiselnahme nahezu gegen null.

*

Onkel Giorgio war in der Zwischenzeit mit Elisabetta Forza zum Hotel zurückgefahren. Er hasste es, schlechte Nachrichten überbringen zu müssen. In der Antike, das wusste er, hatte man die Überbringer schlechter Nachrichten getötet. Wenn heutzutage auch weniger streng mit den Vermeldern von Unglücksbotschaften zu Gericht gegangen wurde, das ungute Gefühl blieb. Im gegenständlichen Fall gelang es aber selbst einem unverbesserlichen Optimisten wie ihm nicht, der Lage irgendetwas Positives abzugewinnen und eine – zumindest kleine – gute Nachricht der schlechten voranzuschicken.

„Una catastrofe!", vermeldete er beim Betreten des Hotels.

Die Hotelchefin und die kleine Schar an Hochzeitsgästen hingen an seinen Lippen. Irgendwie war ihnen bereits aufgefallen, dass etwas nicht stimmte. Die vielen die Straßen entlangfahrenden Polizeiautos mit Blaulicht und Folgetonhorn, der Alfa, der im Höllentempo immer wieder durch den Ort gerast kam, als suchte sein Fahrer irgendetwas,

die hektisch hin und her laufenden Polizeibeamten – all das hatte eine Stimmung erzeugt, die auch wenig sensible Zeitgenossen ahnen ließ, dass sich da irgendetwas zusammenbraute beziehungsweise bereits zusammengebraut hatte.
„Der Padre ist tot – ermordet“, begann Onkel Giorgio mit der Aufzählung der Grausamkeiten.
So mancher in der Hochzeitsgesellschaft dachte an einen schlechten Scherz und die Hotelchefin erbleichte. Der Padre ermordet? Der Padre, der jeden Sonntag zu ihnen von der Kanzel predigte? Der an manchen Tagen sogar in ihrem Ristorante speiste? Der seine Macken und Fehler hatte, vor allem seine archäologischen Spintisierereien, der aber nichtsdestotrotz ihr Padre war? Unmöglich!
„È orribile“, stammelte sie, „das ist ja schrecklich.“
„Sie sagen es, Carissima“, bestätigte Onkel Giorgio und vergaß auch in dieser schweren Situation nicht aufs Kompliment. „Dabei ist das noch gar nicht alles an schlechten Nachrichten.“ Und er setzte fort: „Lydia, die Braut von Commissario Camilieri, wurde als Geisel genommen. Wahrscheinlich ist der Mörder der Geiselnehmer.“
„Per amor di Dio!“, entfuhr es der erschrockenen Wirtin. „Und was passiert jetzt?“
„Jetzt können wir nur beten“, antwortete Elisabetta Forza anstelle ihres Bruders.
Sie wollte gerade mit einem Gebet beginnen, als die Tür geöffnet wurde und ihr Giuseppe mit Eleonora hereinkam.
„Giuseppe!“, rief Mamma Forza erleichtert. „Gott sei Dank bist du unversehrt.“
„Sì“, antwortete der Figlio tonlos, „ich bringe Eleonora zu euch. Passt bitte gut auf sie auf.“
„Sag, stimmt das alles, was man uns an der Straßensperre erzählt hat?“, erkundigte sich Onkel Giorgio.
„Ich habe keine Ahnung, was man euch erzählt hat, aber ich befürchte, es stimmt. Der Totenvogel hat nicht umsonst geschrien.“
„Welcher Totenvogel?“, fragte Mamma Forza.

Giuseppe erzählte die Vorkommnisse mit dem Kauz, den er und Camilieri vor wenigen Stunden aus seinem Thermengefängnis befreit hatten und dessen Schrei er nicht vergessen konnte.

„Immer, wenn er schreit", flüsterte Elisabetta Forza schockiert, „geschieht ein Unglück."

„Quatsch!", fuhr ihr Bruder dazwischen und fragte seinen Neffen: „Und was macht ihr jetzt?"

„Camilieri ist bereits unterwegs zum Entführer und die Kollegen aus Tolmezzo dürften ebenfalls schon bei der Ruine sein. Dort kommt er nicht mehr raus. Ich bin mit dem Cellulare laufend in Kontakt mit ihnen. Er ist umzingelt. Größte Sorgen bereitet mir allerdings, dass er Lydia hat."

„Wie oft hat der Vogel geschrien?", fragte Mamma Forza.

Giuseppe verstand nicht sofort: „Welcher Vogel?"

„Na, der Totenvogel!"

„Ich weiß nicht genau, dreimal vielleicht."

„Dann besteht Hoffnung", antwortete Elisabetta Forza mit Überzeugung, „dass es nur ein Todesopfer gibt. Und das war der unglückselige Padre."

„Wollen wir's hoffen", zeigte sich ihr Bruder skeptisch.

„Können wir irgendwie helfen?", mischte sich die Hotelchefin dazwischen.

„No", sagte Forza, „die Dinge nehmen ihren Lauf. Mehr Polizei als heute hat es in Arta Terme vermutlich noch bei keinem Einsatz gegeben. Aber ich muss los, hinauf zur Ruine. Passt mir gut auf Eleonora auf!"

Sprach's und verschwand durch die Tür, nachdem er seiner bedrückten Braut einen flüchtigen Kuss auf die Wange gedrückt hatte. Eleonora ließ ihn ziehen, obwohl sie ihn am liebsten in ihrem Herzen vor der grausamen Welt weggesperrt hätte, und begann zu schluchzen. Auch sie wusste, dass ihr Giuseppe Camilieri jetzt nicht allein lassen durfte. Mit der Hochzeit, das wurde ihr ebenfalls bewusst, war es endgültig vorbei. Doch was bedeutete schon eine Hochzeit, wenn ihre Freundin in Lebensgefahr schwebte? Es war die Hölle: Gestern noch hatten sie gemeinsam gescherzt, Wein getrunken, gelacht ... Und heute, da war die Welt plötzlich anders geworden.

*

„Wir kommen jetzt raus, steigen ins Auto und verlassen ungehindert den Ort!", ertönte die Stimme aus der Ruine. „Und keine Tricks, sonst ist sie tot."

Die Drohung hätte er sich sparen können, denn niemand zweifelte daran, dass der Mann es ernst meinte. Doch Claudio Camilieri horchte draußen auf. Diese Stimme kannte er, er hatte sie schon einmal gehört. Auch wenn sie jetzt hassverzerrt und grässlich klang, der Ton war ihm vertraut. Und plötzlich fiel es ihm wie Schuppen von seinen Augen: Diese Stimme hatte ihn bewusst in die Irre geleitet und auf eine falsche Fährte gesetzt. Unter den Polizeibeamten, die das Gelände umstellten, breitete sich Ratlosigkeit aus. Einige befürworteten einen harten Kurs, andere wiederum sprachen sich – nicht nur aus Rücksicht auf Camilieri – für ein moderates Vorgehen aus. Aufgrund der dramatisch schnellen Entwicklung der Ereignisse fehlten natürlich noch die Experten für derartige Fälle: Polizeipsychologen, die für Deeskalation und Zeitgewinn speziell geschult waren. Sie waren zwar bereits angefordert, aber die Anreise in die abseits gelegene Region dauerte ihre Zeit. Bis sie sich am Ort des Geschehens einfinden würden, wäre der Geiselnehmer mit seinem Opfer vermutlich schon über alle Berge, wenn man ihn jetzt wegfahren ließe. Wenn nicht, dann drohte eine Kurzschlussreaktion, schließlich hatte der Mann mehrmals unter Beweis gestellt, dass er über Leichen ging.

Camilieri stand mit der Waffe in der Hand ziemlich hilflos knapp vor dem dunklen Loch im Gemäuer, das einmal eine Tür gewesen war. Er grübelte, schaute immer wieder auf die Waffe in seiner Hand, schüttelte den Kopf. Nein, dachte er, dieses Ding da würde ihm nicht weiterhelfen. Er musste sich seiner Verantwortung stellen, er musste da

reingehen, bevor der Mörder mit Lydia herauskommen konnte: Mann gegen Mann.
Camilieri übergab die Waffe an den Hundeführer.
„Nehmen Sie."
Sein Gegenüber nahm die Waffe ohne Protest entgegen. Er wusste, dass es keine Alternative gab. Wenn Camilieri die Waffe für nutzlos erachtete, dann hatte das seine Gründe. Im Kopf des Hundeführers begann ein Plan zu reifen, simpel, aber vielleicht wirkungsvoll. Camilieri sollte ruhig reingehen in die Ruine, auf den Verbrecher zu. Dann wäre dieser abgelenkt. Und er, der Hundeführer, würde außen um die Ruine herumgehen.

*

„Lass es doch endlich bleiben", flehte Lydia, „bevor wir alle tot sind."
Der Regen war stärker geworden, er prasselte in die Ruine ohne Dach und durchnässte Lydia genauso wie ihren Entführer.
„Chiudi il becco!", antwortete dieser nur noch einmal. „Wir sind noch lange nicht fertig."
Er drückte das Messer hart gegen Lydias Kehle und forderte sie auf, langsam zur ausgebrochenen Türöffnung zu gehen. Am Boden liegende Ziegelsteine erwiesen sich dabei als Hindernisse, über die Lydia immer wieder zu stolpern drohte. Doch sie konnte nicht zu Boden schauen, denn dann hätte sie sich unweigerlich den Hals am Messer aufgeschlitzt. So tapste sie vorsichtig dem Ausgangsloch entgegen, in dem plötzlich Camilieri auftauchte – ihr Claudio.

*

Im Hotel galt die Sorge nun hauptsächlich Eleonora. Die arme Frau war bald, nachdem Giuseppe Forza sie verlassen hatte, völlig zusammengebrochen. Nicht nur die Hotelchefin kümmerte sich trotz Gipsfuß rührend um die junge Braut, auch Mamma Forza entdeckte ihr Herz für sie. Die Unstimmigkeiten im Vorfeld der Hochzeit waren angesichts des jetzigen Dramas vergessen. Sie stapfte eigenmächtig

hinter die Schank und drückte für ihre Schwiegertochter einen Cappuccino aus der Kaffeemaschine.
„Das beruhigt die Nerven", sagte sie angesichts der unüblichen Tageszeit für einen Cappuccino, „und gute Nerven benötigen wir jetzt alle. Ich bin sicher, Giuseppe wird nichts Unüberlegtes unternehmen."
„Davon bin auch ich überzeugt", bestätigte Onkel Giorgio, „das Schlimme ist nur, dass wir absolut nichts tun können. Es gibt nichts Ekelhafteres, als dazusitzen und warten zu müssen. Vielleicht sollte ich Giuseppe folgen und mir vor Ort ein Bild der Lage machen."
Bevor er sich zum Gehen anschicken konnte, fuhr die Hotelchefin dazwischen.
„Unterstehen Sie sich!", schimpfte sie, um versöhnlicher fortzufahren: „Da draußen läuft so viel Polizia herum, da braucht es keine Laien. Außerdem würde ich den Gedanken nicht ertragen, dass Ihnen etwas zustoßen könnte."
Eleonora schluchzte zwischen zwei Cappuccino-Schlucken auf.

*

Camilieri stand nun mitten in der Tür beziehungsweise dort, wo sich früher der Eingang ins Gebäude befunden hatte und mittlerweile ein ausgebrochenes Loch unregelmäßig im Mauerwerk klaffte. Eine bessere Zielscheibe hätte er gar nicht abgeben können. Er war froh, dass der Typ an Lydias Seite aller Wahrscheinlichkeit nach nur mit einem Messer bewaffnet war. Sonst hätte der ihn wie ein Nudelsieb durchlöchern können. Auf der anderen Seite, liebend gern hätte er sich durchsieben lassen, wenn er damit die Aufmerksamkeit des Halunken ein, zwei Sekunden von Lydia ablenken hätte können. Ein, zwei Sekunden, in denen sie sich aus seinen Fängen entreißen könnte. Ja, er hätte sein Leben für ihres gegeben, das wurde ihm im Türsturz der Ruine stehend klar. Auch die Worte, die sie mit dem mittlerweile toten Padre für die Hochzeit eingeübt hatten, erhielten in diesem Augenblick eine völlig neue und vor allem sehr, sehr aktuelle Bedeutung: „... in guten wie in schlechten Tagen."

„Lass uns wie zwei vernünftige Erwachsene reden", sprach Camilieri den Entführer mit fester Stimme direkt an.
„Da gibt's nichts zu reden."
Camilieri wunderte sich, dass er überhaupt geantwortet hatte.
„Lass Lydia laufen", überging Camilieri den Einwand, „regeln wir das unter Männern."
„Che idiota!", schrie der Mann mit einem hysterischen Lachen. „Ich werde doch mein Faustpfand nicht laufen lassen." Und dann drehte er den Spieß um: „Lass du uns gehen und sorg dafür, dass uns keiner deiner Bullenfreunde folgt. Dann werde ich Lydia irgendwo und irgendwann laufen lassen."
„Warum soll ich dir das glauben?"
„Weil du keine andere Wahl hast."

*

Der Hundeführer hörte das Zwiegespräch mit an. Von den Kollegen unbemerkt hatte er sich abgesondert und war außen um die Ruine herumgeschlichen. Es wucherte viel Gebüsch rund um die Mauern, teilweise stacheliges Zeug: Rosen mit kräftigen Dornen, die im Sommer schön anzuschauen waren und dem Gemäuer einen beinahe märchenhaften Anstrich verliehen. *La bella addormentata nel bosco*, das Dornröschen, kam ihm in den Sinn. Er verscheuchte den Gedanken wie ein lästiges Insekt.
Schon pirschte er an einer Öffnung in den Mauern vorbei, die einmal ein Fenster gewesen sein dürfte. Er erhaschte einen Blick ins Innere des Gebäudes. Im Türloch stand Camilieri. Diesem gegenüber, zwanzig, dreißig Schritte entfernt der Mörder. Sein Gesicht war nicht zu sehen, Lydia verdeckte es. Die Gefahr, entdeckt zu werden, war also nicht allzu groß.
Der Hundeführer huschte weiter, an einem zweiten Fenster vorbei. Dann war das Ende dieser Gebäudeflanke erreicht und er bog um die Ecke. Dichter Bewuchs empfing ihn auch an der Rückseite der Ruine. Man mochte kaum glauben, dass zu Blütezeiten des Hotels hier viel-

leicht Liegestühle gestanden hatten, in denen sich die Gäste sonnten. Vielleicht auch kleine Tischchen, auf denen der Caffè servierte wurde, dazu ein paar Dolci.
Ansonsten präsentierte sich hinten ein ähnliches Bild wie vorne: zerfurchtes Mauerwerk, ausgebrochene Ziegel, die in Schutthaufen am Boden lagen, Spuren nächtlicher Lagerfeuer, leere Flaschen und Aludosen, dazwischen Kot. Auf all das prasselte der Regen, der sich anschickte, den schönen Spätherbst endgültig aus Arta Terme zu vertreiben und den Boden aufzubereiten für einen baldigen Wintereinbruch.
Ein paar Schritte weiter und eine Tür war erreicht. Aufgrund des am Boden liegenden Schutts glich sie mittlerweile eher einem Fenster. Egal, für die Zwecke des Hundeführers war die Öffnung ideal. Sie gewährte ihm Einblick ins Geschehen drinnen, sorgte mit ihrer Lage an der Rückseite des Gebäudes aber gleichzeitig dafür, dass er unentdeckt in Stellung gehen konnte. Der Mörder und Entführer stand mit der vollen Breitseite seines Rückens zu ihm. Neben ihm Lydia, vom muskulösen Arm des Mannes umschlungen, beinahe gefesselt, und mit dem Messer in seiner anderen Hand nach wie vor bedroht. Ihm gegenüber, vom Mörder aber fast zur Gänze verdeckt, befand sich Camilieri. Der Hundeführer hörte, wie der Commissario auf den Mann einredete. Durch den mittlerweile kräftig niederprasselnden Regen drangen nur Wortfetzen an sein Ohr: „... laufen ... Männern ... glauben." Glauben, dieses Wort setzte sich im Hundeführer fest. Nein, er glaubte nicht, dass er treffen würde. Er wusste es. So sicher wie selten im Leben etwas zuvor wusste der Hundeführer, dass dieser Schuss ein Treffer werden würde, sein Treffer, sein wichtigster Treffer.
Und er zog durch.

*

Ähnlich wie vorhin der im Wald abgegebene Warnschuss Unruhe in die Fauna Arta Termes gebracht hatte, sorgte auch dieser Schuss für Aufruhr. Vögel stoben in die Höhe und kreischten wild durcheinander. Ratten und Mäuse, die sich in der Ruine eingenistet hatten, sprangen aus ihren Verstecken, versuchten zähnefletschend den Störenfried zu vertreiben und flüchteten, als sie keinen direkten Feind ausmachen konnten, in neue Schlupflöcher. Die Hunde im gesamten Viertel schlugen an.

Im Hotel entfuhr den Frommen und Frömmelnden unter den Gästen ein kurzes Stoßgebet: „Gütiger Gott." Onkel Giorgio empfand es als gutes Omen, einen Schuss vernommen zu haben. Denn er wusste, dass der Entführer keine Schusswaffe bei sich trug, sondern ein Messer, das den Tod lautlos brachte. Die Hotelchefin, wie der Onkel mit Hang zum Pragmatismus ausgestattet, schloss sich seiner Meinung an und tippte ebenfalls auf ein gutes Ende der bösen Vorgänge. Mamma Forza hingegen schreckte sich gewaltig, trug doch auch ihr Figlio eine Waffe, zumindest gelegentlich. Doch sie riss sich zusammen und versuchte Eleonora mit den Worten zu trösten: „Meno male – Gott sei Dank! Es ist vorbei."

*

Und es war vorbei. Der Mörder sank tödlich getroffen in sich zusammen. Der Schuss saß so perfekt, dass ihm das Messer aus der Hand geglitten war, bevor er auch nur daran denken konnte, Lydia die Kehle zu durchschneiden.

Der Hundeführer senkte die Waffe, atmete tief durch und stieg durchs unkrautverwachsene Tor in das Innere der Ruine. Während er auf den Toten zuging, nickte er Camilieri, in dessen Arme sich Lydia unmittelbar nach dem Schuss geflüchtet hatte, kaum merklich mit dem Kopf zu. Er bückte sich zum Toten und drehte den am Bauch Liegenden um.

Es war Mario.

IV.
Prima notte di matrimonio - Hochzeitsnacht

CONCLUSIONES

Noch bis spät in die Nacht hinein hatte sich Camilieri am Vorabend um seine Lydia gekümmert und versucht, das Trauma, das sie am Nachmittag durch die Geiselnahme erlitten hatte, mit ihr aufzuarbeiten. Die Übung glückte überraschend gut. Zum einen entpuppte sich Lydia einmal mehr als couragierte Frau, die hart im Nehmen war; zum anderen freute sie sich einfach, überlebt zu haben. Nichtsdestotrotz stand ihr der Schock ins Gesicht geschrieben, und sie fragte sich, wie sie sich in einen Mann hatte verlieben können, der, wenn auch Jahre später, zum Dreifachmörder mutierte. Daran würde sie wohl noch länger kauen ...

Eleonora, der niemand nach dem Leben getrachtet hatte, präsentierte sich anfangs beinahe in schlechterer Verfassung als Lydia. Die Hochzeit bedeutete ihr sehr viel und es kostete Giuseppe einiges an Überredungskunst, ihr glaubwürdig zu versichern, dass die Hochzeit bald nachgeholt werden würde. Schließlich sah sie dann aber ein, dass der Tag, an dem der ursprünglich für die Zeremonie vorgesehene Padre ermordet worden war und an dem man eine der Bräute als Geisel genommen hatte, sich auch unter Zuhilfenahme eines Ersatzpriesters nicht mehr zum idealen Tag für eine Eheschließung entwickeln würde.

Der Hundeführer wiederum hatte noch am Abend einen ersten Termin für eine Supervision in Tolmezzo wahrgenommen: Er hatte einen Menschen getötet. Doch hätte nicht er Mario erschossen, dann hätte dieser vermutlich Camilieri und höchst wahrscheinlich seine Geisel aus dem Weg geräumt. Mit drei Morden am Konto hätte Mario wohl kaum gezögert, abermals zu töten, hätte es seine Flucht erfordert. So gesehen hatte der Hundeführer mit seinem Meisterschuss zumindest zwei Leben gerettet. Das war freilich nur Theorie, in der Praxis schaute die Sache ein wenig anders aus, Schuldgefühle und so. Aber der Hundeführer zählte ebenfalls nicht zu den hypersensiblen Naturen, weshalb bereits die erste Sitzung beim Polizeipsychologen gut anschlug.

*

Am nächsten Tag, als die Gesellschaft von Arta Terme heim nach Cividale reiste, präsentierte sich die Lage bereits ein wenig entspannter. Sogar das Wetter schien sich seiner Rolle als Stimmungsmacher zu besinnen und sandte wieder Sonne vom Himmel, als man sich der Langobardenstadt näherte. So wenige Kilometer Entfernung, solche Unterschiede im Kleinklima! Man mochte es nicht glauben, aber während im Kurort in den Karnischen Alpen die Schlechtwetterfront, die sich am Vortag sukzessive aufgebaut hatte, regelrecht festklebte, waren die paar Schauer aus Cividale längst abgezogen. Der blaue Himmel signalisierte: Was auch immer passiert war, das Leben ging weiter. Dennoch galt es, zur Aufarbeitung und zum Abschluss des Falles einige Schlussfolgerungen zu ziehen, um alle offenen Fragen zu beantworten.

Der erste Weg nach der Autofahrt führte ins Caffè Longobardo. Ein Espresso, so die einhellige Überzeugung, konnte niemals schaden, schon gar nicht nach der Rückreise von einer Hochzeit, statt der es insgesamt vier Todesfälle und eine Entführung gegeben hatte.

„Wer schreibt eigentlich den Bericht?", fragte Forza unvermittelt, nachdem sie Platz genommen hatten. „Wir oder die Kollegen aus Tolmezzo?"

„Ich hoffe doch sehr, die Kollegen", antwortete Camilieri, „schließlich waren wir zur Hochzeit dort und sind da nur zufällig reingerutscht."

Obwohl bewusst scherzhaft hingesagt, entlockten die Worte niemandem auch nur ein müdes Lächeln.

Auf dem Rattantisch im Laubengang des Caffè Longobardo dampfte inzwischen der starke schwarze Caffè aus fünf Tassen. Lydia und Eleonora, die beiden Frauen, die als Bräute weggefahren und unverheiratet zurückgekommen waren, sowie die Doch-nicht-Bräutigame Camilieri und Forza, aber auch der Hundeführer kamen rasch auf die

Erlebnisse der letzten Tage zu sprechen. Der Schock wirkte nach und lastete trotz logischer Argumente, dass es für sie letztendlich relativ glimpflich ausgegangen war, nach wie vor schwer wie Blei auf ihnen. Erst langsam entfaltete sich die gesamte Tragweite der Geschehnisse vor ihnen, erst langsam wurde ihnen bewusst, dass sie innerhalb weniger Stunden mit einer gehörigen Portion Hilfe von Commissario Caso, dem Kommissar Zufall, nicht nur drei Morde aufgeklärt, sondern auch die kriminellen Machenschaften eines bereits seit Jahren agierenden Netzwerks abgestellt hatten. Eines Netzwerks, das mit Raubgrabungen und dem illegalen Verkauf daraus gewonnener archäologischer Artefakte ersten Schätzungen zufolge Millionen gescheffelt haben dürfte, wie ein Kollege aus Tolmezzo Camilieri am Telefon erzählt hatte. Euro wohlgemerkt, nicht Lire.

„Freilich", besann sich der Commissario eines Besseren, „sollten wir den Kollegen ein paar Antworten liefern. Schließlich haben ja wir den Fall gelöst."

„Sì", bestätigte Forza, „darum werden wir sicher nicht herumkommen. Die erste Frage, die sich stellt: Was war das Motiv dahinter?"

„Darf ich antworten?", fragte Lydia.

„Meinetwegen", brummte Camilieri.

„Weltweit werden am Schwarzmarkt mit geraubten antiken Kunstschätzen Milliarden verdient", erklärte Lydia und schilderte Beispiele aus Syrien und aus dem Irak, wo erst vor Kurzem wieder einmal aufgedeckt worden war, dass sich die kriegführenden Terrorgruppen unter anderem durch den Verkauf von Raubkunst die Anschaffung modernster Waffen für ihre Feldzüge finanzierten. „Wenn die Motive in Italien auch völlig anders gelagert sein mögen, fest steht, dass der illegale Verkauf von Raubkunst ein drastisches Ausmaß angenommen hat. Schätzungen sprechen von hunderttausend geplünderten Grabstätten allein hier auf dem Stiefel! In dreihunderttausend italienischen Häusern sollen diesen Aufstellungen zufolge Kunstgegenstände von zumindest fragwürdiger Herkunft stehen."

„Unvorstellbar", kommentierte Camilieri, „aber das Motiv liegt dadurch klar auf der Hand: Geld."
„Stimmt", bestätigte Lydia, „Geld, Gier, Reichtum, wie auch immer man es nennen mag."

*

Auch die Kollegen vom Kommissariat in Cividale waren längst zurückgekehrt. Was als muntere Ausfahrt zu einer Hochzeit mit ein paar Grappa begonnen hatte, endete in einem der dramatischsten Einsätze der letzten Jahre. Wahrlich kurios! Die Kollegen hatten nicht nur die Leute aus Tolmezzo bei einem gefährlichen Einsatz unterstützen müssen, sie hatten nebenbei auch versucht, das wahrlich nicht klein geratene Geschenk für den nächsten Anlauf vor den Hochzeitsleuten zu verbergen. Es war nicht einfach gewesen. Die Hektik und der Trubel der Mörderjagd hatten aber freilich bei der Geheimhaltung mitgeholfen. Das Gefährt war nach der Rückkehr wieder in die Garage gestellt worden, alle warteten auf einen neuen Termin für die Hochzeit, der, so die feste Überzeugung der Kollegen, nicht allzu lange auf sich warten lassen würde. Und dann, dann wollte man das Fest so richtig nachholen, das war ebenfalls der feste Vorsatz aller. Schließlich hatte man nicht nur eine Doppelhochzeit zu feiern, sondern auch den zweiten Geburtstag einer der Bräute, genauso die Wiedergeburt eines der Bräutigame, ja sogar den vermutlich am schnellsten gelösten Dreifachmord in der gesamten dokumentierten Verbrechensgeschichte des Friaul. Diesbezüglich wollte man allerdings noch in den Archiven recherchieren.

*

Am Rattantisch des legendären Kaffeehauses auf der Piazza Paolo Diacono in Cividale wurde gerade die zweite Runde Espresso serviert. Die nächste Frage, die sich stellte, war eine sehr persönliche. Warum, wann und wie hatte Lydia den Dreifachmörder Mario kennengelernt, der sie alle in die Irre geführt hatte, zumindest anfangs durchaus mit Erfolg, wie die Verhaftung Carlos in Grado bewies?

„Die Zeit, als Mario und ich zusammen waren, liegt bereits ein Weilchen zurück. Es dauerte auch nicht lange –"
Sie schaute zu Camilieri, ihre letzten Worte klangen fast wie eine Entschuldigung, doch der Commissario reagierte darauf nicht. An seiner Miene war nicht ablesbar, was sich in ihm abspielte. Der Vorgänger bei der Frau seines Lebens ein Dreifachmörder? Keine Kleinigkeit für einen Mann, schon gar nicht für einen Commissario. Andererseits, niemand konnte in einen Menschen hineinschauen, niemand abschätzen, wie er sich später entwickeln würde. Auch die größten Verbrecher, so wusste Camilieri von einigen Mafiabossen in seiner alten Heimat, zeigten oft sympathische Züge und einen Charme, der die gesamte Umwelt für sie einnahm. Manchmal galt ihnen die Sympathie sogar noch zu Zeiten, in denen sich schon sehr klar herauskristallisierte, was für Schurken sie doch waren. Gott sei Dank dauerte Lydias Zuneigung zu Mario nicht in die Gegenwart, sie war schon lange erloschen, wie seine Braut ihm gegenüber bereits mehrfach beteuert hatte.
„Damals", setzte Lydia ihre Erzählung fort, „waren wir mit dem Studium gerade fertig. Ich hatte Geschichte in Österreich studiert, Mario Archäologie in Italien. Beide waren wir natürlich arbeitslos. Wer braucht schon eine Historikerin oder einen Archäologen? Wir durften nur gelegentlich bei Projekten mitarbeiten: einmal ein paar Monate hier, dann wieder einige Wochen dort. Gnadenhalber sozusagen, wenn das Arbeitsamt eine kleine Grabung oder ein historisches Forschungsprojekt mitfinanzierte, statt gleich das Arbeitslosengeld auszuzahlen. Ein derartiges Projekt hat uns zusammengeführt: In Aquileia sollte weiter am römischen Flusshafen gegraben werden. Wenn man bedenkt, dass die Stadt in der Antike zu den wichtigsten im ganzen römischen Reich zählte und mehr als zweihunderttausend Einwohner hatte, kann man sich ungefähr vorstellen, welche Schätze da noch im Boden schlummern." Lydia nahm einen Schluck Espresso und nippte am Wasserglas. „Bei diesem von der EU finanzierten Grabungsprojekt haben wir uns zum ersten Mal getroffen. Mario half bei

den Grabungen, ich durfte die Ergebnisse dokumentieren. Das Projekt dauerte nur ein paar Monate. Was soll ich sagen? Ihr kennt ja das Aquileia der Gegenwart. Von Metropole keine Spur mehr. Sehr viele Möglichkeiten, nach der Arbeit Zerstreuung zu finden, gibt es in dem kleinen Kaff nicht. Und so kamen wir uns näher, Mario und ich, als wir Abend für Abend in der gleichen kleinen Trattoria verbrachten. Das Wetter war schön, die Abende lau ..."

„Eine Sommerromanze also", kommentierte der Hundeführer.

Camilieri saß schweigend daneben und lauschte.

„Genau", bestätigte Lydia, „eine Sommerromanze. Nicht mehr und nicht weniger. Wahrscheinlich hat Mario bereits damals zwielichtige Kontakte geknüpft, von denen ich allerdings nichts wusste. Das müsst ihr mir glauben. Ich habe bis gestern absolut nichts von seinem Doppelleben geahnt. Sonst hätte ich ihn ja nicht als Experten empfohlen, als wir in Zuglio rätselten, ob die Ausgabungen irgendwie mit den Morden zu tun haben könnten."

„Und wieso führt ein studierter Archäologe Raubgrabungen durch?", fragte Forza. „Der sollte doch mit gutem Beispiel vorangehen."

„Von irgendetwas musste er schließlich leben", schaltete sich Camilieri plötzlich in das Gespräch ein. „Als arbeitsloser Archäologe, der nur gelegentlich auf ein EU-Projekt hoffen darf, kann man keine großen Sprünge machen. Jetzt wird mir auch klar, warum er so gut Bescheid wusste, was alles lief. Er kannte alle, die eine Rolle in dem Betrieb spielten, egal ob legal oder illegal. Er hat uns ja auch Carlo genannt – der mag mit den Morden nichts zu tun haben, ein Räuber, der illegal antikes Zeug verscherbelt hat, ist er aber allemal."

„Aber warum hat Mario uns mit der Nennung von Carlos Namen weitergeholfen, statt uns mit irgendeinem Vorwand in die Wüste zu schicken?", rätselte Forza. „Er hätte einfach sagen können, er wisse von nichts."

„Erstens hättet ihr ihm das nicht geglaubt. Zweitens: Hat er euch wirklich weitergeholfen?", fragte Lydia und beantwortete die Frage gleich selbst: „Ich glaube nicht. Er hat euch ganz bewusst auf eine falsche Fährte angesetzt, die er vorher schon vorbereitet hatte. In Wahrheit hat er einfach sehr hoch gepokert. Er war immer schon der Typ, der Wagnisse nicht scheute."

„Du meinst, er hat einfach die Gunst der Stunde genutzt?", fragte Camilieri.

„Genau", sagte Lydia, „als ich angerufen und gefragt habe, ob er euch vielleicht mit Informationen helfen könnte, hat er eine Sekunde gezögert. Doch dann hat er blitzschnell reagiert und ein Spiel mit sehr hohem Einsatz begonnen. Er hat plötzlich die Chance gesehen, die Morde schneller loszuwerden, als er gehofft hatte. Er wusste, dass er euch einen Mann ans Messer lieferte, den die Indizien überführen würden. Ich habe sein Zögern als Überraschung darüber interpretiert, nach so langer Zeit plötzlich wieder von mir zu hören. In Wahrheit hat er in dieser einen Sekunde den Entschluss für seine weitere Vorgangsweise gefasst."

„Aber warum das alles?", fragte Forza.

„Was die Kollegen aus Tolmezzo bis jetzt recherchiert haben, lässt folgenden Schluss zu", antwortete Camilieri: „Mario war der Anführer einer Gruppe, die ganz gezielt Raubgrabungen durchführte. Vielleicht ist er wirklich, wie Lydia vermutet, in die Szene hineingewachsen. Langsam hat er sich darin bis an die Spitze hochgedient. Irgendwann hat er dann allerdings unerwartet einen legalen Job als Grabungsleiter erhalten. Die illegalen Aktivitäten hat er deshalb nicht aufgegeben. Erstens dürfte es nicht einfach sein, aus einem derartigen Netzwerk wieder auszusteigen. Zweitens war das die perfekte Tarnung für seine illegalen Umtriebe: Niemand würde hinter einem offiziellen Grabungsleiter einen Verbrecher vermuten. Drittens verdient man als Archäologe nicht gerade Eckhäuser."

„Wie bei der Polizia", lachte Forza.

„Che idiota", kommentierte Camilieri in gewohnter Manier und setzte fort: „Fassen wir also zusammen – und Sie, Forza, schreiben mir morgen ein paar diesbezügliche Zeilen zusammen, damit wir sie der Vollständigkeit halber den Kollegen aus Tolmezzo für deren Bericht über-

mitteln können. Wir haben einen Archäologen namens Mario, der ein Doppelleben führt. Einerseits gräbt er in staatlichem Auftrag in Aquileia, auf der anderen Seite steht er einem kriminellen Netzwerk vor, das illegal aus dem Boden geholte Artefakte auf dem Schwarzmarkt teuer verkauft. Das Ganze funktioniert klaglos, bis ein Mitglied des Netzwerks aus welchen Gründen auch immer auszusteigen droht. Wir werden nicht mehr erfahren, warum, weil alle, die es uns sagen könnten, wohl tot sind. Möglichkeiten gäbe es einige: Er steigt aus, weil er sich verliebt hat und aus Angst um seine Liebe nichts Illegales mehr tun will. Oder er steigt aus, weil er sich mit den Anführern des Netzwerks zerkracht hat. Vielleicht hat er sich auch um seinen gerechten Anteil betrogen gefühlt und die Chefs zu erpressen versucht. Was weiß ich, es tut nichts zur Sache ... Der Mann will also aussteigen und wird damit zum Sicherheitsrisiko erster Ordnung. Deshalb wird er von Mario irgendwo im Wald rund um Arta Terme – vielleicht sogar im Rahmen von illegalen Grabungen – ermordet. Und damit andere potenzielle Aussteiger, wie zum Beispiel Carlo, gar nicht erst auf blöde Ideen kommen, platziert Mario die Leiche effektvoll im Becken der Therme – als Warnung! Um den Verdacht auf einen bestimmten Mann, nämlich wieder unseren Carlo, zu lenken, hat er diesem schon vorher unbemerkt einen Knopf abgerissen, den er nun als Spur auslegt."
„Der wir brav nachgeschnüffelt haben, womit wir ihm voll auf den Leim gegangen sind", unterbrach Forza.
„Genau", bestätigte Camilieri, „da muss allerdings der erste Fehler im ansonsten perfekten Plan passiert sein."
„Welcher?", fragte Lydia gespannt, als freue sie sich, dass der Mann, der ihr so Böses angetan hatte, nicht perfekt in seinen Plänen war.
„Irgendwie muss der Nachtwächter etwas von Marios nächtlichen Umtrieben im Wald bemerkt haben. Vielleicht hat er ihn zufällig gesehen, er war ja jede Nacht rund um die Therme unterwegs, an die der Wald unmittelbar anschließt. Auf jeden Fall muss er für Mario ein Sicherheitsrisiko dargestellt haben."

„Aber warum hat uns der Nachtwächter bei den nächtlichen Vernehmungen in der Therme nichts davon erzählt?", fragte Forza erstaunt.
„Wahrscheinlich hat er sich in der ganzen Aufregung rund um die gefundene Leiche nicht gleich daran erinnert", vermutete Camilieri. „Das kennen wir ja zur Genüge: Oft fallen den Leuten die wirklich wichtigen Beobachtungen erst viel später ein und sie rufen uns dann an. Auch unserem armen Nachtwächter dürfte bald etwas gedämmert haben. Der Zettelabriss mit dem Hinweis auf den Padre, den wir in seinen Händen gefunden haben, deutet klar darauf hin. Er hat sich etwas Wichtiges notiert. Vielleicht wollte er den Padre noch warnen. Oder uns informieren. In der Gemeinde kannte ihn ohnehin jeder nur mit seinem lateinischen Namen: Paulus. Doch Mario hat den Zettel bemerkt und ihn aus seinen Händen gerissen. Freilich unvollständig, wie wir gesehen haben."
„So war der Nachtwächter nicht mehr in der Lage, uns seine Befürchtungen persönlich und zur Gänze mitzuteilen."
„So ist es", bestätigte Camilieri, „Mario hat den Nachtwächter ermordet und versuchte damit, einen potenziellen Zeugen in letzter Sekunde auszuschalten. Bis auf den kleinen Schnipsel ist ihm das auch gelungen – allerdings stellte genau das bereits seinen nächsten Fehler dar."
„Trotzdem kaltblütig", schauderte Lydia.
Camilieri fuhr fort: „Dann ging es vorerst nach Plan für ihn weiter. Als Lydia Mario angerufen und gebeten hatte, ob er uns bei den Ermittlungen helfen könnte, sah er das wie ein Geschenk des Himmels. Seine Stunde schien gekommen, er setzte alles auf eine Karte: Die falsche Fährte war ausgelegt, wir waren ihr gefolgt. Deshalb nannte er uns knallhart seinen Untergebenen im Netzwerk, den er ohnehin loswerden wollte. Die Umstände, wie wir Carlo entdeckten, bestätigten für uns den vermeintlichen Verdacht. Dabei wollte Carlo gar nicht vor uns übers Meer flüchten, er wusste ja nicht einmal, dass wir ihn verfolgten. Er wollte sich wie das Opfer in der Therme aus dem Netzwerk verabschieden."

„Damit hat Mario also zwei Fliegen mit einer Klappe geschlagen“, ergänzte Lydia, „einerseits hat er die Polizei auf den falschen Täter, der gar kein Täter war, angesetzt; andererseits hat er sich auf bequemem Wege eines unliebsam gewordenen Mitwissers entledigt. Wie durchtrieben!“
„Es kommt noch schlimmer“, setzte Camilieri fort. „Auch unser Padre dürfte irgendetwas von Marios Doppelleben geahnt haben. Wer weiß, wann und wie oft sich die beiden schon über den Weg gelaufen waren? Bei der Leidenschaft, die der Padre für antikes Zeug an den Tag gelegt hat, mag es leicht vorgekommen sein, dass sich der Gottesdiener gelegentlich mit Artefakten eingedeckt hat, die nicht ganz einwandfreier Herkunft waren. Vielleicht sogar bei Mario.“
„Der Pfarrhof als eines der dreihunderttausend italienischen Häuser, in denen Raubkunst steht“, schlussfolgerte Lydia.
„Du sagst es“, stimmte Camilieri zu, „den Kollegen aus Tolmezzo wird es ein Leichtes sein, für den Abschlussbericht festzustellen, ob unsere Vermutung stimmt. Doch bevor der Padre auspacken konnte, hat Mario ihn ermordet. Gut ausgedacht übrigens: Bis wir plangemäß zur Hochzeit auf den Berg gekommen wären, wären zwei Stunden vergangen. In dieser Zeit hätte Mario locker nach Grado fahren und mit dem Boot flüchten oder sich anderweitig absetzen können. Mit zwei Stunden Vorsprung wäre ihm die Flucht leicht geglückt.“
„Das heißt, Ihre gute Nase hat ihm die Vorstellung verpatzt“, resümierte der Hundeführer.
„Grazie“, bedankte sich Camilieri schlicht, „ja, das war der dritte Fehler Marios, der ihn letztlich scheitern ließ.“
„Aber warum hat uns der Padre nicht informiert?“, fragte Forza. „Schließlich liefen ihm zwei Kriminalpolizisten als Hochzeiter drei Tage lang vor der Nase herum.“
„Forza“, erklärte Camilieri jovial, „ohne jetzt allzu viel Verständnis für einen Mann aufzubringen, der mir wegen seiner despektierlichen Äußerungen über uns Süditaliener vom ersten Augenblick an unsympathisch war, eins dürfte doch feststehen: Einem Priester ge-

reicht es nicht gerade zur Ehre, auf dem Schwarzmarkt illegal Kunst einzukaufen. Das ist eine schwere Sünde. Bis er sich zur Entscheidung durchrang, uns zu informieren, sozusagen seine Beichte abzulegen, war es schon zu spät. Aber ich bin mir sicher, dass es genau das war, was uns der Padre nach der Hochzeit mitteilen wollte."

„Bleibt nur noch eine Frage offen", blieb Forza hartnäckig: „Warum gesteht man einen Mord, wenn man keinen Mord begangen hat?"

„Sie meinen Carlo?"

„Genau."

„Ich stamme aus Sizilien, wie Sie wissen, Forza, also glauben Sie mir, die Mafia findet Mittel und Wege, um Sie im Fall des Falles überall auf der Welt davon zu überzeugen, genau das zu gestehen, was sie Ihnen vorschreibt. Das Netzwerk, das hinter der Raubkunst und unseren Morden steckt, mag nicht so mächtig gewesen sein wie die sizilianische Mafia. Für ein falsches Mordgeständnis reicht es aber offensichtlich allemal."

„Auch im Gefängnis?"

„Gerade im Gefängnis."

CARPE DIEM

Als Commissario Claudio Camilieri an diesem wettermäßig sich rasch bessernden Oktobertag mit Begleitung in Cividale aus dem Auto gekrochen war, hatte er also weder eine Hochzeitsnacht hinter sich noch stand eine Hochzeitsnacht unmittelbar bevor. Denn es hatte keine Hochzeit gegeben, folglich musste auch die Hochzeitsnacht warten. Bis zu einem neuen Termin würde es nicht lange dauern, und man kam überein, sich auf alle Fälle das Motto des alten Horaz zu Herzen zu nehmen: Carpe diem! Die Wahnsinnstaten Marios hatten vor Augen geführt, wie schnell das Leben vorübergehen konnte. Man sollte wirklich jeden Moment genießen, der sich nur einigermaßen zum Genuss eignete.
Elisabetta Forza war mit ihrem Bruder ebenfalls wieder nach Cividale zurückgekehrt. Sie hatte sich die Hochzeit ihres Figlio sowieso von Anfang an anders vorgestellt: mit ihr als Bräutigammutter in einer zentralen Planungsrolle und nicht am Abstellgleis. Ein wenig hatte sie das Heft des Handelns zwar zurückerobert, als die Küchenchefin ausgefallen war. Dass es dann allerdings so kam, wie es gekommen war, hätte sie sich in ihren kühnsten Albträumen nicht vorstellen können. Sie empfand jetzt sogar Mitleid mit der Schwiegertochter in spe, auf die sie zuvor schlicht und einfach eifersüchtig gewesen war. Der ursprüngliche Unmut wich einem Gefühl des Verständnisses für die aufgewühlten Gefühle der jungen Frau nach den Erlebnissen der letzten Tage. Sie würde sie gelegentlich zu sich nach Hause einladen, nahm sie sich fest vor, auf einen Caffè und ein ordentliches Stück Gubana, vielleicht sogar zum Essen. Und beim nächsten Anlauf zur Hochzeit würde sie sich von vorneherein einbringen. Nicht mit Eifersüchteleien und Neid, nicht mit Besserwisserei und Oberschlauheiten, sondern kameradschaftlich von Frau zu Frau. Auf Giuseppe konnte man ohnehin nicht genug aufpassen, da waren zwei Frauen gerade ausreichend.

Onkel Giorgio tankte bald nach der Ankunft in Cividale seinen Oldtimer voll. Der Lancia Flavia Berlina, so wusste er, würde in Kürze wieder die Straße nach Arta Terme entlangfahren. Dann begab sich der Onkel ins Caffè Longobardo, wo er sicher war, seine Freunde zu treffen. Die Amici würden schauen, was er alles an Geschichten auftischen konnte! In ihrem ganzen Leben hatten sie nicht miterlebt, was ihm in wenigen Stunden in den Bergen widerfahren war. Nach dem Espresso führte ihn der Weg zu einem weiteren Amico. Dieser betrieb ein kleines Immobilienbüro in der Altstadt von Cividale. Dort würde er fündig werden, keine Frage. Eine Einzimmerwohnung in Arta Terme zu kriegen, sollte kein Problem darstellen. Schließlich stand in dem Örtchen, wie er selbst feststellen hatte können, einiges leer. Der Hotelchefin, das spürte er tief drinnen im Herzen, wäre es sicherlich nicht unwillkommen, sollte er den kleinen Kurort zu seinem zweiten Lebensmittelpunkt machen. Wer weiß, vielleicht lernte er in seinen alten Tagen sogar noch das Skifahren auf dem nahe gelegenen Monte Zoncolan ...

Finis operis

Epilog

Die Personen dieses Buchs sind natürlich frei erfunden. Ähnlichkeiten mit tatsächlich lebenden Menschen wären rein zufällig und auch nicht beabsichtigt. Sehr wohl beabsichtigt und keineswegs zufällig sind hingegen die Übereinstimmungen der im Roman geschilderten Örtlichkeiten Arta Terme, Grado, Aquileia und Cividale mit den gleichnamigen „echten" friulanischen Ortschaften. Während sich die Letztgenannten hierzulande großer Beliebtheit erfreuen, zählt erstgenanntes Dorf zu den großen Unbekannten, obwohl es nur zwanzig Kilometer von der österreichischen Grenze entfernt liegt.

Arta Terme – der Name klingt wie sanft vor sich hinplätscherndes Heilwasser. Doch so sanft, wie der Name suggeriert, präsentierte sich der Ort bei meinem ersten Besuch nicht. Er wirkte eher schroff, mit den umgebenden Felsriesen mehr als Bergdorf denn als mondäner Kurort. Erst ein Ausflug in die Geschichte Arta Termes offenbart das ganze Potenzial des Dörfchens, das zu den (wenigen) Thermenorten Norditaliens zählt. So wurde im Jahr 2014 eine neue Schwimmhalle beim Thermalzentrum, das übrigens wirklich, wie im Roman geschildert, gut versteckt unten am Flüsschen But liegt, errichtet. Bei der Schilderung der Innenausstattung habe ich mir aus dramaturgischen Gründen allerdings erlaubt, ein wenig zu schwindeln. Sie ist genauso fiktiv wie die Leiche im Becken ...

Mit einem Wort: Arta Terme ist heutzutage ein echter Geheimtipp für Genießer, den ich ohne Wenn und Aber jedem empfehlen kann, der überlaufene Reiseziele satt hat. Mit einer Einschränkung: Wer Events und Action sucht, der möge Arta Terme meiden, am Abend werden dort nämlich den Großteil des Jahres die Gehsteige hochgeklappt. Verhungert oder verdurstet sind wir bis dato aber trotzdem noch nie ...

Reinhard M. Czar

Glossar

aiuto – Hilfe
amici – Freunde
autostrada – Autobahn
babbo – Papa, Vater
Bella addormentata nel bosco – Dornröschen
bicchieri da vino – Weingläser
birra – Bier
calli – Gässchen
catastrofe – Katastrophe
Cazzo! – Verdammt!
cellulare – Handy
centro benessere – Wellnessbereich
centro storico – historisches Zentrum
Che polentone! – Was für ein Polentafresser! (Abschätzig für Norditaliener)
Che porca miseria! – Was für ein Mist!
Che tragedia! – Was für ein Trauerspiel!
Chiudere la porta – Tür bitte schließen
Chiudi il becco! – Halt's Maul!
chiuso – geschlossen
città vecchia – Altstadt
Col cazzo che lo faccio! – Den Teufel werde ich tun!
collega – Kollege
commissario caso – Kommissar Zufall
cornetto – Hörnchen
cucina – Küche
culinaria – Kochkunst
cultura – Kultur
denominazione di origine controllata e garantita (DOCG) – kontrollierte und garantierte Herkunftsqualität
dio – Gott
dolci – Süßspeisen
famiglia – Familie
fantastico – fantastisch
Ferragosto – 15. August, Mitte August
figlio – Sohn
fratello – Bruder
frittata – Omelett
il mio amico – mein Freund

incredibile – unglaublich
ma certo – aber sicher
Mai e poi mai! – Nie und nimmer!
Maledizione! – Verdammt!
marito – Ehemann
medico di guardia – Notarzt
merda – Scheiße
nome di famiglia – Familienname
nonno – Großvater
orribile – schrecklich
ospedale – Spital
pancetta – durchwachsener Bauchspeck
pane – Brot
panino – Semmel, Brötchen
panna – Schlagobers, Sahne
pasticceria – Konditorei
pasticciere – Zuckerbäcker, Konditor
Per amor di Dio! – Um Gottes willen!
Perché? – Warum?
piano – langsam
possibilmente – möglicherweise
prego – bitte
promesso – versprochen
questi Austriaci – diese Österreicher
ragazza – Mädchen
rullo – Walze
sale marino – Meersalz
San Francesco, aiutami! – Heiliger Franziskus, hilf mir!
Santa Vergine Maria – heilige Jungfrau Maria
scarabeo – Scrabble, Gesellschaftsspiel
Scusi, bella! – Entschuldigen Sie, Schöne!
signor/signore – Herr
signora – Frau
signorina – Fräulein
suocera – Schwiegermutter
tagliatelle con salsiccia – Nudeln mit Wurst
Tanti auguri! – Herzlichen Glückwunsch!
tipa – Tussi
tipicamente friulano – typisch friulanisch
tulipano – Tulpe
uomini – Männer

ISBN 978-3-222-13495-1

styria BOOKS

Wien – Graz – Klagenfurt

Layout: Alfred Hoffmann
Covergestaltung: Bruno Wegscheider
Coverfoto: nickfree/istockphoto.com; Reinhard M. Czar (Kirche)

Druck und Bindung:
Druckerei Theiss GmbH, St. Stefan im Lavanttal
7 6 5 4 3 2 1
Printed in Austria